河出文庫

若き詩人たちの青春

三木卓

河出書房新社

若き詩人たちの青春 † 目次

Ⅲ 〈凮月堂〉の仲間たち 139

Ⅳ　編集者になっても

V

Ⅵ　時は過ぎて

若き詩人たちの青春

序　詩人になりたい

安西冬衛に『座せる闘牛士』（不二書房、一九四九）という詩集がある。

この詩人のことを、未だによくわかったとはいえないのだけれど、北川冬彦とかれが一九二四年に出した同人詩誌「亜」が、のちにぼくが幼少年期を過ごすことになる大連（だいれん）を発行の地にしていたこと、かれもまた大連に在住したことなどから、なんとなく親しみを抱いていた。

大正の末から昭和にかけて中国東北の大連は、日本近・現代詩とかかわりが深くて、たとえば「亜」には第三号から参加した滝口武士は大連朝日小学校の教師であり、その学校の小学生だった清岡卓行は滝口の存在を覚えていた。その清岡卓行の大連一中時代の後輩に、かれのあとを追うようにして一高へ行き、戦後逗子海岸で入水自殺した『二十歳のエチュード』（前田出版社、一九四七）の詩人原口統三がいた。また、北川冬彦とともに「面」という詩誌をやり、やはり短詩を書いていた福富菁児（せいじ）がいたし、満鉄調査部には藤原定（さだむ）がいたこともあった。

あの北海の真珠といわれる美しい港町には、そういうことが起こっても不思議でないような雰囲気がある。

『座せる闘牛士』は戦後の刊行だが、ぼくはどこでどうして存在を知ったのだったか。なんとなく、ああ「座せる闘牛士」と思っていて、ある日ハッと気づいた。安西冬衛という詩人は、たしか膝の疾患がもとで片足を切断した人なのだ。

ぼくがハッとしたのは、自分が、数え年四歳のときに大連でポリオに罹患（りかん）し、左足に後遺症のマヒをもつ少年だったからである。

片足がない詩人が、何気なく「座せる闘牛士」と自分のことをいう。なんて格好のいい詩人だろう。やっぱり「亜」の詩人だ。ぼくは警策の一打をくらったような気がした。クヨクヨしていてはならない。こういう精神にこそあやからなければならないと思った。『座せる闘牛士』が刊行されたのは一九四九年である。年表を見ると第二次世界大戦終了から四年目のこの年は、金子光晴『女たちへのエレジー』『鬼の児の唄』、北川冬彦『花電車』など戦前派の活躍した年でもあったが、一方では三好豊一郎の『囚人』が、戦後派詩人の最初のまとまった仕事として上梓された年でもあった。

タイトルポエムの最終行〈不眠の蒼ざめた vie の犬が〉は、戦後詩を象徴する一行として多くの人々の記憶に残ることになったが、このあたりを分岐点として戦後詩は本格的な活動に入る。ぼくは十四歳、中学二年。まだそういう動きなど何も知らない。自分の父親が昭和初年の無名詩人だったことは、少し意識していた。

ぼくたちが新制静岡高校文芸部を引き継いだのは、それから三年後の、一九五二年のことで、そのころのぼくは小説家になろうと思っていた。詩を書いてみたことはあるが、ロクなものは書けなかった。背伸びばかりしていて、伸び伸びとしたところがない。ぼくが書いた詩を人に見せると、だれしもが「おまえ、小説をがんばれよ、な」と激励してくれた。

ひとつには、仲間がすごい詩を書いたせいもある。わが高校文芸部には、目下、現役詩人として活躍中の小長谷清実（こながやきよみ）とか伊藤聚（あつむ）といった連中がいて、かれらはすでに超高校級の才能をバンバン発揮していた。こいつらの作品を読むと、ぼくにはとてもレギュラーポジションはとれない、ということがよくわかった。

というわけで、ぼくはエンヤラエンヤラ深刻ぶった小説を書いていた。野間宏こそ戦後文学の親分だと思っていたので、ぼくの書く小説には、まわりにはそんなやつは一人もいなかったのに、なぜかまちがいだらけの関西弁でしゃべりまくる、ヤクザな運動部選手などが登場したりするのだった。

しかし大学にいくようになってから、じきに小説が書けなくなった。書きだすとすぐにロクでもないモノということが、わかってしまう。これではどうしようもない。しばらく放っておくよりないと覚悟をきめた。まあ、いろいろな問題があったのである。

それである日、ふと戦後詩でも少し読んでみるとするか、という気になり、一九五一年版『荒地詩集』をひらいた。それまでも無関心だったわけではないし、読んでいなかったわけでもない。しかし自分は小説を書くべき者だと思っていたので、そのように心得、一歩ひきさがって読んでいたふうなところがあった。

もしかしたらぼくの小説はワヤかもしれぬ。そう思っていた時期に読んだ詩には、また別の印象があった。そして、この際ちょっとだけ詩に身を入れてみるのはどうか、とふと思った。伊藤や小長谷にかなうわけがないが、かれらには内緒で書いてみたっていいではないか。ぼくはゴロンと寝ているのをやめて起き上がり、机の前に座った。

そのころの詩作ノートは、幸いなことにもう残っていない。が、最初にぼくが書こうとした連作は〈BURIAL OF JAPAN〉というものだった。これはご想像どおり「荒地」や「列島」などの戦後詩の概念的雰囲気の幼い模倣の試みである。ぼくはとにかく書こうとしたのだったが、驚いたことは何も書けないことだった。苦労してできあがったものは、戦後日本をめぐる歴史的現状とその暗雲たれこめる未来、という解説文を行分けにしたようなものだった。ハハハ、やっぱり才能ない。

みじめな結果に終わったが、しばらくすると気を取り直した。これは当然かつ予定的な結果ではないか。少し試みをつづけてみるとしよう。

しかしこんなにも言葉が自由にならないことは、やはり大きなショックだった。ぼくのなかには、ぼくの自由になる言葉がないのである。さてどうしたらいいのか。

微かに心に残っていることは、言葉をくっつけたりはなしたり、という操作のおもしろさだった。小説では、当時のぼくは言葉そのものをあまり意識したことがなかった。

意識して当然なのだが、幼いぼくは書きたいことのほうにばかり頭がいっていた。そのため今当時の残っている小説を読むと、目の前がまっかになる。

単語の連結のおもしろさがわかってきたころ、詩がおもしろくなった。日常では使われることはないが、詩人が考えて作り出した思いがけない言葉と思いがけない言葉との出会い。〈解剖台上のミシンとコーモリガサ〉というような組み合わせから発する意外なイメージ。

しかし、ある程度言葉をあつかうことができるようになるまでに、ぼくはこどものような言葉遊びをしなければならなかった。なんでもいいから行ける方向へ言葉を展開していく。すると、思いがけない詩らしき世界が現出する。

しかしながらそれは近代詩の、それもかなり明治期寄りの古風な抒情詩めいたものになってしまったりした。それは、今書けるようになりたいと思っているものとは、縁もゆかりもないものである。ぼくはしばしば呆れた。こんなもの、とても責任もてないよ！

あとになってだんだんわかってきたことは、詩を書くということは、いきなり現代の表現の水準からはじめるというわけにはいかない、ということだった。まず書けるものから書いてみるよりない。ぼくの詩意識を、具体的に言葉を次々に獲得することによって育てていく必要がある。

別のいい方をすると、近代詩の歴史を自分という個体のなかで、自分流に粗視化したもので、もう一度繰り返す。系統発生を個体発生のなかで繰り返すという過程が、とにかく一応必要なのだ。

ぼくは、島崎藤村の真似をしたり立原道造の真似をしたりして、しばらく遊んでいた。おもしろいからやっているのであり、あくまでも遊びと意識していた。しかしビンボーでガールフレンドのいない学生には、楽しいひまつぶしだった。

大学の二年のころ、ぼくは「ビオラ・コンチェルト」という詩を書いた。晩年のバルトークとその曲をモチーフにしたものだったが、なんとなくうまくいったような気がしたので、早稲田の独文の学生になっていた伊藤聚にみせたら、「いままでおまえが書いたなかでは一番ましだな」と激励してくれた。ぼくはとてもうれしかった。幸いなことにこの作品ももう、この世に亡い。

伊藤の方はそのころはすでに、雑誌「詩学」の月例の投稿欄で幾度も入選していて〈潰れた猫が体位を変える〉などという行を書き飛ばしたりして、笹沢美明や関根弘の批評を受ける新鋭詩人になっていた。小長谷清実の方は高校時代に「蛍雪時代」の投稿欄に入選したりしていて、そのときの仲間に天沢退二郎の名前があったのをかれは覚えている。

やがてぼくは兄貴と二人で、国立(くにたち)の一軒家を借りて暮らすようになった。一九五七年のことである。当時の国立は、まことにのんびりとしたところで、一橋大学がある南側にしか駅の改札口はなく、今の北口の方は茫々たる草原と藪がひろがっているばかりだった。

伊藤や上智大学の英文の学生になっていた小長谷が遊びにきてその田園風景をよろこび、「ここは切り取ると、西脇順三郎の風景だな」とか「ここは村野四郎だ」とか決めていった。西脇順三郎は当然、至るところにあった。

ぼくは、一橋大学の構内を貫通する中央道路をぬけた左手に住んでいたから、大学構内をよく散歩した。よその学校の構内で、石に腰掛けてぼんやりしていたり、詩を書いたりした。

駅の近くには〈邪宗門〉という喫茶店があった。チョビ髭をはやし蝶ネクタイをした主人は、どこか謎めいたところがあり、マッチ箱のデザインはトランプを模したものだったが、クラブの葉が一つ足りなかったり普通でないところがあり、もしかしたらあれは奇術用のトランプ、と見るべきだったかもしれない。

北原白秋の変色したインクの葉書が額に入れて掛けてあった。だれかにヨタを飛ばしているチャメッケたっぷりの文面らしかったが、例の自由流麗な文字なのでうまく読めなかった。

この喫茶店でベルエポックのミスタンゲットとか、エディット・ピアフの「枯葉」やアンドレ・クラボーの「エルザの瞳」などを聞きながら、一杯のコーヒーで幾枚もの原稿用紙をくしゃくしゃにしていた。

そのころ、ようやく言葉が動き出したような感覚がやってきた。そして詩がどんどん書けはじめた。できあがったものは、どこかがだれかの模倣であることが自分でもわかり、ちゃんと本音が出ているとは思われなかったが、言葉を追いかけていくと思いがけない世界があらわれ、あるところまでくると、不意にひとつの世界がグラッと立ち上がってくる。その瞬間になんともいえない陶酔感があった。

ほんとうはぼくは、自分の詩の貧しさを反省して、紙の無駄づかいをやめるべきだったのかもしれない。しかし、ぼくはその陶酔感にはまりこみ、大学をサボって毎日数篇の作品を生産し続けた。どんどん書けるので驚いてしまった。

しかし、数ヵ月するとじきに書けなくなってきた。書けないときは、前に書いたもののうちもっとよくなりそうなものを取り出して、手を入れた。

だんだんたまってくると、どこかに発表したくなってくる。都内の私立高校の国語教師だった兄貴（かれもずっと詩を書いていた。実はここにもぼくが詩を書けるようになりたい、という動機があったようだ）が「ペンネームをつけてやる」といってつけてくれた。それが三木卓という名前である。三木というのは、ぼくの本名冨田三樹の名前の部分でもあるが、父親のペンネームの「森」をバラしたとも見ることができる。

「うん。これでいこうか」

一九五七年十二月はじめのある日、ぼくは、住んでいた国立の家の、半分こわれている木製のポストに一通の電報がほうりこまれたままになっているのに気づいた。

小雨にしめっていた電文の紫のカタカナがにじんでいたが、こうあった。

「ニュウセンシタ　シキュウ　シャシンカンソウニマイオクレ」ゲンダイシヘンシュウブ

　まちがいなくミキ・タク宛てである。まさか！　しかし、ぼくはけんめいにヨタヨタ走って家にもどり、兄貴におろおろ声でこう報告した。

「おーい。えらいことが起こっちまったよう。えらいことが」

　ぼくは二十二歳だった。雑誌「現代詩」が新人賞を募集していたのを知って、三木卓というペンネームで応募していた。

　最初の腕ならしのつもりだったたし、未熟な作品であることはあきらかだった。規定いっぱいの二篇を送ったが、どっちが入選したのか。選考委員がぼくの詩を何か誤解して、過大に評価してこうなったのかもしれない。そうだったらどうしよう。じきにバレて、みんながっかりしてしまうぞ。

　とにかくこれが、ぼくが三木卓になってしまった瞬間であり、日本戦後詩との公式のコンタクトのはじまりだった。

　その晩ぼくは、感想を二枚書いて兄貴に見てもらった。そして、机の引き出しから、家庭教師宅の家で飼っている警察犬のコンテストの会場で撮った写真を取り出して、同じ封筒に入れた。みんなで腰をおろして弁当を食べているところである。笑い顔がちょっと卑屈な感じがしていやだったが、近影はそれぐらいしかなかった。

電報屋のやつがほうっていってしまったので、発見が二日ほど遅れてしまった。しかしとにかく明日、編集部まで持っていこうと決心した。

翌日、ぼくは起きるや否や家を出て、国立駅から中央線の電車に乗った。そして新宿で降り、区役所通りを目指した。

当時の「現代詩」は、新日本文学会詩委員会の発行するところだったから、編集部は西大久保（だいぶあとになって東中野に移転する）の新日本文学会内にあった。それまで一度も行っていないのに、まっしぐらに行けたという記憶しかないのは、やはりヒッシだったのだろう。

一九五七年の新宿区役所通りは、今とは全然ちがう。その先はもう新宿の外れである。左側にはずっと広い空地（焼け跡を整理したものだろう）がひろがっていて、アイレスカメラというカメラメーカーのビルだけがひとつ、ポツンと立っていた。右側にも一つだけ目立つ建物があり、それは田村泰次郎が経営に参加していると聞く小粋な酒亭だった。つまり、現在のようなにぎやかなビル酒場の森など、ぜったい思いつきようもない、戦後の寒々しい風景が展開していたのである。

アイレスビルを左に見て右へまがると、道はもどりかげんに続いていてやがて新日本文学会が左手に出てくる。二、三度ドアをたたいたが返事はない。

ぼくはあらためて建物を見回した。木造ではあるが、長い斜辺の屋根をもつモダン建築である。別の用途だったものを転用したのではなく、新しい文学運動のために建築家がとくに考えて建てたもの、という印象だった。

しばらくしてもう一回ドアをたたき、

「だれもいませんかあ」

とどなった。

しかし、しーんとしている。まだ早すぎたのかもしれない。もう一度出直してこようか。

そう思ったとき、かすかに玄関のナイトラッチが外される音がして、だれか出てきた。興味ぶかくみつめていると、やがてドアが細く開いて、眩しそうな目をしている男の顔が見えた。背の高い細面の男である。

「「現代詩」の編集部のかた、いらっしゃいませんか」

「ぼくだけれど」

「新人賞のことで、電報をいただいた国立のミキタクです」

ぼくは、ミキタクと発音したことを意識しながらいった。

「え。ああ、そうか。三木さん」

「あの、まだ間に合いますか」

「間に合いますとも」

ぼくは、ホッとして原稿二枚と写真を渡した。受け取った男はぼくの兄貴ぐらいの年格好で、ラクダの下着のままである。ぼくは寝ているところを起こしてしまったらしい。

「ぼくは編集部の大井川です」

「ああ、大井川藤光さん」

大井川は、ぼくの顔を見ると困ったような表情をして笑った。目下「現代詩」の編集実務は、大井川藤光と黒田喜夫(きお)の二人のはずだった。

この人は性善なる人だ、とぼくは思った。そしてそれからぼくは「現代詩」にかかわる若い詩人の一人ということになり、したがって大井川藤光とのお付き合い(もちろん酒とギロン)がはじまることになったのである。

I

詩人が生きてうごいている

実をいうとその前に、すでにぼくには詩の面倒をみてくれている詩人がいた。それは「詩行動」「今日」同人の難波律郎である。

難波を紹介してくれたのは、改造社の「女性改造」、改造社倒産後は平凡社の百科編集部にいた芹川嘉久子だった。芹川は勤務中の自動車事故で大怪我をし、心身ともに疲労して人生の方向転換をはかり、ワセダの露文科の聴講生として、ロシア演劇を勉強するために教室にきていた。

ぼくにとっては十歳ほど年上の同級生ということだが、彼女は気っぷのいい姐御（しかも鼻のかわいい美人だった）で、ぼくにはいろいろ親切をしてくれたが、その彼女が「一度ナンバのリッチャンに紹介してあげるから、みてもらったら」といってくれたのである。

平凡社時代の飲み仲間だったのだと思う。彼女がいたころの平凡社は、どういうわけか文化人がとても多かった（下中弥三郎社長の趣味だという者もいた）。各県ごとにできた新制の国立大学の教員名簿か、平凡社の社員名簿を見れば、たいていの文化人の消息はつかめる、といわれたほどだった。

初めて出会った本格的な詩人、難波律郎

難波律郎に初めて会ったのは、五七年の秋のことである。場所は、阿佐ヶ谷駅南口前の〈虎屋〉二階の喫茶部だった。ぼくは芹川嘉久子に連れられて、父兄同伴の学童の気分で出かけていった。「詩行動」「今日」の同人といえば、それはそうとうなレベルの詩人である。そのくらいはぼくもわきまえていたから、かなり緊張した。

難波は小柄で痩身、顎のとがったなかなかいい男で、こわいという印象はなく、「女性にもてる人よ」といった芹川の事前情報も、なるほどとうなずけた。しかし、とはいえ、その眼鏡越しの目はときどき鋭く動き、ぼくをおびえさせた。そしてぼくは詩の好きなワセダの学生さん、ということで、ペコンと頭を下げた。

そのときはそれで別れたと記憶する。かれに会うためには、夜、阿佐ヶ谷一番街の〈名もない居酒屋〉という小さい飲み屋に顔を出すのが一番てっとり早い、ということだった。それでぼくは師に会うために詩稿を携え、幾度かこのバーへ顔を出した。

難波は、丁寧に詩を読んで批評してくれたが、かれは若干当惑していたのではないかと思う。というのはそれはぼくがまだ、いろいろと言葉のお勉強をしていた時期で、ひとつの方向に作品が集中するにいたらない状態だった、と思われるからである。

それはしかたがないとして、この、カウンターだけの五、六人でいっぱいになる〈名

もない居酒屋〉は、けっこういごこちのいいところだった。マダムの〈シーちゃん〉は、デリカシーを感じさせる女性だったし、室内はどこかバラ色の光が差しているように感じられた。美女も来たし編集者も来て、いつも和気藹々(あいあい)としていた。ロカビリー歌手平尾昌晃の「星はなんでも知っている」のレコードが繰り返し繰り返し鳴っていた。平尾は歌手としてデビューして、この可愛らしい曲ですっかり有名になったところだった。

難波律郎は、詩の言葉ということに厳密な人で、粗雑な表現をきらった。また下手であることも許さなかった。だから寡作だった。かれは一九二四年生れ。明治大学出身。略歴に大陸より帰還、とあるから中国で軍務についていたのだろう。かれの初期の詩から戦後の匂いが深く漂う一篇を、ここに写しておこう。

黒い祈りの夜　　難波律郎

雨が石を濡らすやうに
渇いた臓腑を
おんみよ濡らせ
傷や屈曲にみちた地球の小径で
われらにもまた
翳で一杯の言葉と　富裕な囁やきを

われらはしるす
われらの名を
凍りついたわれらの黒い心臓の上に――
われらは
おんみの憐憫を持ち得ない
われらは殺したから
われらの魂を
素裸の牡鶏のやうに　その手で

われらは眠る
雨に濡れた東洋の屋根の下
そして夢のなかで悲しく夢みる
地球の空を　雪崩れる人の砂漠のなかで
見失つてしまつた　おんみの血の額を

おお　われらの裔よ
もし無限に変貌した古い地殻の一片から

われらの分身を掘り起したなら
消えぬ火で焼きつくしてくれ

われらは永遠にさびしい
われらは何処へも行けない
われらは
家畜のやうに　穢れた額をすりつける
小さな鉄格子の地球の窓へ
そして　永遠に餓える——

（創元文庫版『日本詩人全集』第十一巻、一九五三）

難波律郎は敗戦時に二十一歳。この詩が書かれたのは二十代半ばというところだろうか。当時の若者はいやおうなく歴史に嚙み込まれていたから、才能のあるものは若くてもこういう苦悩の心情を表現化し得たのである。

しかし〈名もない居酒屋〉で出会った師は、あまりそういう気配はみせなかった。いつもおだやかに目で小さくわらっていて、機嫌がよかった。三十代前半だったかれは、ある日ぼくにいった。

「いいですか。詩人を売りものにして、女を口説いちゃあいけませんよ」

「なるほど……」

詩人になれると、そういう手もあるのだ。ぼくは意表をつかれたような気がした。かれはつねにダンディだった。それから二十年ほどしたある日、ぼくは平凡社に用があって行き、かれを訪問したこともある。かれのいる編集室には本格的にコーヒーをいれる装置もあったし、冷蔵庫までが置いてあった。いずれも編集の仕事に必須というものではないが、必須だと主張する人間がいてもふしぎではない。かれ一人の案ではないとしても、かれが積極的な設置推進者の一人であったことはいうまでもないだろう。ぼくはその日そこで、オンザロックは飲めなかったが、おいしいホット・コーヒーは飲んだ。

難波は、初めて出会った本格的な詩人だった。ぼくにかれの教えがよくわかっていた、とはとてもいえない。けれどあの時期、立派に装われた言葉や演説などではなく、日常のなかで、ふつう人間が生きているように生きてうごいている詩人、というものに触れることがまずできたのは、ありがたいことだったと思う。そしてぼくは、かれのうちに詩人の自尊心ともいうべきものを感じ、それが日常を支配していることを感じた。

たとえばかれにとって会社で出世することなど、どうでもいいことだったはずである。昼間の勤務時間は一応のところ会社に売るとしても夜は自分のもので、バーで酒を飲んでもいいし、何でもしたいことをしていればいい。かれはそういう意味で、やはり無頼だった。

難波はぼくにやさしく、親切だった。ある晩秋の日、かれの属する「今日」グループの会合に連れていってくれた。場所は神田神保町の裏通りにあった喫茶店〈ラドリオ〉だった。〈ラドリオ〉は戦後詩にとって忘れられない店である。

「今日」グループは、「詩行動」にいた平林敏彦や難波律郎、中島可一郎らに若手の才能ある詩人が結集していた、注目の詩人集団だった。戦後の荒涼たる風土のなかでの芸術派、とでもいったらいいかもしれない。

〈ラドリオ〉は、店の仕切りが煉瓦(れんが)でできていた。その一角に「今日」の詩人たちは集まっていて、中心になっていたのは平林敏彦だった。平林はすでに『種子と破片』（ユリイカ、一九五四）という二つ目の、注目された詩集を出していた。戦後の現実にのめり込んだ姿勢に魅力のある詩人で、ぼくは好きだった。小柄でおだやかだが、やはり目が鋭くておっかない人である。ぼくは片隅にすわってお行儀よくコーヒーなど飲んでいたが、難波はメニューをあれこれひっくりかえしてから、

「おれはこのJGっていうのもらうよ」

といった。当店特製の飲み物だったが、来たものはグリーンの淡い色がついているソーダ水のようなものである。

「うまいか」

だれかに聞かれて難波は、首を横に振った。JGとは、ジャパニーズ・ジンの謂(いい)で、焼酎にペパーミントを垂らしたものだという。しかし難波は飲むのをやめず、時間をか

けて少しずつ減らしていった。当時はウイスキーといっても学生のぼくは、一本三百二十五円のトリスしか飲めなかったのだから、アルコールが入っていて無害なら、だれでもなんでも飲んだ時代である。

その日は、「今日」グループが、年刊アンソロジーを出すべきかどうか、ということを決める会合らしかった。小説でいう、第一次戦後派に対応する位置にあった、鮎川信夫、中桐雅夫、田村隆一らの「荒地」グループは、一九五一年に年刊アンソロジー『荒地詩集』（早川書房）の第一冊を出して大きく注目されたのだったが、かれらは年がかわるごとに継続的に刊行をつづけていたし、これに何かと対比された左翼系の関根弘や木島始、出海渓也らの「列島」グループも、雑誌刊行とはべつに一冊、『列島詩集』（知加書房、一九五五）というアンソロジーを出して気勢をあげていた。これは、そういう動きを背景にしてのことだったのではないかと思う。

座長格だった平林敏彦は、あまりこのアンソロジーを出すことに熱心ではないように見えた。かれはいった。

「そりゃあ難波のように、珠玉の作品をごっそり筺底（きょうてい）に秘めているものはいいけれどさ、おれなんか何にもないからな」

みんながどっと笑い、難波も笑った。難波にも、そんなものがありっこないのはわかっていてのセリフらしかった。やあ、かっこういいことをいうもんだ、とぼくは感嘆した。

その夜出席していたのは、だれとだれだったのだろう。ぼくは詩人の顔なんてあまり見たことがなかったから、発言する内容とか年齢で見当をつけるよりなかったが、やがて年長の温厚な人が中島可一郎らしいということがわかった。「詩行動」からいっしょだった人である。あとははっきりとしない。入沢康夫らしき人物、あるいは広田国臣（かれはまた詩を書き出しているが、つい数年前、三井系の会社の社長であることを、はからずも「文藝春秋」誌の〈丸の内コンフィデンシャル〉で知り、かれはそういうコースを歩んでいたのかと驚き、感慨を抱いたことがあった）が、おっとりと座っていたような気がするが、そんなことがほんとうにあったのだろうか。

そこへ突然、途中からはいってきたのが大岡信（まこと）だった。それが大岡であることは、たちまちにしてわかった。それは、小長谷（こながや）清実（きよみ）が静岡市で浪人時代に買って大切にもっていた『戦後詩人全集　第一巻』（ユリイカ、一九五四）に、真新しい背広を着、ネクタイをした端整な青年詩人としての大岡の写真が、詩と併せて印刷されていたからである。もしかしたら就職用の写真ではないか、と思うほどきっちりとしていて、顔もよくわかった。

すると、大岡はいった。

「今、「櫂（かい）」が解散したところです」

「え。なんだって」

みんな、騒然となった。

「櫂」は、一九五三年に茨木のり子と川崎洋が創刊した同人詩誌である。小説でいうと第三の新人に当たるような詩的世代で、同年には嶋岡晨（しん）、大野純らの「貘（ばく）」が、翌五四年には堀川正美、山田正弘らの「氾（はん）」が続いて出て、それらは並び称される若手詩人の砦ということになっていた。

とくに「櫂」には、つづいて谷川俊太郎、大岡信、吉野弘、中江俊夫、岸田衿子、水尾比呂志、友竹辰などが次々と参加していくということになった。才能を取り込んでいく柔軟性に富んだ性格をもっていた、ということだろう。もっとも華やかだったし、事実また豊かな仕事を展開していくことになるグループだった。

つまりその情報は、今「櫂」の会に同人として出席していた大岡から直ちにもたらされたということになる。そのことがすぐにわかったので、ぼくは興奮してしまった。小長谷よりも伊藤よりも早くじかにそういう情報を聞くことができたのだから。

しかしかれらは、そういう時期とも思われないのに、どうして解散することなどになったのか。その理由もそのときに聞いているはずだが、ぼくはすっかり忘れてしまっている。まあ今となってはどうでもいい、ということにしておこう。なぜなら「櫂」はじきに解散することをも解散して、そのまま現在まで、めでたくグループは続いているからである。

このときの話を、十年以上たったあと岩田宏にしたら、かれは、

「おれもその場にいたぜ」

といった。それで当夜の出席者がもう一人見つかった。すでにぼくはかれが本名の小笠原豊樹で学生時代に訳した『マヤコフスキー詩集』（彰考書院、一九五二）の読者であり、岩田宏第一詩集『独裁』（ユリイカ、一九五六）の読者でもあったが、顔を知らなかった。詩集には著者の顔写真は出ていず、カバーには女性のヌードだけがデザインされていたからである。もちろん、岩田がその晩のぼくの存在など、覚えているわけもない。岩田宏を知るのは、もっとあとのことである。

大岡信との幸福な夜

その晩はとにかく、アンソロジーを出すという積極論が派手に主張されることもなかったし、またじっさい「今日」グループのアンソロジーは出ずじまいになった。会果て、ぼくは国立のわが家へ帰るべく、御茶ノ水から中央線の下りに乗った。はじめは幾人かいっしょだったが、やがて大岡信と二人だけになった。それまで一言も口を利いていなかったので、黙って少し離れたところに立っていると、かれは、

「ちょっと降りて、話でもしませんか」

と、声を掛けてくれた。その夜、ずっと石のようになっていたぼくの存在を気にしてくれていたのである。

「ありがとうございます。そんないいんですか」

大岡信は吉祥寺の駅で降り、〈グリーン〉という井の頭公園側の喫茶店に連れていっ

てくれた。この店は、近くの名画座に映画を見に行くことが多かったぼくにとっては、なじみの店でもあった。

「詩を書いているんですか」

「ええ」

ぼくはそういったが、何を話していいかわからず、しばらく黙っていてから、いった。

「詩をもってきたんですけれど」

もし、だれかが読んでくれるチャンスがあったら、と思って、ひそかに嚢底に秘めておいたものである。しかし、大岡は顔をしかめて横に振った。

ぼくは恥じた。読んでもらいたい、という気持を抱くのは当然だが、今どこの馬の骨ともわからぬ学生に気を遣って、わざわざ声を掛けてくれた詩人に、調子に乗ってそういうことまで要求してしまった。喉から手が出るほどいいたくても、黙っているべきではなかったか。この人はいつもうんざりするほど、ぼくの詩のようなガラクタを山ほど読まされているのだ。

大岡は、しかしすまないと思ってくれたのかもしれない。それでいろいろな話をしてくれた。それはまっとうなもので日本の近代詩の流れについてのかれ自身の考えが中心だったが、相手は、例によって対象に触発されることを中心にしてしか文学を考えることができない素朴なぼくである。かれの話は難しくて、ほとんど理解できなかった。

そして夢のような数十分が過ぎ、勘定は大岡が払い、〈グリーン〉の前で、

「じゃ、また」

というと、大岡は闇のなかに秋風とともにさっと消えてしまった。ぼくはまだ酔いからさめていないような気分で、しばらくかれが消えていった方向を見ていたが、やがて歩き出すと電車に乗った。

大岡信はやさしい人だ、と思った。かれは読売新聞の外報部に勤務していて、その仕事もけっして楽ではないはずである。ぼくはその晩ずっと幸福だった。難波律郎といい、大岡信といい、それからまたのちに会った人たちといい、ぼくははじめから詩人との出会いに恵まれていた。

そのとき大岡信は二十六歳で、ぼくは二十二歳だった。かれとは四つちがいである。しかし文学的には天と地ほどの差があった。

それはもちろん大岡信が、すでに新鋭詩人・詩論家として目覚ましい活躍をしていて、ぼくがまだ駆け出してもいなかった、ということである。それにちがいはないが、ぼくの場合を別にして、ほかの詩人たちで見ても、この年齢差にはまたひとつの事情があった、といっていいだろう。

それは文化のプレートが、第二次世界大戦終了時の日本において崩壊したということに発するものである。このとき、それまでの日本の文化の指導的な立場にいた知識人・文学者たちの大多数が、戦争に荷担していた責任を問われるということがあった。積極的に時局に便乗したものもいれば、そういう立場を強いられてあえて引き受けていたというものもいた。戦争が始まってしまった以上、自国の負けを願うわけにもいかないと考えたものもいた。当時十歳だったぼくは今、知識人の戦争責任のことを考えるとき、さまざまなことを思わないではいられない。

知識人の戦争責任はきびしく問われ、かれらは退場させられた。その結果、明治維新以降続いてきた文化のプレートが崩壊し、維新のときに起こったような空白が生じた。その空白は若い世代の人間が新しいことを学び、創造することで埋められなければならない。詩人でいえば、大岡信や谷川俊太郎や山本太郎などは、そういうところへ注入された若いエネルギーだった。だから学校を出るか出ないかで、みんなどんどん仕事をはじめた。

ぼくが、ノコノコ詩を書き始めたころは、そういう状況はもう一応のところ終わり、空白は埋められていた。だから、ぼくのような昭和二桁生れからみると、大岡信は四つちがいだが、一ジェネレーションはちがうように思われたのである。

ついでにいえば、一九四五年にできた文化のプレートは、ソビエトの崩壊とか、不景気だとかで、だいぶ古びてあちこちイカれかかっているが、まだ続いている。このところずっと文学や芸術（音楽も美術も！）がいささか元気を失っているかのように感じられるのは、この文化のプレートがずっと続いているからであり、このプレートの上でさまざまなことが試みられ、もしかしたらひととおりは試みつくされた結果かもしれない。あるいはこのプレート自体が人間の敏感な生を感受する能力を失い、鈍化してきたのかもしれない。そしてついにここへきて、どうなるか、と息をつめて見ているところだ。

大岡信の第一詩集『記憶と現在』（ユリイカ、一九五六）から、作品をひかせていただく。この詩集は二十五歳のときに刊行されたことになるが、その数年前からすでにかれは優れた若手詩人のひとりとして注目されていた。今二十代のなかばで注目されている詩人を、ぼくはひとりも思いつけない。

春のために　　大岡　信

砂浜にまどろむ春を掘りおこし
おまえはそれで髪を飾る　おまえは笑う
波紋のように空に散る笑いの泡立ち
海は静かに草色の陽を温めている

おまえの手をぼくの手に
おまえのつぶてをぼくの空に　ああ
今日の空の底を流れる花びらの影

ぼくらの腕に萌え出る新芽

ぼくらの視野の中心に
しぶきをあげて廻転する金の太陽
ぼくら　湖であり樹木であり
芝生の上の木洩れ日であり
木洩れ日のおどるおまえの髪の段丘である
ぼくら

新らしい風の中でドアが開かれ
緑の影とぼくらとを呼ぶ夥しい手
道は柔らかい地の肌の上になまなましく
泉の中でおまえの腕は輝いている
そしてぼくらの睫毛の下には陽を浴びて
静かに成熟しはじめる
海と果実

「現代詩」事件の前にそういう忘れられない宵もあったのだが、話をまた「現代詩」にもどそう。

ぼくは、新人賞に応募して入選したという通知をもらって逆上し、これは栄えある受賞であるとたちまちにして思い込んだのだったが、実はそうではないことがわかった。第一回の「現代詩」新人賞は、厳正な審査の結果受賞作はナシで、その代わりに入選者を三人きめたということだった。ぼくは、その三人のうちの一人に過ぎなかったのである。

編集部の大井川藤光からそのことを聞かされて、ちょっとぼくはがっかりしたが、すぐにそれでもこれはすごいことだと思いなおした。ぼくはベター・スリーに残ったのだ。残った作品は「白昼の劇」という作品で、応募二篇のうちの別の作品はたしか「クレーン」という詩だったと思うけれど、こっちはもう残っていない。詩としては穏健なものだったと思う。

「白昼の劇」の方は、第一詩集『東京午前三時』（思潮社、一九六六）に収めてしまったから、これは残っている。ケネス・フェアリングの『大時計』なんていう詩人の推理小説に感心していたときだったから、その一行をエピグラフに使っている。そんなことをした詩はこれ以外にない。

ともあれ、ぼくはもう勝手に冬期休暇ときめて帰郷してしまった学生も多い学校へ行き、芹川嘉久子に会ってその旨報告した。

「そう、それはよかったわね」

彼女は、いささかも驚いた気配なくそういった。

「選考委員はだれ？　関根さんも入っているんでしょ」

「入っている」

「近く、かれにきっと会うわよ」

「え」

「どんなようすだったか、聞いといてあげる」

「あ、ありがとう」

関根さんとは関根弘のことである。いくらもと改造社、もと平凡社の編集者だからといって、ずいぶん顔が広いものだ。そのことをいうと、彼女は平気な顔をしていった。

「昔、主婦の友社でいっしょに働いていたことがあるのよ」

「ふーん」

あとで当時の写真を見せてもらったことがある。戦後だからみなりは悪いが、まだ十代の終りぐらいの青年関根弘が、少女芹川嘉久子をはじめたくさんの人間といっしょに写っていた。若い関根弘なのに、もうひときわ態度がでかい、という印象だった。多分関根がロシア語の勉強などしていた時期ではなかったろうか、とこのロシア文学科在学中の詩人の卵は思った。主婦の友社なら、ニコライ堂のロシア語学校はすぐそばである。

そのつぎに芹川に会ったのは数日後だったが、彼女はいった。

「そうそう、ゆうべわたし関根さんと踊ったわ」

「ふーん」

「新人賞のこと、聞いてみたけれど、かれは選考にタッチしていないんですって」
「………」
ぼくは、びっくりした。関根弘が踊れるということも驚きだったが、「現代詩」の主軸であるかれが、新人賞の選考をしていないなんて。ではだれがしたのだろう。ぼくはたくさんの選考委員の名前があがっていたことを思い出し、途方に暮れた。

翌二月の「現代詩」誌に、わが「白昼の劇」が掲載された。二月号は暮れのうちにできて、新年になってから発売という建て前になっているが、兄貴が、学校お出入りの本屋に頼んでくれたので、年内に晴れ姿を見ることができた。全体のようすから察するところ、ぼくは二番手らしかった。したがって賞がきまっていればそれは一人だし、多分それはぼくではない。ウンがいいのだと思い、満足することにした。

しかし年が明けても、編集部からは何もいってこない。たとえつつましい入選で、晴れやかな受賞でなくても、賞状とか記念品とか賞金とか花束とか授賞式とか、何かあっていいはずではないか。

やがて編集部の大井川藤光から、出てこいという連絡がきた。喜んで出ていくと、賞金だの花束だの授賞式だのという話ではなくて（これはいまだに何の連絡ももらっていないので、ぼくはこの四十年間ずっと待っている。いつ来るのかしら）、「現代詩」の読者会を手伝ってくれということだった。毎月一回出た雑誌をテキストにしてレポーターが報告し、それをめぐって討論するというもので、いわば若手を養成する道場であり、編集部としては雑誌の反応を知るひとつの機会でもある。

ぼくはそこで幾度かレポーターをつとめ、討論に参加した。出席するのは、若い読者や詩の書き手が中心だが、ときどき名のある詩人も顔を出してくれた。たとえば滝口雅子や菅原克己などが記憶に残っている。滝口雅子の『蒼い馬』(ユリイカ、一九五五)はいい詩集だったから、あの詩を書いたのがこの人だったのか、とそのきさくで優しい人柄を心に刻みつけた。

当時の滝口は国立国会図書館に勤めていて、年下のハンサムな共産党の活動家と暮らしている、という噂だった。ある晩の読者会に彼女が出席していると、滝口よりはるかに身長も体重もある青年がはいってきて彼女に何かいった。すると彼女は机の下でバッグをあけ、ごそごそと何かを取り出して青年の手に握らせていた。お金である。青年は照れくさそうに笑って出ていった。

そのやりとりを見ていて、ぼくは感動してしまった。このハンサムな青年は、滝口の愛人にちがいない。滝口はまるで母親のようだったが、彼女は人生をこういうかたちで生きているのだ。大人の人生とは、つまりこういうものなのだ……。

ここで出会ったのが、鈴木啓介と伊豆太朗である。鈴木啓介もロシア文学科の学生だったから、学校で会えばいいはずだったが、学校で会ったことはとうとう一度もなかった。学年がちがったし、ぼくたちは学校にあまり行かなくなっていたからだろう。鈴木は山形の天童近くの出身で、色白でとても可愛い、いたずらっこの目をしていた。しかしなかなかアクが強くて、ひねくれたことをいっては相手を煙に巻くのが好きだったが、ときにひどく素直になるところがあって、かえってこっちが驚くこともあった。複雑な性格の持主だが、基本的なところで文学や芸術や思想というものに、深い尊敬を抱いている人間だ、ということがだんだんわかってきた。といっても、それがわかるまで二十年ぐらいは、たっぷりかかっている。

大井川の親友で、二人が飲んだ酒の量は相当だった。やがてかれは集英社に入社して鬼っぽい名物文芸書編集者になったが、定年退職してから『生いきざかり』『そういうこともある』(書肆山田、一九九六、九七)というぐあいにジャンジャン詩集を出しはじめた。何でも全部で十冊出す予定だというから、その意気たるやまさに鈴木らしいと思っている。かれについてはまた触れる機会があるだろう。

伊豆太朗は同じコンクールでやはり入選した詩人だったが、年齢は二つぐらいしかちがわないのに詩歴は古くて、名前はかねて知っていた。かれは消防士を職業にしていて、まじめに働きながら、詩を書いていた。そのころは〈記録その4〉とか〈その5〉と末尾に付く連作詩をやっていた。花田清輝や安部公房たちが提唱した、記録芸術の会などができるころで、そのドキュメンタリーの精神を詩で試みていたようだった。かれの仕事の場が反映していたと記憶する。

伊豆は実直な逞しい顔をしていて、いつもバーバリーの厚手のレインコートを着ていた。そのレインコートがかれのトレードマークだった。消防士の詩人というと、当時でいう労働者文学というカテゴリーにすぐにくくられたりしたのだが、伊豆は自分のことを労働者詩人という枠で考えられたくないようだった。かれは自負の気持の強い男だった。

長谷川龍生と生卵

「長谷川さんがな、三木君の詩はなかなかだが、しかしつまるところ学生の詩だな、といっていたぞ」

そう教えてくれたのは、大井川藤光である。

「ああ、そうですか……」

長谷川さんというのは長谷川龍生のことである。そのころ関西から上京してきて、「現代詩」の編集にタッチしていたのだが、そんなことまではぼくは知らなかった。しかし大阪の「山河」に所属するアバンギャルド系左翼の詩人として、『パウロウの鶴』（ユリイカ、一九五七）という第一詩集を出し、自らのテーゼともいうべき詩論「移動と転換」をひっさげて登場してきたかれは、今までのだれともちがうスタイルと雰囲気の詩で、ぼくらを驚嘆させていた。その長谷川がなかなかだといってくれたのはうれしかったが、しかしそれは〈つまるところ学生の詩だな〉というためにわざわざくっつけた言葉にちがいない、と思うと、あまり素直に喜んでばかりはいられなかった。しかし、もしかしたら自分の詩を拾ってくれたのは、かれだったかもしれない、と思った。

「龍生が、これからのことで、おれたちと相談したいといっている」

ある日、伊豆太朗がいった。伊豆太朗は長谷川龍生とひどく親しいようすである。

「行って会おう」

「いいよ」

ぼくはいった。

しかし、なかなか伊豆からの連絡は来なかった。どうしたのか。するとだいぶたってようやく連絡が来た。

「龍生は、奥さんが重い病気にかかっているそうだ。金もないらしい。たいへんだ」

「そりゃあ、あるわけないよな」

ぼくは、暗い気分になっていった。ちゃんとした職業に就いている詩人はいいが、そうでないものは食べられない。昔からそうだったけれど、今はもっときびしい。文筆で食うといったって、食えるほど書くのはたいへんだし、書かせてくれる場もそれほどはない。詩人を看板にして食べているのは、谷川俊太郎ぐらいなものだ。ぼくも卒業したら、もちろんどこかに就職するつもりだった。

「じゃ、とにかくお見舞いに行こう」

「うん」

伊豆がいった。

「だが、いるかなあ……」

奥さんが重病だというのだから、お見舞いは何か栄養のあるものがいいだろう。ぼくは考えたあげく、生卵にした。当時は貴重品だったのである。卵は、菓子箱に籾殻（もみがら）のショックプルーフを入れたなかに列になって埋まっている。ぼくはそれをもって井の頭線永福町の駅まで行った。伊豆はもう来ていて、やっぱり龍生はいないという。

「奥さん、入院しているみたいだ」

ぼくたちは、生卵の菓子箱を捧げ持ったまま、永福町の駅のまわりをしばらくウロウロしたが、どうしようもなかった。その日はそのまま引きあげたが、長谷川龍生のような今一番生きのいい、仕事ざかりの詩人が、こういう貧窮と不幸のなかにいるということがぼくを驚かせた。ぼくは活字によって、戦前の詩人たちの窮乏による不幸の物語をいくつも知っていたが、その現代の例のひとつがこうして今、目の前にあるのだ。そういう物語を伝えた人間がそういう位置にいたように、ぼくは今、首をつっこんでいる。

そのときの生卵がどういう運命になったかは記憶にない。が、やがてぼくは長谷川龍生に会っていた。色白で黒い縁の眼鏡を掛けていたかれは、その眼鏡のなかの目は笑っていたが、けっしてこっちを注視したりはしなかった。

おやっ、と思って見直すと、今度はかれの目は笑っているとは見えなかった。ぼくはふしぎな人だと思った。

「ひとつここで、若手詩人たちの会をつくってほしい」

　長谷川はいった。

「現代詩新人賞の佳作入選している連中までいれて、それからあとはきみたちが集めて、「現代詩」をバックアップする同人誌を作ってほしい」

　つまり「現代詩」の二軍を作って、選手を養成してくれ、ということである。ぼくも伊豆もその二軍選手として登録されることになるわけである。

　当時、店頭で販売されている詩の雑誌は三種類あった。他の二誌は「詩学」「ユリイカ」だが、ぼくが作品を発表できる可能性のある雑誌は「現代詩」だけだったから、これをやらないわけにはいかない。まして相手は、かねて一目おいている長谷川龍生である。やがて伊豆にぼくや高良留美子を加えた三人が発起人となって「詩組織」という雑誌が出たが、この雑誌のことはまたあとで書くことにしよう。

　ひとしきり長谷川龍生の話を聞いたあと、ぼくは気になっていたことを尋ねた。

「長谷川さん、それで奥さんはだいじょうぶですか」

「いや。まあ」

　かれは急に力のない声でいった。そして親指と人指し指で輪を作って言葉をつづけた。

「腕首なんか、こんなになってしもうて」

　ぼくらは、言葉を失った。もしかしたら奥さんはもういけなくなるのかもしれない、と思ったのである。ぼくは長谷川の奥さんが、やはり関西の抵抗派の詩人、浜田知章の妹さんか姉さんかであったことを思い出し、詩人と付き合う女性はたいへんなんだ、とも思った。

しかしそれは心配のしすぎだったらしかった。やがて彼女はすっかり元気になり、長谷川龍生が畏怖しつづける女神として颯爽と復活したからである。浜田と長谷川のあいだでもまれた女性は、そう簡単にはギブアップしないのだ。

長谷川龍生は小野十三郎の弟子筋に当たる。ぼくはそれから数年後「母親殺しの詩学」(「現代詩」、一九六〇年十二月)という長谷川龍生論を発表しているが、それを読むとぼくはそうとうこの詩人に入れ上げていたことがわかる。たとえば二十五歳のぼくは、こんなことを書いている。

「移動と転換」とは、どのような方法論であろうか。それは、彼にとっては既成の詩概念への根本的な否定を加えたものであり、詩の本質に対する根本的な検討と、変革であった。彼は、既成の詩概念における、静的な詠嘆や没入や余韻を拒絶し、否定することによって、詩の中へ新しい視点を導入しようとした。小野十三郎のドライ・ハードな写生の精神を身につけた彼は、「すえっぱなしのカメラ」を、「移動、転換」しようと試みたのである。

つまり従来の詩が、一点に附着した思考をうたい上げているのに対して、逆に、ダイナミックな、柔軟に変化を起し、瞬時に飛躍し、あるいは断絶をおこす現実の反映としての真実の意識を、いかに詩の中へつかみ上げるか、ということがこの詩論の中心であった。(中略)それは、従来の詩がもつ、形式論理学に支えられた意識、AはAである、という自同律に支えられた世界の否定である。ピカソが、タブロオの「静物」の空間の中に、時間の軸を導入することによって、現代絵画の新しい視角を打ち出したように、長谷川もまた、詩というジャンルの中に時間を嚥みこませようとしたのであった。

(三木卓『詩の言葉・詩の時代』晶文社、一九七二)

これはまあ見取り図というわけで、ひとつひとつのかれの詩についてすべてがあてはまるということはもちろんない。詩は生きものだし、そこでは詩人の生理や体質、育ってきた環境というようなものが持って生まれたものに働きかけた結果、というようなものも堂々と参加してくる。ひとつひとつの作品はそれぞれ作品であって、当然ながら同じものではない。

〈母親殺し〉などという、おどろおどろしい題名をつけたのは、詩集『パウロウの鶴』をつらぬくサディスチックな攻撃性が、農村的・母性的ともいうべき伝統的な抒情の詩とちがい、母性否定の都市的・非人間的・無機的な空間に成立している、と感じたからであろう。なお詩集の題の〈パウロウ〉とは何のことか。詩集の題になった、群飛する鶴を描いた作品を読むと、ロシアの生理学者パブロフのことではないかと思われるが、相手は長谷川である。確信はない。
よく知られている作品をひとつ。

理髪店にて　　長谷川龍生

しだいに
潜つてたら
巡艦鳥海の巨体は
青みどろに揺れる藻に包まれ
どうと横になつていた。
昭和七年だつたかの竣工に
三菱長崎で見たものと変りなし
しかし二〇糎備砲は八門までなく
三糎高角などひとつもない
ひどくやられたものだ。
俺はざつと二千万と見積つて
しだいに
上つていつた。

新宿のある理髪店で
正面に嵌つた鏡の中の客が
そんな話をして剃首を後に折つた。
なめらかだが光なみうつ西洋刃物が
彼の荒んだ黒い顔を滑つている。
滑つている理髪師の骨のある手は
いままさに彼の瞼の下に
斜めにかかつた。

（『パウロウの鶴』）

長谷川龍生は、少年時代に苦労した人で大阪出身、詩集『大阪』などで知られるアナーキスト系詩人の小野十三郎を師とした。話の都合上ここで小野のことを少し書けば、かれは近代関西最大の大物詩人で、九六年十月、九十三歳でなくなるまで元気に若い詩人たちの面倒をみていて、いわば長老的な役割を果たしていた。作家として充実した仕事を続々としている富岡多恵子も、かつて大阪の学生時代、小野に激励されて『返礼』（山河出版社、一九五七）を出し、詩人として出発している。

その小野十三郎には、戦争中に「文化組織」という雑誌に連載していた『詩論』（真善美社、一九四七）という、断章ふうに書きつづったエッセイがある。戦中という自由に思ったことがいえなかった時代にかれが考えたことは、戦後の詩のありように大きな影響をあたえることになった。

小野は自分は短歌にみられるような、ア・プリオリに設定された美や詠嘆に強い反発を感じるという。それに対置するものとして、現代詩に要求されるものはなにか。かれは、その第十五章でこういっている。

現代詩に具わる新しい日本的性格とは、一口に言えば「批評」である。時代と自己との間隙を塞ぐ意欲的な批判精神を私は挙げたい。日本古来の詩歌の伝統に、そういう精神が全然無かつたわけではないが、それは「自然」の知慧によつて中和されていたために、かゝる間隙に、際立つた矛盾や対立は見られなかつた。そういうものをあまり露骨に表現することは詩歌の精神に反するとされたのである。「自然」の知慧が後退するとき、環境と自己との対峙は必然的に尖鋭化する。詩に於ける自然の位置は次第に不安定となり、反対に現実社会の圧力は益々強大となつて、知慧はその素朴なかたちで自然の中に静止していることが出来なくなる。「批評」は荒々しく詩の表面に躍り出て、その内容の非等質性と非親和性は古来の詩形式を拒否し、むしろ生理的な嫌悪感をもつて、古い声調や韻律に立ち向う。かゝる粗剛なる批評精神の発動を感じ得ない者には、抒情の変革ということは何の意味もないだろう。

(『決定版・詩論』不二書房、一九四九)

日本文化礼讃一色の戦中の日本を頭に置いて読むと、いろいろとガンチクを感じる文章だが、この覚めた精神が感じていたことが戦後に力を発揮した。

戦中知識人たちの、なだれを打ったような戦争協力に対する批判を基底にして、新しい時代の精神のありようが問われたとき、詩の領域において「詩は批評である」といったかれの言葉は、強いリアリティをもって詩人に迫ってきた。抒情を拒否して批評を詩に呼び込む。可憐な抒情詩など、だれも書く気持になれっこない、あらあらしい時代である。戦争直後の荒廃した精神的現実から文学が再び立ち上がるために、小野の戦中の発言は大きな役割を果たした。その反響・影響は、今から見ると桑原武夫の俳句第二芸術論とともに、行き過ぎた観なきにしもあらず、というほどだったが、それは当人の問題ではなく、時代の風潮の変化というものはいつもそういうふうに過剰に働く、ということだろう。大相撲も町の柔道場も閑古鳥が鳴く、日本文化自信大喪失の時期だった。

あの時代を生きた個人にとって、もっとも切実だったのは、自分の乗っていたプレートが目の前で断崖になった、ということであろう。死にそこなった若い特攻隊員がこれから生きるためにはどうしたらいいか。かれがこれから生きるためには、今度は簡単には壊れることのない足場を所有しなければならない。それは過去を知り、未来に向かうことのできる一貫した視線の新たな獲得、というたいへんな作業である。

戦後社会は、新たな文化のプレートを構築しなければならないことになったが、もちろん詩もまた新たな文化のプレートにふさわしいものでなければならなかった。

戦中戦後の詩人たちの活動にふれるなら、もちろん「荒地」派のことも大いに語らなければならない。が、今長谷川との関係でいうと、この小野の役割を指摘しておかなければならない。

戦後の左翼詩陣営では、関西の「山河」、関東の「列島」というふたつのグループが活動していた。長谷川は浜田知章らの「山河」に属していたが、やがて関根弘らの「列島」にも参加して、主要な書き手となった。「列島」の連中は、もちろん小野を視野にいれつつ、戦前のプロレタリア詩のような、素朴な抗議や絶叫ではない、読み手の心により深くとどくことを願う詩を書こうとしていた。そのとき媒介項となったのは、シュルレアリスムである。

シュルレアリスムをどう考えるか、ということは左翼に限らず、当時さまざまな立場の芸術家が考えていたので、とくに「列島」がオリジナルな場にいたわけではない。ここには芸術左翼と見られていた花田清輝や安部公房たちと関根弘あたりが連動していた、という状況があった、ということだろう。

ついでにいえば、花田清輝の青春を飾る代表的な作品のひとつ、『復興期の精神』（我観社、一九四六）も、小野の『詩論』と同じ雑誌「文化組織」に戦中に連載されていた。ふたつの先見的な思想的作品を掲載した「文化組織」は、ひそかに戦後を用意していた油断ならない雑誌だった。

ところでぼくは、政治的な左翼であることからはとうに脱落していた。また少年時代の文学の出発点になったプロレタリア文学の貧しさもまた、まったくかなわないと思うようにもなっていた。しかしコミュニズムへのシッポをあっさり切れないでいたことも事実で、「列島」の連中の、とにかく方法論というものを立てたいきかたが、戦後になってまた復活してきてエンエンと続いている自然発生的な現実抗議の文学を打ちたいらげ、もっと人間の魂にひびいてくる豊かな言葉を作り出すことになるかもしれないと、一縷の期待をかけていた、というところがあった。

だが「列島」の実作を読むと、どうもそれがあまりおもしろくない。いっていることがすぐに作品になって現れてくるほど、文学はヤワなものではないが、それにしてもどういうものか。関根弘のいくつかの詩には魅力を感じるものがあったが、それ以外、ぼくの読むことのできたわずか二冊ばかりの「列島」では、どうも納得がいかなかった。

長谷川龍生の詩についていえば「列島」で読んだ記憶はない。どこでどう読んだのか、とにかくこの詩人の特異性には注目するようになっていて、第一詩集『パウロウの鶴』で、うーん、と思った。

引用した詩「理髪店にて」でも、その感じはわかってもらえると思う。もちろん長谷川が、時代の芸術意識のありようのさまざまな姿を学び、必要なものは生かしたということがあったはずである。だが、つまるところそれは、長谷川龍生というサディスチックな詩的個性が、あらあらしい戦後の風土と出会った、ということがあったからこそ成り立ったのではないか、と今は思っている。

おそらく文学の表現と時代との関係というものは、いつもそういう偶然に支配されている。時代の寵児になろうと思って、計算して当てこんで書いてそうなれる、というようなものではない。書き手はそれぞれの個人の事情によって、必死になって書いていくよりないのだが、だからといってたとえ才能があろうと、天の一角から手が伸びてきて、冠をかぶせてもらえるかどうかはわからない。

もちろん才能ある者はそれぞれ生き延びていくが、時代によって選ばれた者がその時代を代表する、という運命を受け止めることになる。その者はそれ以後、時代によっても鍛えられることになり、自分のためだけではないその道を進むことになる。

長谷川龍生の詩をはじめて読んだとき、正直いってこれが詩なのか、というためらいを覚えた。こどものころからの、ぼくの詩の概念からはかけ離れたものだったからである。そしてそれをいえば、「荒地」派の鮎川信夫や中桐雅夫の詩をはじめて読んだときにも、これが詩なのか、と思ったことがあった。ぼくは、日本解放詩集などという左翼系のアンソロジーや雑誌や新聞の詩をのぞけば、まずは立原道造や田中冬二や丸山薫のような人々を、詩人の原形として思い浮かべていたりしていたからである。

戦前の詩から戦後の詩へ行くということには、何がなんだかわかっていないこどもにとっても、谷間を飛び越えていくようなところがあって、やがてそれに慣れて、親しいものになるまでには時間がかかった。新しい表現は、いつもそういう形でやってくる。

ぼくはまだ大いに若かったから、受け入れることができたが、それはこれから生きる人間だったから、ということであろう。人生の大半を生きてしまった者は、遠くから理解者になるのはいいが、新しい時代の表現とともに生きるべきではない。かれがほんとうの表現者だったら、よくもわるくもそのまま続けていけばいい。たとえば、金子光晴がそうであったように。

それはともかく、そういう注目の詩人長谷川龍生が目の前で生きてうごいているのをみて、ぼくはびっくりしてしまった。前にも書いたように、眼鏡の底にある目は一見笑っているようで、笑っていない。やさしく振るまっているようで、けっして心のなかを示さない構えである。

長谷川龍生は、とんでもないようなことをいって相手を仰天させることは好きだったが、自分の経歴についてシリアスに話すことを好まなかった。しかしやがて噂がいくつか聞こえてきた。かれは終戦直後、プロ野球の近畿グレートリング（福岡ソフトバンクホークスの初期の母胎球団）の二軍にいて外野手（センター）をやっていた、というのである。終戦直後の野球のレベルは低かったにきまっているが、それでもプロはプロではないか。

やがてぼくは詩人たちが野球をやるのを見て、詩人は野球が好きなんだということを知った。清水哲男がスヌーピー・チームの詩を書いて高橋源一郎の小説に先駆けたり、のだった)。

平出隆が岩波新書『白球礼讃』を書いたりしたのは、輝かしい詩人の伝統上の仕事だったのだ(平出にはじめて会ったとき、「平出さんは何をして食べているんですか」とぼくがきいたら、かれは「うちの球団のロイヤリティです」と、当然という顔でいったものだった)。

やがて長谷川龍生のプレーを見る機会もやってきた。それは板橋の蓮根の、とある学校の校庭でのことで、オール・ユリイカ軍と汜プラス第三書房編集部合体軍の対戦だった。ぼくは試合に出られないから、汜チームのカントクという美名をもらい、期待にあふれて観戦した。

長谷川はユリイカ軍のセンターを守った。やや膝がガクガクしてはいたが、練習不足のベテランとしてはけっこう軽快なプレーを見せた。もしかしたら噂は本当かもしれない。なぜならそのとき、旧一高野球部レギュラーでセ・リーグ勤務の清岡卓行のプレーと比べてとくに見劣りする、というようなことはなかったからだ。

しかし、その試合でもっとも生彩を放ったのはユリイカ軍の後半戦の捕手をつとめた川崎洋だった。その堂々たるキャッチングと矢のようなセカンド送球はまことに頼もしくて、当時ぼくが応援していた東映フライヤーズの正捕手としてぜひ欲しい、と思ったくらいである。かれは横須賀の米軍キャンプで働きながら野球をやっていたので、大リーグ流だった、ということになる。

詩人に野球の天才は数多くいる、ということが決定的に確立されたのは、やがて明らかにされた氾チームの主戦投手・江森國友の発言である。かれはおそれげもなく「おれはかつて、熊谷高校のエースだった」といい放って（さすがに慶應大学とまではいわなかったが）超スローボールばかりを投げ、相手を大いに惑乱させたのだった。

しかし長谷川龍生の特質は、野球技術ばかりではなかった。もしかしたらかれは精神に異常をきたしているかもしれない、と自ら告白している、という噂も聞こえてきた。ぼくは色白のかれの表情と、奇矯なことをいったり、ややリズム感に欠ける他者への応対などを思うと、その告白はもと近畿グレートリングの二軍選手であるよりも真実に近いかもしれない、と考えた。だってあんな恐怖に満ちた詩を書く人ではないか。天才には選ばれたものしかなれないのだ。

そのうちに長谷川がしばらく行方不明になっていた、という噂も聞こえてきた。ぼくの印象では、かれはいつも行方不明のようなものだったから、あまり驚きはしなかったが、そのあいだかれは失語症にかかっていたという情報もくわわってきた。いったいどういうことなのか。

するとやがて「虎」という長詩が発表された。そこにはこういう前書があった。

一九五八年九月二十三日・ぼくは仕事のあとの昼睡から目が覚めた。体じゅうから異常な悪臭がたちのぼっていた。前日から飯類（ライス）のかわりに、鍋いっぱいに煮つめてある蛤ばかりを食べていたせいかもしれない。（中略）とにかく甚だ体の毛穴じゅうから悪臭がたちのぼっているので、代々木病院の御庄博実(みしょうひろみ)に診察してもらおうと思った。丁度、ぼくの家内が代々木病院の十四号室に入院しているので、見舞いかたがたおこづかいも持っていってやらねばならない。そこで、家を出て、一路永福町の駅に向かった。その途中、とつぜん、ぼくはぼくを忘れてしまったのである。(中略)
　九月二十六日の午ごろ・東京羽田空港の公安室でぼくは保護されていた。ホノルル経由サンフランシスコ行の旅客機に国電のチケットを見せて乗ろうとしたらしいのである。そこを連行された。あとで空港保安官の語るところによれば、服装が新しいにも拘らず泥でよごれて余りひどいので、朝からずっと注意監視されていた。その上、十分間ごとにトイレットへ通い、待合所のソファーで、さかんに筆記したり、エア・フランスの案内受付へいって奇怪な外国語で何か訊問をつづけ、其処の人を大いに困らせていたとのことである。(後略)

そしてこの詩は、蛤中毒で夢遊病者になっている間に走り書きされたものということで、その三日間の居場所の地図まで挿入されている。また以前に、茸中毒で長期の失語症になったこともある、とも書かれていて、これはこの事件以前のことだったようだけれど、噂を裏付ける。また夢遊放浪から帰ってきたかれを迎えた入院中の妻はすこしもあわてず、「また、病気ね」と一言いっただけとのことである。

なるほど。ぼくはすっかり感心してしまった。なぜならぼくも二十年余を生きてきて、その間（そしてもちろんその後も）そうとうに酷い目にあってはいるが、こんな神秘的ともいうべき事件にでくわしたことはなかった。ましてそれが、わが文学に貴重な体験をもたらしてくれたことなどありはしない。入学試験には落第するべくして落第したのであり、女の子にはフラれるべくしてフラれたのであって、そこには合理以外の何ものもなかった。しかし洋の東西を問わず、優秀な芸術家は、絶対にそういう平凡な時間はすごさず、たえずドラマチックで起伏に富んだ、鬼気あふれる日々を送るのである。

やがて長谷川龍生の第二詩集が、ぼくを驚かせた無意識放浪記述の長詩「虎」を中心に、詩集『虎』（飯塚書店、一九六〇）として刊行された。巻末解説は、なぜか谷川俊太郎が書いている。谷川はそこでこんなことをいっていた。

正確な噂によれば、長谷川龍生は時々気がふれるらしい。それを保身術とも、韜晦趣味とも云えば云えぬこともないが、彼が自分の狂気を猫かわいがりにかわいがっているその仕方を見ると、これはやはり彼の本質に相当深くかかわっていることなのだと思わせられる。時折の狂気は、いわば彼にとっての一種のバランス・ウエイトなのではあるまいか。

なるほど。たしかにこの指摘には、納得がいくものがある。そういうわけで長谷川は、深い精神の崖っぷちを彼岸へ行ったり此岸（しがん）へ戻ってきたりしていた。実際このとき以外にも、ぼくは長谷川から自らの奇嬌な行動についての話を聞かされたことがある。そういうときかれはとてもおもしろそうに話し、それで好奇心を抱いた相手にはけっして真相をあきらかにしない。

それが虚言であるという可能性もないわけではない。また針小棒大ということも、当然あるだろう（事実、詩人として出発し、作家になった井上光晴の奇怪な体験談などもみごとなもので、虚言はしばしば文学者の優れた才能の証明である）。しかし少なくともこの無意識放浪の報告詩の場合、実際はどこまでどうだったかはともかく、長谷川龍生当人は自分の精神の個性を可愛い猫だ、と思っている余裕のないような心の状況に追い込まれていた。この東京という救いのない迷路のなかで、自分が行路病者として相果てるかもしれないという予感を、その時期ずっと抱いていたにちがいない。

「虎」という長詩は、長谷川個人の心身が危機に直面したための産物で、もし長谷川が衣食足り、礼節にしたがって生きていたら書かれることはなかった。当人は、必死でえらい思いをしていたのに、他人が読むとおもしろかったりする。まあ、そんなものだ。

日本文学学校出身の詩人山本良夫（かれは新日本文学会の酒飲みたちのあいだの人気者で、だれもが本名では呼ばず、チョーさんといった）の回想によると、かれがそのころ長谷川ととくに仲がよく、その苦境をいちばん知っているようだ。そのかれは、こんなことを書いている。

翌朝、起きて、朝食をごちそうになった。二杯目のおかわりをだすともうお釜の中はからっぽだった。奥さんが「もうないわ！」とあっけらかんに言われたのには、むしろ僕の方がはずかしい思いをしたものだ。そのぐらいの貧乏だったので、朝から借金して回っていたのも、奥さんとの会話で想像できた。（中略）「虎」のまさに舞台裏できりきり舞いをしていたわけでもあった。今にして思えば――。

（山本良夫詩文集『あかっ恥のうた』創樹社、一九九五）

二杯目の御飯がないということは、もちろんオカズなど、とうになかったということだが、いくらまだ戦後の余韻が残っていたとはいえ、これは長谷川夫婦がまったく非合理的な生活意識のもとで生きていた、ということだろう。もっとも一般的にいえば、詩人の非合理的な生活意識こそ日本近代詩にとっての豊穣な母胎のようなものであって、長谷川もまた、詩の女神からいたく愛されていたということになる。

トイレットペーパーに詩を綴る山本良夫

ここで山本良夫に若干言及しよう。この引用の仕方では、山本はそんなビンボーな詩人の家まで荒らしてケシクリカランということになってしまう。

じつはこの山本の詩文集『あかっ恥のうた』には、長谷川自身が寄せた文章も併録されていて、それを読むとかれはピンチに陥るたびに山本を頼りにして、もっぱらかれの方が寄食させてもらって命をつないでいた、というのが実情だったらしい。

山本良夫は、一見乱暴者ふうに見えたが心の優しい男で、セッセと働いてきては仲間に酒をおごっていっしょにさわぐことを大いに愛していた。またいたずらっ気もあった。ぼくは或る詩の朗読会で、かれが自作朗読をしたのを聞いたことがある。そのときかれは詩をロール・トイレットペーパーに書いてきて、読みながらロールをほどいていき、長く垂れてくるとそれをちぎり捨てては読み、ちぎり捨てては読みという芸を見せて喝采を博した。

長谷川には、山本良夫のおかげで生きられた瞬間があったかもしれない。ぼくたちが、生卵入りの菓子箱を捧げ持って井の頭線永福町駅前をウロウロしていたころ、かれは井の頭公園そばの、マルクス、エンゲルスの岩波文庫がころがっていた独身の山本の部屋で、そっと人生の疲労を癒していたかもしれない。


一九五七年の雑誌「現代詩」は、新日本文学会の詩委員会が統括する機関誌だったが、発行元は外部の出版社だった。詩の雑誌など赤字になるに決まっているから、発行元は転々と変わっていて、ぼくがかかわったときは書肆パトリアという出版社だった。長谷川四郎や小林勝の小説など、新日本文学会系統の作家の本を出していた新興出版社だったと記憶する。

発行人は丸元淑生といった。これはのちに「秋月へ」という、とても美しい小説（九州の秋月だ）を発表したり、料理や栄養学の評論を週刊誌に書いたり、息子さんが相撲力士になったりした作家である。ぼくは「秋月へ」を読んで大いに感心した。そのとき、もしかしたらこれは書肆パトリアの発行人、すなわち社長さんの後年の姿かもしれない、ということに気づいたが、同姓同名とみるべきだろうと思っていた。なぜなら零細出版の社長といえば、酒焼けした、理想は語るが稿料の支払いを軽蔑していて、そうとう人生にくたびれている中高年のおじさん、というイメージだったからである。

しかしかれは、かつての書肆パトリアの人物だった。そののち得たかれについての情報から推定すると、なんと当時の丸元は、東大仏文を卒業したばかりか、それともまだ学生の身か、ということになる。そんな紅顔の青年が、どういう事情から出版社などやっていたのだろう。

もっとも似たようなことはあった時代である。たとえば光クラブという金貸し業の東大生社長がいて、派手にふるまって話題になったが、やがて破綻して自殺したという事件（この山崎晃嗣をモデルにして三島由紀夫が小説『青の時代』を書いた）の記憶も、まださほど古くなってはいないころだった。ピアニストの中村八大、ジャズ評論家の大橋巨泉、『野獣死すべし』などのハードボイルド小説で一躍若者たちのヒーローになっていた大藪春彦などが、学生の身でどんどん仕事をしていたのが、ふしぎでもなんでもなかった。だれが何をやろうと何でもアリだった、ということにすぎないのかもしれない。

書肆パトリアは光クラブのような怪しげなものではなく、きわめてまじめな出版社で戦後日本文学のために尽くしてくれた。が、花のいのちはみじかくて……で、あまりいい目は見なかったのではないかと思う。丸元淑生（じつはぼくは、いまだにかれに会ったことがないのだが）はどういう思いをしていたのだろうか。

新日本文学会のなかにいたわけだから、ぼくも出入りすることによっていろいろな人間を垣間見るようになった。「新日本文学」へ載せてくれと持ち込んできた小説を、編集委員の作家や評論家が、どういうわけで掲載できないのかということを延々と説明し、その前で力なく首うなだれている作家の姿も見た。

「新日本文学」は当時稿料はもちろん、まだ原稿用紙代すら出なかったのではないかと思う。それでも小説を載せてほしいと、けっこう経歴のある人が来ている。これは経歴も実績も自信も乏しいこの詩人の卵にとっては、はなはだしく意気阻喪させられる情景だった。

「現代詩」の編集常任は、大井川藤光と黒田喜夫（きお）だった。大井川はいろいろ世話を焼いてくれて親切だったが、黒田の方はまるで姿を見せたことがない。ぼくは黒田の詩に関心をもっていたので、いつか会えるのではないか、と思っていたがいっこうにそういうことにならない。編集実務は大井川が一人でやっているかのように見えた。

「黒田さんは、どうしているのですか。かれを誘わなくてもいいのですか」

ある夕方新宿へ飲みにいくとき、大井川にたずねたことがあった。すると大井川は眉をこわばらせていった。

「うん。まあいいじゃないか。あいつはあいつだし」

それはどういう意味だったのか。前後のようすを勘定に入れて考えると、黒田と大井川は、あまり肌があわなかったのかもしれない。黒田はかたくななところのある人間だったし、大井川は陽性にギロンをしたりするのが大好きという人間だった。それでぼくらは、新宿西口のブッコワレそうなバラック通りにある酒場〈ボルガ〉へ出かけていった。

〈ボルガ〉は、金のない詩人連中がよくあつまる店だった。この店に来たら、お皿に山盛りの塩漬けのキャベツを肴にしてショウチュウを飲まなければならない。ビールなど注文しようものなら、「おおプチブル」と仲間に嘲笑されたりした。じっさいこの店での詩人とビールは、すこしも似合わないような感じがした。

しかし、この店は、〈ばん（鷭）焼き〉という看板を出していた。ぼくは鷭なんて鳥は見たこともない。店は、格調高いと自慢しているのである。

確かに串焼きの肉を焼いていた。しかしそれはふつうのヤキトリ、モツヤキのたぐいで、鷭だと思っていた者は、まずいなかっただろう。あの時代に、そんなものがあったとはとうてい思われなかったし、第一われわれのだれもが、串焼きの肉など注文したことがなかった。

しかし肉の焼けるいい匂いは、店の内外に漂っていた。道に向かって炭火で焼いているのはやさ男で、片方の目に白い眼帯をしていた。はじめぼくは、モノモライでもできたのだろうと思っていたが、いつ行っても眼帯をしている。かれの目はどこかで決定的に傷つけられてしまっていて永久に治らないのだ、ということにようやく気づいた。

西口のあのバラック通りが懐かしい。それは新宿駅から大久保方向の線路ぞいにガードまで坂をくだっていくコースで、戦災の焼け跡に立ち現れた、ぎっしりと軒をつらねた吹けば飛ぶような和製カスバだった。そのほとんどが酒場と食べ物屋で、ぼくは学校の帰り、途中下車してこの街でカレーライスや天丼（といっても野菜のかき揚げ）をかき込んで露命をつなぐことが週のうち幾日かあった。安くて実質的なものをタップリと食わせてくれたからである。

〈コーシュカ（雌猫）〉というバーがあった。これは白系露人の女性二人が経営していた店で、どちらもそうとうな年齢だったが、口紅はしっかりとしていてあいそがよい。この店でなら教室とはちがって、下手なロシア語でももちろんよろこんで聞いてくれ、「おまえは、なかなかうまくロシア語を話すではないか」とほめてくれる。ロシア文学科の学生としては、この店に来るのは断じて酒のためではなく、勉強のためである。しかし、おだてられていい気になっていると、たちまち授業料がかさんでしまう。

足しげく行ける学校ではなかったが、とにかく新宿西口の和製カスバは、ビンボーで地方出学生のぼくにとって、飲食からベンキョーまで面倒を見てくれた母なる揺り籠にほかならなかった。

あの白系露人の女性たちは、老いた白猫さんたちは、よっぱらいのゾロゾロ歩いていた街が取り払われたあと、どうなっただろう。〈ボルガ〉はべつのところにひっこしてもっと盛大な店になったけれども。

あのころの新宿は、今とちがって人間くさかった。街は人間であふれていたし、たえず何かが起こっていた。そして何かに出会いそうな気がしたし、また出会ったりした。

今の新宿はビルが主役である。高層ビルと高層ビルの間を歩くというのが、新宿の街を歩くということで、その肌ざわりがひやりとしている。ぼくが年齢を重ねたので期待することが少なくなったということがあって、今の若者はこの新宿でもけっこう楽しくやっているのかもしれないとも思うが、実際街を歩くと出会うのはそそりたつ冷たい壁ばかりである。

棘のある毒虫、黒田喜夫

黒田喜夫とはじめて口を利いたのは、かれの年譜から推定すると、一九五八年の秋ごろということになる。その年の春、かれは三千代さんと結婚し、七月に「現代詩」の編集実務を降りていた。かれは三十二歳だった。ぼくとは、九つ違いの年長である。

この年の十月、かれは「現代詩」に「毒虫飼育」という詩を発表した。かねてかれの詩に関心をもっていたが、この作品を読んでぼくは、感動し興奮した。いまここに傑作がうまれたと思い、それに立ち会っているのだ、と思った。

その月、ぼくは月例の読者会で報告者をつとめることになっていた。それで新日本文学会へ行き部屋に一人いて、いうことをまとめていると、不意にドアが開いた。顔をあげると黒田だった。かれはぼくを見るとドアを閉じて行こうとした。ぼくはあわてていった。

「あの、黒田さん」

かれはドアを閉めるのをやめて、けげんそうにぼくを見た。ぼくは、さらにあわてていった。

「あの、今月の詩、「毒虫飼育」ですが、とてもよかったです」

かれは黙っていた。ぼくは、いっそうあわてていった。

「今日の研究会でレポーターをするんですが、黒田さんの作品を中心に報告するつもりです」

黒田は、なお黙っていた。今度はちょっと口を動かしかけた。しかし、やめた。そして目で会釈すると、そのまま去っていった。

なぜいきなりそんなことをいってしまったのだろうか。かれがいなくなると、なんだかとてもぶしつけなことをしてしまったような気がした。しかし、ぼくはいわないではすまなかったのだった。

黒田喜夫は、山形・寒河江(さがえ)の農民出身。早くに父を失い、行商する母親に育てられ、親族のあいだでも、農民のこどもたちのあいだでも場を得られなかった。高等科を卒業すると年季奉公をするために上京、文学に関心をもつようになったが、戦争が終わって故郷で共産党員となり、農民運動の指導をしているうちに結核を発病した。

まだ、治療方法が確立されていなかった時代である。二十三歳のとき、黒田は当時としては新療法だった、肺の病患部に合成樹脂の球を入れる手術を受けた。が、やがてこれがまったくまちがった処置だったことがわかってくる。手術を受けたものは、ふたたび取り出す再手術を受けなければならないという事態が起こる。黒田も、この球をぬく手術を受けることになった。阿部岩夫編の年譜にはこうある。

昭和三十五年四月（三十四歳）、十一年前にやった左肺合成樹脂充塡術の化膿部位を大手術し、合成樹脂の玉をぬく。しかし、それ以上の処置がとれず左肺背部を切り開いたままとなる。苦痛ははなはだしく以後度々死線をさまよう。

（『黒田喜夫全詩』思潮社、一九八五）

戦前戦後の日本人の食生活は貧しく、栄養状態はよくなかった。とくに戦争直後はわるかった。結核はそういう状況にとりつき、〈死病〉として恐れられた。優秀な若い人たちが、青春にありがちな過労もあって次々と倒れた。やがて特効薬ができ、食生活が向上して結核は治る病気になったが、それはしばらくあとのことである。

黒田喜夫は、メスで幾度も切り裂かれた肉体をかかえながらも気力を失うことなく、再手術からさらに二十四年間、五十八歳まで生き、詩人・思想者として積極的な活動をつづけた。

ぼくが黒田にはじめて話しかけた一九五八年の秋という時点は、おおごとだった再手術の一年半前、ということになる。この阿部が作成した年譜をみても、このあたりでは〈健康状態悪化〉〈健康状態ますます悪化〉という文字がしばしば出てくる。

病気だけでもえらいことなのに、かれがしていた共産党の仕事が、これまた問題だった。日本共産党の、文化に対する政治主義的支配、という厄介な問題（これには多くの文学者が五、六〇年代にわたってずいぶん悩み、また苦労したものだった）にも詩人としてぶつからざるをえなかったし、さきの長谷川龍生同様、極度の貧困という問題もあった。当時の黒田は、まさに四面楚歌、お先まっくらだったはずである。

「現代詩」編集実務からも離れ、これからどうするべきか、とあれこれ思いながら会議室のドアをあけると、そこに見たこともない嘴(くちばし)の黄色い学生がチョコンとすわっていて、いきなり発表したばかりの黒田自身の作品について、ゴトゴトしゃべりかけてきた。なんだこいつは、という印象ではなかったか。

いや、そういってしまうと、それは少し自虐がすぎる。ぼくが、かれの「毒虫飼育」のことを「とてもよかったです」といったとき、かれがとった態度の解釈は、今ふりかえるとそのときとは少しちがう。それは見知らぬ者から、いきなり面と向かって返事のしようのないようなことをいわれて当惑したが、しかし本当は少しはうれしく思ってくれた、という感じがする。黒田は含羞の人でもあった。

ところでその「毒虫飼育」であるが、それはこういう七十行ほどの詩だった。

大都市の四畳半のアパートで、いっしょに暮らしている老いた母親が突然、蚕を飼うといいだす。この母親はかつて一反歩の桑畑を自らのものとして持っていて、その桑を飼料にして養蚕をしていたのだが、その土地は失われてしまって、とうになくなっている。

〈おまえもやっと職につけたし三十年ぶりに蚕を飼うよ〉と彼女はいう。

そして虫を飼いはじめる。息子の詩人は、養蚕に憑かれた母親をいたましいものとしてみまもっている。

やがて一寸ほどの虫が点々として座敷を這うようになる。しかしそれはまともな蚕ではなく、〈刺されたら半時間で絶命するという近東砂漠の植物に湧くジヒギトリ〉によく似た、棘のある毒虫なのである。

詩人はできるだけやさしく、憑かれた母親に対しているが、〈虫にふれたときの恐怖を想ってこわば〉りながらも、母親の心中を思うととうとうこらえきれなくなり、嗚咽(おえつ)を感じながらこういうのである。

　おかあさん革命は遠く去りました
　革命は遠い砂漠の国だけです

この虫は蚕じゃない
この虫は見たこともない
だが嬉しげに笑う鬢のあたりに虫が這っている
眉にまつわってうごめいている
そのまま追ってきて
革命ってなんだえ
またおまえの夢が戻ってきたのかえ
それより早くその葉を刻んでおくれ
ぼくは無言で立ちつくし
それから足指に数匹の虫がつくのをかんじたが
脚はうごかない
けいれんする両手で青菜をちぎりはじめた

（「毒虫飼育」の終結部）

農村を追われて都市へ流れた母子が木賃アパートの一室で展開するドラマ。母親の土地に対する妄執は、どう夢見てもこの現実のなかで、うまく実るわけがない。それは毒虫にしかならない。それにもちろん養蚕自体がアメリカのナイロンを旗頭とする合成繊維の出現により、とうに時代遅れの産業になってしまっている。しかし母親にはそんなうたれた。

ぼくは農村出身者ではない。都市生活者のこどもとして都市で育った人間である。だから黒田の気持、農民の気持がどこまでわかっているかとも思うが、しかしこの詩にはうたれた。

それはまず、この想像力のあざやかな具体化ということにある。黒田喜夫の才能の冴えともいうべきものを感じたわけだが、それはまぎれもない黒田の才能であると同時に、かれが背負ってきた近・現代日本農村の現実の衝迫力の発現でもある。黒田という才能を媒介にして可視化された集団意識である。ぼくのようなものでも感じるのだから、この作品はよく現実を知る多くの人々には、さらに深く大きい感動をもたらすはずだった。実際この作品は、かれと時代を代表する作品のひとつになった。

ここで黒田が突然、嗚咽を感じながら〈おかあさん革命は遠く去りました〉といったとき、学生さんのぼくもまた、嗚咽の共感とでもいうべき衝動を感じたのだが、それはおそらく、同時代の青年に共通する痛点ともいうべきものを、〈革命〉という言葉が叩いた、ということだった。

この現実にはもう耐えられないという意識、この現実が変わってくれなければ困るという意識が、日々をさいなんでいた時代である。その閉塞されている意識が濃縮されたとき指し示す言葉、それが〈革命〉だった。その具体的な中身といえば、おそらくそれは年齢や性別や立場によって、ずいぶんちがったものだった。それは、あらゆる異質で多様な中身をも通底してしまう呪文のごときものであり、悲鳴のありかとでもいうようなものだった。

そして、この現実を生きるということを知っている者には、それはけっして来っこない、ということもまたわかっていた。黒田はまた、そのこともいったのだった。

新日本文学会の一室ですれちがったきり、ぼくはしばらく黒田喜夫に会うことはなかった。病が悪くなっていたからである。その次に出会ったのは、最悪ともいうべき再手術をすませたあとのことで、かれは千駄ヶ谷にあった代々木病院に患者として入院していた。

ぼくの方も変化があった。大学はめでたく卒業したが、就職状況は最低というべき状態であり、労働運動を恐れた企業側がロシア文学専攻の学生など好んで採用するわけがなかった。

したがってまずは産業予備軍の真新しい制服を着ていることになったが、それからようやく職を見つけた。「日本読書新聞」という週刊書評紙である。ぼくは編集者としてかれのもとを訪ねることになった。

年譜から推測すると、それはあの安保闘争の年の六〇年三月のことで、ぼくは『谷川雁詩集』の書評を頼みにいった。

おそらくそれは「毒虫飼育」を収めた第一詩集『不安と遊撃』で、黒田が第十回のH氏賞を受けた直後だった。生活保護を受けているので、賞金（五万円）を没収されるのではないか、と心配しているという噂をどこかで聞き、これは厳しい状況だと思ったのがそのころだった、と記憶しているからである。

代々木病院は日共系だったが、御庄博実という「列島」の詩人が医師として活動していて、詩人の面倒をみてくれていた。黒田の入院も御庄のおかげである。この病院には黒田だけではなく、ずいぶんたくさんの詩人がお世話になっているはずである。

たとえばぼくが思い出すのは、一九七五年六月に金子光晴が亡くなったときの壺井繁治のことである。かれの病状もそうとう悪かったのに、訃報を耳にすると壺井はベッドの上に正座して、金子を追悼する文章をつづった。そしてその壺井は同じ年の九月に後を追うようにして亡くなった。そういう噂をあとで聞いたとき、ぼくはまざまざと壺井の律義で真面目だった姿を思い浮かべたものだったが、それもこの代々木病院（壺井は最後まで共産党員だった）でのことだった。もし御庄が、そのころの代々木病院と詩人の関係の回想を書いていてくれたら、読んでみたいと思う。

黒田の病状がそうとう悪い、ということは聞いていたが、その苦しげな姿をまのあたりにしたときには、やはり衝撃を受けた。病んでいても美青年、あるいは病んでいるからよけいに美青年、と思って、黒田の姿を思い浮かべていたのだが、眼窩（がんか）が大きく、えぐれるようにくぼんでいて黒ずんでいる。そして表情には緊張はなく、優しげだった。

ぼくは、この優しげな雰囲気に恐怖をおぼえた。戦後の中国で、そして引き揚げてくる過程で見た、死に近い人々のことを思い出したからである。それは、かれらが共通にもっている表情だった。黒田はきわめて深刻な状況にある。もしかしたらもう助からない段階に陥っているかもしれない。書評など頼んでいいのか、とためらうものを覚えたが、しかしかれは書評を引き受けた。そして締切りまでに書いてくれた。いい書評だった。

ぼくは、かれは谷川雁の詩を絶賛するにちがいない、と思っていた。しかし、出てきた原稿はそうはいえなかった。もちろん谷川の詩人としての資質が抜群であることを認めながら、しかし批判的な視点を示すことをぬかさなかった。

今ここにその文章がないので、おぼろげな記憶で書くしかないのだが、それはたしかこういうことだった。谷川雁の抒情詩はすばらしく美しく、詩とはこんなに美しいものなのかという賛嘆の念を禁じ得ないが、しかし矛盾の激発点であるはずの故郷を、かれは矛盾の超越点であるかのように語っているのはどうしてなのか、そんなに美しく書いていいのか、という問い掛けだった。ぼくは虚をつかれたような気がした。

一九六〇年の安保闘争の前後から、尖鋭な知識人・学生層は、日本共産党の絶対性に疑問と批判を抱くようになり「乗り越えられた前衛」という言葉が合言葉のようになった。谷川雁はそのとき、炭鉱争議で揺れる北九州で日本のひとつの新たな思想的焦点をかたちづくっている中心的人物として、注目されていた抒情詩人だった。かれは、その労働階級の北九州の運動体を共同体的視点から「おれたちの青い地区」と、自らの詩のなかで賛嘆して呼んだ。そこにひとつのユートピアを見たのである。

しかし黒田喜夫にとって、故郷の寒河江は、それとは正反対のものだった。貧しい農民の子弟までがかれを疎外した。貧しさが彼我にもたらすもののおぞましさを、いやというほど味わわせてくれた場であり、かれは都市へ流れなければならなかった。

同じレフティッシュな詩人でありながら立場は対照的だった。九州熊本の眼科医の息子で秀才だった谷川は、知的リーダーとして、あきらかに現実を見下ろす視点で見ていた。一方、貧しい農民までが疎外した立場にあった黒田は、地べたから見上げる視点で現実を見ていた。それは階級的な対立ともいうべきものだった。

黒田喜夫という詩人は、このようにいつも自分の立場というものに徹底してこだわった。かれにとって生きてきた人生はすべて、残らずじっくりと嚙みしめられているようだった。

かれはそれから数年、代々木病院に入院をつづけた。そのあいだに共産党を除名されるという事態も起こった。ぼくは幾度か、書評のために代々木病院に通った。かれは、終始かわらぬ態度で接してくれたし、いい書評をたくさん書いてくれた。

卵形の顔で地味な衣装を身につけて看護に当たっていた三千代さんの姿を、ルオーの描いた女性のようだったと懐かしく思い出す。三千代さんだけが、黒田に幸せをとどけていた。

そしてどこでどう会ったのか、わからないが、髪の毛のまっしろになったお母さん、つまり「毒虫飼育」のヒロインのイメージが、頭のなかにぼうっと浮かんでくる。小柄なお母さんは、部屋の片隅らしいところにお行儀よくすわっている。ぼくはほんとうに会っているのか。

ぼくは黒田の詩が好きだったし、感動もした。かれから多くのことを学びもしたけれども、しかし、残念ながらかれがぼくに打ち解けて心をひらいてくれた、と感じたことはとうとうなかった。かれの心身の状況はそれほどきびしかった。かれはほかの健康な人間とはちがう人生を生きていると強く思っていた。

しかし、そうは思ってもやはり、ぼくはさびしかった。

しかし、ぼくは若くて生意気なやつだったから、気づかないところでかれを幾度か傷つけていたのではないか、と今ふりかえると思う。この窮地に陥った自尊心の強い詩人の心のうちを、どれだけわかって行動していただろうか。

Ⅱ 「現代詩」の会

ところで話を前にもどすが、われら伊豆太朗や鈴木啓介や三木卓ら、若手の詩人たちは、長谷川龍生の意向にしたがって新グループを結成することになった。

このグループに参加してきたメンバーがどういうルートで集まってきたのか、ぼくはもう忘れてしまった。「現代詩」周辺をウロウロしていた在京の若い連中と、その連中のともだちとでもいったらいいか、まあそんなところだと思う。数はそうとうなもので、大きなグループになった。われわれは、高田馬場の〈大都会〉という喫茶店を集会場所にしたのだが、それもふつうの喫茶店では、みんなで話をするスペースがなかったからだ。この店は、近くのワセダの学生たちがコンパをやるのに具合がいいような作りになっていたので、それを拝借したのである。

それで会名をどうしよう。「火の会」というのが仮称だったが、これはすでにあるということで、「ぶうめらんぐの会」に変更ということになった。獲物を捕らえて帰ってくる、というところから出た。

ぶうめらんぐの会は、いきなり雑誌を出さないで、最初の数号を二つ折藁半紙八ページほどのパンフレットで出し、エッセイや感想や詩を載せた。いわば創刊準備号である。記憶に残っているのは、ぼくがこのパンフレットで、会のありかたについて中村紀代士と論争をしたことである。中村は国鉄の労働者で、労働者詩人としてすでにキャリアも名もある年長詩人だった。ぼくは静岡にいた高校生のころ、かれが浜松の詩誌に詩を書いていたのを覚えていた。

その論争の中身も、もう忘れてしまっているが、そのとき中村が、ぼくなど問題にならないごつい自我の持主だったことを、今でもなまなましい感触で覚えている。かれは、それまでの人生で直面したことのないタイプの人間で、ぼくはその強さを正面から受け止め、驚き恐れた。

やがてぼくたちは「詩組織」という雑誌を出した。これは、第二次世界大戦中に中野秀人や花田清輝らが作った「文化再出発の会」の機関誌「文化組織」から出たものだろう。ぼくがいい出したのだったと思う。当時のぼくは花田清輝を、恐れおののきつつ尊敬していて、今思うと恥ずかしいような、懐かしいような複雑な気分になる。

雑誌「詩組織」第一号が世に現れたのは一九五九年六月一日。ロシア構成主義を感じさせる表紙デザインで、ぶうめらんぐの会 季刊とあり、編集者伊豆太朗 東京都杉並区大宮前1－45と印刷されている。これは伊豆の住所である。

ひらくとこうある。

僕らの武器は飛ぶ。
僕らの円を描いて。
僕らの獲物を討ち。
僕らの詩と組織の。
僕らの場所に戻る。
僕らの武器は詩だ。

これは伊豆が書いたはずである。ぼくらの気負いが、わかろうというものだ。

第一号には、とよださなえ、中村紀代士、秋村宏、植田裕久（鈴木啓介だ）、伊豆太朗、福井桂子、友呂岐行夫、小林健作、藤田章子、谷敬、三木卓が詩を書き、エッセイは中川敏「荒地派ノート」。三十二ページ、定価五十円だった。

創刊号は好評で、同年九月に第二号が出た。このときには会員全員の名前が公表されている。それによると約五十人ほどで、飯村隆彦、しま・ようこ、高良（こうら）留美子、水野淳などの名前が見える。ぼくはすっかり忘れていたが、この号になんとぼくは、A・トゥルコフ「最近のマヤコフスキー研究」などという文章を翻訳したりしている。このころは大学院の学生になっていたから、その副産物だろう。

このころの「詩組織」には、いろいろな人間がいて、飯村隆彦はのちに記録映画作家になっているし、水野淳は今、めざましい躍進をとげている出版社・草思社の営業担当の重役になっている。福井桂子は最近第六詩集『荒屋敷』（書肆ぷりゅにえ、一九九八）を出した。ちなみに彼女は、ぼくの妻でもある。また、中川敏は評論を書き続けていたが、あるときもっと勉強する気になって都立大学の英文科の大学院へいき、研究者にもなってしまった。もちろん大学の先生にもなった。ぼくは、篠田一士（はじめ）が、中川の翻訳の技量を認めていたことを知っている。このこわい人に認められるのは、たいしたことだ。

伊豆の話によると、あの華麗な小説でたちまち人気作家になり、また風のように去っていった森瑤子もいた、ということである。彼女の記憶はないが、詩を目指していた時代があったということになる。

とよださなえは「ジャガイモから紅玉まで」という軽快な風刺詩を発表して、ぼくらをすっぱい気分にさせたが、遥かに聞こえてきた噂によると彼女は、湾岸戦争のとき注目された中東問題専門の放送ジャーナリストの奥さんになっているという……。

谷敬は第二回の現代詩新人賞の受賞詩人（ぼくとちがってちゃんとした受賞だ）で、のちに、しま・ようこと結婚した。谷は抒情的な美しい詩を書いていたし、しま・ようこは才気ある、イメージの豊富な詩を書いていた。ぼくが、ハイゼンベルクの不確定性原理の存在を知ったのは、彼女の散文詩からである。

谷は浅草橋のおもちゃの卸商の家業を継いで、詩だけではなく、こちらの業界でも大事な人になった。しま・ようこは、大東文化大学の教育学の教授になっていて、最近『北の方位』（津軽書房、一九九八）という詩集を出した。彼女は、わたしの詩は、個人史から自由になりにくい。幼少期に、木洩れ陽のぶらんこに揺られながら宇宙時間の不思議さに刺し貫かれてしまったからだろうか。子ども時代の戦争、敗戦後の「青りんごを齧るように鮮烈な」民主主義教育、安保闘争、山谷の長欠・未就学児たちとの出会い、教育行政の理不尽さへの挑戦、そして一旦しっぽを切ろうとした「教える（?・）しごと」に、場を変えて、片脚でのめり込んでしまった日々のすべて。それらの背景に宇宙時間が流れ続けている。これは一時代を横切って消える個人史の瞬間にすぎないが、わたしは時代のマグマに育てられたことも確かなようだ。

（『北の方位』〈後記〉）

と書いているが、それはぼくたちの世代の時間を語っている。そしてそれを、〈宇宙時間〉と重ね合わせるところに、共感をおぼえる。彼女は「詩組織」からずっと自分のまなざしで歩いてきた。『北の方位』はそう感じさせる。

高良留美子の果敢な生

高良留美子と初めて会ったのは、いつどこでのことだったろう。彼女は伊豆太朗に誘われて、ぶうめらんぐの会に参加したというが、伊豆は、どうして彼女を知っていて誘ったのだろう。なかなか隅におけないやつだ。

するとぼくが会ったのは、一九五九年ということになる。

二十七歳の高良留美子は、背が高く手足がほっそりしていて、ちょっとポパイの恋人、オリーブ・オイルを思わせる体形をした娘さんだったが、もちろんオリーブ・オイルなんかよりも、はるかに美しくまたチャーミングだった。可愛らしいのに目が鋭くて、言葉はけっして多いほうではなかったが、落ち着きがあって、いうことは納得できた。

ぼくはそのとき『生徒と鳥』（ユリイカ、一九五八）という彼女の第一詩集をもらった。小型の詩集で、表紙は枯れ木と緑の木を左右に配した荒野で、遠近法の線の束をはるか地平の太陽に集中させた、エッチングだった。ちょっと中世ふうの雰囲気もある。だれの絵だろう、と思って探すと高良真木とある。彼女の親族の一人なのかもしれない。

詩集の装丁を身内の者が協力してする。ぼくは、なんとなくそういう家庭のありようを想像した。それは同じような文化を頒ちあっている者たちであるにちがいない。そういう家庭。それは、たとえば東京の匂いのする家庭である。

『生徒と鳥』は、当時のぼくには、わかるようでもあり、この読み方でいいのかという確信のもてなさもあった。しかし今読み返してみると、彼女の特質のひとつである或る果敢さとでもいうべき姿勢が、すでに現れている。それは表現ということへのあこがれや期待の深さの現れでもあり、それに関わっていく自負の現れでもあり、また好奇心や責任意識の現れでもある。つまり、彼女は自分の主体というものを信じて、大胆な表現者・思想者たろうとした。

彼女自身がみずからについて語った文章を読むと、当時の彼女は、けっしてそんな確信をもった生き方をしていたわけではなく、いろいろと不安定な自己模索をしつづけていた、ということがわかる。ぼくも当時、たとえば彼女が妹さんの夭折に出会っているということを、なぜか知っていた。いくらぼくが彼女を美しい娘と思おうと、彼女もまたあの時代を、生を意識して生きていた人間の例外ではなく、青春の激動のなかを、激しく揺れ動かされながら生きていたはずである。

しかし、彼女はつまるところ〈果敢〉という姿勢をとることで、この戦後日本の現実にも自分自身にもかかわって生きていた、とぼくは思う。そのことはときに彼女をかたくなにしたかもしれないが、しかし彼女の表現を確かなものにもした。書き続ける彼女の言葉が、彼女の信じるところからのみ出ていることを疑ったことはないし、これからもきっとそういう信頼を抱きつづけるだろう。ぼくは、高良留美子が仕事をしつづけてくれていることに、心をはげまされる。同時代のこれは正直な気持だ。

ここには、みじかいが彼女らしい詩をひとつ引用しておこう。

木　　　高良留美子

一本の木のなかに

まだない木があって
その梢がいま
風にふるえている。

一枚の青空のなかに
まだない一枚の青空があって
その地平をいま
一羽の鳥が突っ切っていく。

一つの肉体のなかに
まだない一つの肉体があって
その宮がいま
新しい血を溜めている。

一つの街のなかに
まだない一つの街があって
その広場がいま
わたしの行く手で揺れている。

（『見えない地面の上で』思潮社、一九七〇）

高良留美子は一九三二年、東京生れ。母上にはタゴールの訳詩などがあり、父上の遺稿詩集『高良武久詩集』（思潮社、一九九九）が出たところである。彼女がそういう父母をもって育ったということ、彼女が日本近代の伝統の上にあったということは、ぬきにして語れないことだ。

彼女は東京芸大の学生だったとき、「エスポワール」の会員になった。「エスポワール」は、五〇年代前半に東京大学や東京工大などの学生たちがおこした文化運動で、彼女の夫君となった竹内泰宏もその一人だった。彼女はすでにそういう連中にもまれていた、ということになる。ついでながらぼくは、高校生のとき書いた小説を「エスポワール」の同人のだれかに読んでもらったことがある。

高良留美子は、最初に会ったときをのぞき、いつも竹内泰宏といっしょにいた、という記憶がある。竹内はぶうめらんぐの会にもやってきて、さらさらっとした口調で、「竹内といいます。ぼくは小説を書いているんです」

といった。東大の経済を出た、ほっそりとした色の白い都会的な青年で、こういうふうに軽くいえるのはいいなあ、と思った。

下落合のお宅へうかがったこともある。その家は高良留美子が生まれた家だったはずだから、築後かなり経っていたわけだし、事実そうだった。しかしなかなか大きい立派なお屋敷である。

どういう事情か、かれらは引っ越してきたばかりらしくて、なかはガランとしていた。竹内は椅子に腰掛けた姿で、

「ここへ越してきたんですが、こんな家住めるかなあ」

と笑いながらいった。戦後の住宅事情の悪いときで、ぼくなどは三畳と四畳半の借家だったから、その言葉を聞いてほとんど腰を抜かしそうになった。

そしてやがてかれの小説は、文藝賞の佳作に入選した。

詩は、書けるときは一日でも書ける。それが不滅の名作であることもある。しかし小説はそうはいかない。まして千枚を超す長編小説ともなれば、一生を費やす人間もいる。竹内は、長編小説を志向していた。

一九六七年のある日、ぼくは新宿の〈ナルシス〉という酒場にいて、そこで竹内とともにいた。かれは実にこわばった表情をして座っていた。かれの長編小説『希望の砦』が河出長編小説賞の候補になっていたからである。その結果を待っているところだった。ぼくは河出書房の社員になっていたが、担当でもないのに、どうしてその晩そこにいたのか。

そのときの、頭に重石をのせたような重苦しいかれの表情を、忘れることができない。長い長い小説を書いてその成否を案じるということのつらさを、この目で見て実感したのは、それがはじめてだった。小説を書く、それも長い小説を書くことは、たいへんな

ことなんだ、と思った。

やがて電話が掛かってきてかれは出、もどってくるなり、

「だいじょうぶだ」

といった。そのときの顔は忘れられない。

ぼくはそれから四、五年後、小説を書くようになり、長編小説で七転八倒することにもなるのだが、そのときはそんなこととは露知らず、

「これは、えらいことだなあ」

と思うばかりだった。

高良留美子は、あのお屋敷で日夜そういう人間とともに暮らし、ともに書いているのだ、と思い、そしてそういう生活というものは、すばらしいような、おそろしいことのような気がしたのだった。

詩壇の貴公子、鮎川信夫

ところで雑誌「現代詩」のことだが、これは一九五八年八月に新日本文学会を離れて結成された「現代詩の会」の機関誌ということになった。今までの新日本文学会の会員だった詩人はもちろんだが、「荒地」「櫂」「氾」など、目下現役バリバリという連中が結集する一大集団となった。

会が発足したときは、委員長に鮎川信夫（荒地）をいただき、編集長は関根弘（新日

文）、事務局長は長谷川龍生（新日文）、編集委員は大岡信（まこと）（櫂）、木島始、瀬木慎一（以上新日文）、谷川俊太郎（櫂）、吉本隆明（荒地）だった。このほかに、岩田宏（今日）、黒田喜夫（きお）、菅原克己、長谷川四郎（以上新日文）らの運営委員がいた。

なぜ、「現代詩」は新日文から離れたのか。阿部岩夫編「黒田喜夫年譜」によると、「文学・芸術運動への党の政治主義に対する深刻な闘争の末、七月『現代詩』は新日本文学会詩委員会の機関誌という性格を離れ、『現代詩の会』という詩人組織の編集による雑誌に変わる」とあるが、あれはそういうことだったのか？

日本共産党の文化支配という問題は、さらに一九六〇年を過ぎても続く。これは確かだけれども、当時会の内部でそういうことが明白な形であったとは、ぼくは聞いていない。実際「現代詩」に対抗してあらわれた「詩人会議」（浅尾忠男、城侑ら）こそ、新日文外部に成立した日共系ズバリの雑誌だった。

鮎川信夫を担ぐ、という構想のお膳立てをしたのは関根弘と長谷川龍生だろうと思う。会を離れた理由を関根が学生のぼくにしてくれた説明によれば、「新日本文学会の連中が、詩をママッコにしてちっとも大切に考える気がないから、おれたちはおれたちでやったほうがいい」というものだった。小説や評論の連中が、詩人たちを軽視していたという事実はあったかもしれない。しかし関根は血の気が多く喧嘩っぱやいところもあったから、あるいはそういうことも関係していたかもしれない、と今になると思う。

いずれにせよ現代詩の会は、文学的世間に向かって詩人の存在とその活動ぶりを、この動きではっきりと示し、注目させようという企てになった。詩人が、イデオロギーにこりかたまっていないことを示し、仕事の場をひろげること。会に参加した詩人は、それぞれにことなった理由を抱いていただろうが、関根弘は、外にひろがるジャーナリズムと詩をつなごう、という意欲をもっていた。

あるいは、そこには「列島」以降つちかってきた自分たちの仕事を、大同団結することで戦後の詩の流れのなかにはっきりと位置づける意図もあったかもしれない。

また、現役バリバリの詩人たちも、兄貴分の「荒地」のメンバーも、詩人自身が運営していける雑誌をもつということを、つまらないこととは思わなかっただろう。関根弘の拡大路線は、場の拡大を求めている時期の詩の世界の動向にうまく乗った考えでもあった。

鮎川信夫は、すでに戦後詩における象徴的存在だった。鮎川のキャラクターからして、委員長就任にそれほどの興味を感じたとは思えない。かれはむしろ戸惑うものを感じただろう。だがあえて会の冠として収まったのは、若い詩人たちの仕事のために、それが筋のとおったものなら応援したいという気持があったからだ、と思う。

これは後年のことだが、鮎川が、堀川正美や山田正弘のような若い詩人たちに、「自分たちが年刊で出している〈荒地詩集〉という場を、きみたちに利用してもらえるなら、いつでも譲るよ。そういう気持なんだ」

と話していたのを、そばで聞いたことがある。もちろん「荒地」の看板のもとで、若い詩人が、〈はい、そうですか〉と仕事をするわけにはいかない。またそういうことは百も承知で鮎川はいっていた。だが、だからといって、それが鮎川の単なるジェスチャーと考えるのもまた、ちがうような気がする。かれが、自分たちのあとの詩の流れがどうなっていくかということに心から関心をもっている、という気持をそういうかたちで伝えたかったのだと思う。

だから、現代詩の会で、自分がはたすべき役割があれば、それは引き受けざるを得ない、ということだったのではないか、と推測しているのだが、どうだろう。

現代詩の会の最初の総会で、ぼくは見たこともない詩人たちの顔をいくらも見ることができた。今まで挙げた人たちのほかに、岡本潤、安西均、武田文章、井手則雄などの姿も見た。

詩人というものは意外に〈詩人〉という印象ではなくて、目も鼻も、財布もハンカチももっているふつうの人たちだった。雑踏のなかにまぎれこんでしまえば、たやすく姿を消してしまえるだろう。

もちろん、そうではない者もいた。若くてハンサムな武田文章は、学生集会で相手をやっつけるような口調でなかなか舌鋒鋭く切り込んできて、そういうタイプの人間には今までいろいろと痛い目にあわされてきたことを思い出し、詩人の集会にもあのタイプがいるんだ、とがっかりした。しかし、武田麟太郎の長男であるかれは、硬派というよりじつはなかなかの艶福家であると考えるべきだ、ということがその後だんだん判明してきて、かれはぼくをケイレンさせた闘士たちとはちがう種族であることがわかって安心した。

また、発言するときは、独特のパセティックな口調になって話し出す岡本潤は、想像していた姿（指折り数えれば、かれは当時五十七歳ぐらいで今のぼくより若かったのだが）よりはるかに若く、永遠の文学青年ともいうべき品のよさで、〈罰当たり〉と自称するようなゴロツキ的印象とはかなりちがっていた。

鮎川信夫を初めて見たのも、このときのことである。色白のかれは端整で、つまらないことなど一切いわず、表情も控え目で、声はやや細く高かった。詩壇の貴公子という雰囲気で、詩のイメージとかなり一致するものがあった。眼鏡や顔の輪郭の感じから、ぼくはいつからかショスタコービッチを連想したものだが、ショスタコービッチとは心のありようにも共通するものを感じるときがある。

そういう人たちはいても、一方で、かれらは予想に反して流行歌が好きだったり、なかには軍歌をうたうことをさらに深く愛している詩人がいる、というようなことがわかり、これを矛盾と感じたぼくはショックだった。ぼくは、カンカンガクガク戦後文学など論じる人たちは、地球上のどこにいようとも、むずかしい顔をして沈思しながらタバコをふかし、モクモクとして酒をのんで、ときどき〈世界苦(ヴェルトシュメルツ)か……〉などとつぶやいているばかりだと思っていた。もちろんなかにはそういう人物もいたかもしれないが、しかし全体的に見ると、予想よりははるかに詩人は普通人に近いようなのである。詩人のことが、ある程度わかるようになるまで、まだまだぼくはいろいろな体験をしなければならなかった、ということになる。

共同通信の若き記者、高井有一

現代詩の会の総会は年一度開催されたが、総会などやっても、社旗をたてた全国紙の取材車が、外にずらりと並ぶというようなことはもちろんなかった。三大紙が来たことは一度もなかったと思う。そういうなかで総会はとりおこなわれたが、いつも来てくれる取材者が一人だけいた。

それは、ソフト帽をかぶっている共同通信の若い記者である。ソフトはやや時空を超越しているがごとき感があって、興味をそそられたが、かれは至極温和で、詩人たちのなかにまぎれこんで腰掛けていた。

何かあると笑ったが、その目はけっこう大きかったのに含羞にみちていて、新聞記者さんというイメージからほど遠かった。

やがてぼくは、かれが田口という苗字であることや、その父親が画家であるということを知った。なるほど、ソフトをかぶった画家の息子だから、きっと坊っちゃんなんだろうと思った。

そののちぼくはどこかのパーティーに行った。すると田口が来ていて、かれは東京新聞の学芸部の記者と話をしていた。ぼくは脇にいてその会話を漏れ聞いた。内容はある批評家のことだったが、二人の話は歯に衣を着せない実に率直なもので、その内容には賛成ではあったが、同時にこれからは、田口のことを坊っちゃんと思うのはやめることにしようと思った。以来、かれを坊っちゃんと思ったことはない。

現代詩の会が解散したのは一九六四年だから、その一年後ということになる。六五年下半期の芥川賞が、高井有一の「北の河」（第五十四回）にきまり、共同通信社勤務とあったから知ったとき、あれっと思った。高井有一は本名田口哲郎、新聞でその報道をである。やあ、そうだったか、すげえや、と思った。岩田宏に会ったら、かれも「あっといった」といい、しきりに田口哲郎の快挙に感心していた。

そのころかれは東京を離れて地方の支局にいた。職務上、その地区にいた芥川賞候補者のところに事前取材に行かなければならなかった。「具合がわるかった」と高井有一からのちに聞いたのだが、自分が候補になっていて、他候補の事前取材をしたなんていう人はほかにいやしないだろう。

そしてかれが次々と優れた小説を書き続け、内向の世代の作家群を代表する一人となったことは周知のとおりである。

話は解散後の時点までいってしまったが、実はまだ、会ははじまったばかりのところである。それまでは書肆パトリアを出版元にしていたが、ここで版元は飯塚書店にかわった。飯塚書店は、駒込にあった左翼系の詩書中心の出版社で、関根弘の第二詩集『死んだ鼠』（一九五七）などを出版していた。『死んだ鼠』は〈現代詩集〉というシリーズの一冊で、その後、茨木のり子『見えない配達夫』、菅原克己『日の底』（以上一九五八）、吉野弘『幻・方法』、黒田喜夫『不安と遊撃』（以上一九五九）……というように次々とこのシリーズに乗って優れた詩集が刊行された。おそらくこれもまた関根弘との関連で成立したことで、飯塚書店がわにも雑誌をやることで単行本も出していける、という計算があったと思われる。

飯塚書店はごく小さな出版社で、編集部としては社長のほかに、「詩組織」の詩人の秋村宏がいるだけだった。ぼくは現代詩の会やら秋村との縁やらで、大学を卒業した年、入社試験をすべて落第したので籍を置いた大学院へいくまでの三月をまるまる一月、ここでアルバイトをした。

秋村は東京近郊の農村の出身者で、顔は当時人気のあったフランスの俳優、ロベール・オッセンにそっくりな野性味あふれる美男子だったが、考えは足が地に着いている大人だった。ぼくはその後、詩についての考えの相違から、かれとは付き合わなくなってしまったが、ぼくはかれの人柄を好きだったし、その気持は今も変わらない。

ぼくはかれの下で、せっせと校正をしたり、行数を数えたりした。ぼくのかかわった本は、木原孝一編『アンソロジー　抒情詩』（一九五九）である。

そのときの体験を、まざまざと覚えている。ぼくは国立から駒込まで通ったのだけれど、朝はまだ暗さがのこっているころ出かけ、夕方仕事が終わるともう真っ暗だった。

学生のときは毎日、家庭教師のスケジュールがあって、けっこう忙しいと思ったものだったが、仕事をもつということは、それどころではない。明るい時間は、全部売り飛ばすのが就職であり、それが三十五年以上続くのだ、と思い知った。今ごろそう思うなんて、ぼくもけっこう世間知らずだった。

それから驚いたのは社長の奥さんだった。金庫をあずかっていたが、彼女は営業や編集の社員たちのことを「おまえたち」と呼んだ。なるほど労働者の味方である左翼の出版社でも、社長の奥さんというものは社員をそういうふうに呼ぶのだ。もっとも社長の方は丁寧で、そんないい方をしたことは一度もなかった。

ついでに書き留めれば、臨時雇いは日当四百円、残業料は一時間五十円だった。四時をすぎたころ、秋村が遠慮がちに「今日もしかして残業してもらえる?」という。ぼくはいつもスカンピンだったから、よろこんで残業したが、秋村はいつも遠慮がちに、まことにあいすまぬことであるが、という態度でいいだすのだった。

「現代詩」は、こうして発行主体が替わり発行元が替わったので、今まで編集実務を担当していた大井川藤光と黒田喜夫が辞めることになった。大井川は、ほぼそのころ詩の世界から姿を消すことになる。ぼくはかれが小学館の仕事をしている、という噂をそののち聞いたことはあるが、会ったことはない。大井川はいったいどういう人間だったのか。「薔薇(ばら)科」の同人だったような記憶があるが、おそらく詩集も出していないだろう。ぼくはこの酒を愛し、議論を愛した詩人に、いろいろと世話になりながら、一度の礼もいったことがないまま、それきりになってしまっている。

代わりにやってきた編集実務の担当者は加瀬昌男という男だった。ぼくより三つ四つ年長だが大人びた人物で、大井川は実務に関してはややおおらかなところもあったけれど、加瀬には安定感があって有能であり、かんどころでは「いや、それはですね関根さん」と、独特の手振りを交えてものをいう。専門はロシア演劇で、ロシア語がぼくよりずっとできた。ロシア語は関根もやっていたし、岩田宏は外語時代から早熟の語学の天才だったから、「現代詩の会」ではぼくはあまりロシア語の話はしないようにした。

編集部は三崎町の木造二階建て建物の一室だった。

ぼくは、そのころから短いあいだに幾度か、「現代詩」の出張校正などをてつだった。あれは築地だったか日本橋だったか、そのあたりの印刷所で、各社校正室でくすぶっていると、アジの開きと味噌汁の晩飯が印刷所から出たりした。

ぼくはいつも腹がへっていたから、まずいはずはなかった。しかし、校正室には独特の埃っぽい雰囲気がある。なぜか入るだけで疲労を覚える場所である。奇妙に食欲がなくなるのだった。

ぼくは加瀬昌男とならんで、この人物がやがて草思社という目下躍進中の注目出版社の社長になる、などということは爪の先ほども予感できないまま、見落としだらけの校正をつづけていたのだった。

劇作家になりたかった加瀬昌男

加瀬昌男は、横浜の洋服仕立職人の息子だった。一九三一年生れだったから、ぼくの兄貴と同いどしということになる。なんとなく付き合いやすかったのは、そのせいもあるかもしれない。

「現代詩」は新日本文学会から派生したのだから〈左翼〉ということになるかもしれない。かれが、どこでそういう雑誌とかかわりがあったかははっきりしないが（あるいは関根弘経由か?）、かれは高校を卒業すると、早稲田の文学部に入り、演劇を専攻した。それも第一語学としてロシア語を選択した。それで演劇科の学生といっても、露文科の学生のような学生生活をしたらしい。

ぼくの露文のクラスに五十嵐朋子という女子学生がいた。可愛い子であったが、彼女のいうところによると、知りあいだった加瀬昌男をお兄さんのような気分でみていて、かれが五十嵐に露文科にいけ、とすすめたので来た、という。加瀬がロシア文学、文化に早くから関心をもっていたらしいことは、彼女の口吻（こうふん）からもわかった。かれは熱心にロシア語を学び、卒業してからはシベリアの木材買いつけの際の通訳などをやって勉強かたがたお金をかせいでいた時期もあった。草思社の社長になってからも、ロシア人女性の先生をやとって会話の勉強をつづけていた。かれの不屈の学ぶ姿勢を見たぼくは当然大いにひるんだ。

かれは劇作家を目指していた。かれの作品が舞台に載ったこともあった。それは、蔣介石が、第二次大戦後の八路軍との権力闘争にやぶれて台湾にひきこもったあとの、台湾での政治状況をテーマにしているものだった、ということだが、ぼくはそれを見ていないので、どういう視点からとり上げられたどういうものか、よくわからない。

しかし、もともとかれが当時の流行りの左翼青年でなかったことはたしかである。かれは、いつも事実に関心があって、たとえば新聞を切りぬいて、問題別の袋をいくつもつくり、正確な事態把握に一心だった。これは専門家がよくやる方法だ。政治をリアルに把握すること、たとえば、ヒトラーのことなども、ぼくに「なかなかよくできた政治家だったと思います」などと、当時だれも口にできないようなことをいってくれ、蒙をひらいてくれた。

かれは劇作家になりたかったのだろうが、時代はその方へ向いていなかった。かれは「現代詩」がなくなったあと、生活のためにアルバイトでヤマハの広報関係の資料をつくる仕事をしていた。当時ヤマハはピアノを売りまくるという波にのっていたので、加瀬昌男も仕事が増え、手助けする仲間も一人増え、また一人、というようになって、とうとうプロダクションができてしまった。ぼくが最初に訪問したときは、事務所は新宿区矢来町にあって、今の矢来町では想像もできないのどかなところで、すわっているとヤブカがとんできて刺していくなんていう具合だったが、すぐ手ぜまになって原宿の二階建て一軒家を社屋とするようになった。そこで草思社は大いにあばれた。

ヤマハの商品カタログをはじめ、軽音楽関係の若者向けの雑誌を出したりしていたが、自主的な本格的出版をはじめるようになった。

ぼくはといえば、河出書房をやめてしまっていて、いわば素浪人である。したがって収入はまことに乏しい、というピンチの状態にあった。筆で食べたいと思ったけれど、「筆は一本、箸は二本」で、まことにたよりない。それを見兼ねた加瀬昌男は、ぼくをやとってくれた。社会保険つきだ。ぼくは週に二、三度、草思社に通ったり、草思社の車で、ヤマハの浜松本社まで、取材や資料獲得のために出かけた。ぼくはルンペン時代どれだけかれの世話になったかしれない。

それは一九七〇年前後のことである。娯楽音楽ではいわゆるニューロック、アートロックの全盛時代だった。ぼくはクリームやザ・ドアーズやレッド・ツェッペリンの新譜を持って帰ってきて、歌詞を訳して、軽音楽好きの若者向けの雑誌にのせたりした。

草思社は当時話題だったハンター・デヴィス『ビートルズ』（小笠原豊樹・中田耕治訳）を大いそぎで出すことになった。版権は高かったろう。ぼくはがんばることになり、そのおかげで食えたし、自分の書きたい小説が軌道に乗るまでくらすことができた。

しかし加瀬昌男は、どうだったろう。新興出版社として次々に企画があたり、草思社は出版界で注目すべき新進出版社となった。それには、大いに加瀬の広く深い知力と見識が働いていたに相違ない。かれは、本当は劇作家になりたかったのだが、時代はかれを注目出版社の社長にしたてあげた。いい仕事を沢山した。加瀬昌男は栄光の人として戦後の出版史上に名をのこしたが、その後の文化状況の変化はきびしく、他社の支援をうけるようなことにもなった。加瀬も時代に翻弄（ほんろう）された才能だったのか。

「現代詩」ロシア語スクールは、関根弘、岩田宏、加瀬昌男、三木卓だったが、岩田と加瀬はとくに仲がよかった。加瀬はとくに岩田の才能を大切にし、よい仕事をさせようといつも力を貸していた。

詩人たちの命を救った御庄博実

前章の黒田喜夫のところで、かれが入院した東京の代々木病院のことにもふれ、ここが日本共産党系の病院であったにもかかわらず、党に批判的な考えをもっていた詩人たちもずいぶん面倒をみてもらっていた、という話を書いた。

それは御庄博実（みしょうひろみ）という「列島」の詩人が医師として勤務していたからなのだが、今は広島にいる御庄から、その文章を読んだという手紙がきて、そのころの詩人たちの回想をこれからの仕事のなかに組み入れて、書いてくれるそうである。金銭に恵まれない詩人にとって、病気はひとしお身にこたえることだから、そこにはぼくなどうかがうべくもないような数々の赤裸々な姿が現れてくるだろう。いろいろ面倒なこともあろうが書いておいてほしい。戦後詩ももう、そういう時期に入りつつある。

その手紙のなかに、一枚の写真が入っていた。一九五四年暮れの、御庄博実の結婚の祝いの会のときのもので、これは「列島」の同人がまとまって写った唯一の写真だという。写っている関根弘も菅原克己（ミツ夫人も）も木島始も木原啓允も、みんなこんなに若いときがあったんだ、と思うほど若くまぶしい。

ぼくは、木原啓允（なんと読むのか、ぼくらはケイインといっていた）とは、一度会ったことがあるような気がするが、ここではじめて見るかれの若き日の姿は、なかなかハンサムで明るく、もしぼくがのちに会ったと思っている人がそうだとしたら、ずいぶん印象がかわっている。しかし、一枚の写真からそういうことをいうのは、いいすぎになるだろう。

かれは戦後、いろいろなことがあったあと、アートフレンド・アソシエーションという呼び屋稼業についていたが、「現代詩」では、愉快な、しかし屈折した詩や文章を書いていた。

一九六二年にぼくは「現代詩」誌上で「詩人ドック」という、相手かまわずマキザッポをふりまわす辛口コラムを、なんと署名入りで連載して、大いに顰蹙（ひんしゅく）を買うことになるが、そのコラムをぼくの次に担当したのが木原で、しかもかれの第一回のドックの患者は、今まで乱暴のかぎりをつくしていたヤブ医者三木卓だった。

かれは、啓允という名前の通り、ひらき許す、という人で、カアスケになっていた若いぼくを優しくたしなめて、たしか〈憂国性高血圧症〉というような診断を下してくれた。なかなかの名医だったと思う。

御庄の結婚のお祝いは、実際の結婚よりはずっとあとのことだったというが、そういうことはあのころ少なくなかった。式なんて金の掛かることはやってられないといっているうちに、仲間がまあ、祝いの会ぐらいやろうぜ、ということになって会が催される。

ぼくの記憶では、木原自身が自分の結婚のことを詩で書いたのは、この写真の時期よりも、さらに五、六年以上あとのことだったはずである。だが、この写真にはもう奥さんである稲子さんの、半分陰にはなっているが、晴れやかに笑っているチャーミングな顔が写っている。

今思い出してみると、その詩も、やはり遅れたお祝いの会のことだったような気がする。かれらはいろいろなものをお祝いにもらい、そのなかには電気洗濯機〈愛妻号〉もあって、そのかくかくたる戦果をかえりみると、資本主義社会において結婚の企業化には可能性がある、という結論になっている、せつなくもまたハッピーな作品だった。

しかし、今度の御庄の便りによると、その木原稲子さんも、もうこの世の人ではない。ぼくはもちろん会ったことがないから、当時の彼女の笑い顔を見て、そうか、この人が〈愛妻号〉で毎日の洗濯をしたのか、と思うよりないのである。

この御庄のお祝いの会のことを、菅原克己が「詩学」（一九五五年三月）に書いた文章のコピーもそえてあって、それによると「関根などは少年のようにはしゃぎ、写真のときは最前列で顎を突き出しながら、一番澄ましこんでいた」そうである。

そこで話は関根弘へと移行するが、この写真が撮られた一九五四年というと、関根弘は三十四歳（ぼくについていえば、新制の高校を卒業した年）ということになる。

かれはその前年、第一詩集『絵の宿題』（建民社、一九五三）を出し、この年は詩論集『狼がきた』（ユリイカ、一九五四）『現代詩の作法』（春秋社、一九五四）などを出していた。詩集も注目されたし、「列島」や「現代詩」で展開された抵抗詩はいかにあるべきか、を論じた「狼論争」のかれは主役で、野間宏の「日本の数知れぬ葉っぱをみがけ！　けだものの腹を引き裂く日本の言葉をみがけ！」という詩をからかったりしていたから、大いに元気がよかった時期である。

そう思って写真を見ると、なるほど、かれはワイシャツ・ネクタイの上にV襟カットのセーターを着たりしていて、満足そうで意気軒昂ともいうべき態度である。控え目のユーモアの名手である菅原克己が書いたとおりで、思わずニヤニヤしてしまう。そして関根のこのパワーが、詩の世界のものごとを押し進めていくことになったのだ、と納得が行く。

ぼくの大学の年長の同級生で、もと改造社編集者だった芹川嘉久子から、関根弘と一夜踊った、と聞いてぼくが「えっ、関根は左翼なのに踊れるのか」と驚いた話はすでに紹介したが、関根弘という詩人はご幼少の砌（みぎり）から、なかなかな男だった。

『日本近代文学大事典』の関根弘の項目（長谷川龍生執筆）によると、かれは一九二〇（大正九）年生れ、三二（昭和七）年東京向島の小学校を卒業するとすぐに就職、それからさまざまな職業を転々としながら労働とともに生きた。だが、文学的才能は早くからひらいていて、三一年に清水清編集の詩誌「帰帆」に認められて作品を発表している。ということは、小学校の五年か六年ということになるから、これは早熟というよりない。

それから、いろいろな雑誌に関わったのち四〇年には、このわが回想記によく出てくる小野十三郎や花田清輝らが参加した「文化組織」に、かれもまた加わっていることに注目しよう。それが弱冠二十歳のときのことだ。普通の当時の知的エリート、例えば旧制高校生たちが日本浪曼派などにイカれたりしていたころである。関根弘は普通の日本の知識人とはちがう、独自のコースをいく定めにあったわけだが、それにしても、労働者階級から選ばれた者という自負は深く、その知的嗅覚は鋭かったといわなくてはならない。

そしてまた、かれはよく勉強したはずである。そのなかでも戦争中に駿河台のニコライ堂にあるロシア語学校に通って、ロシア語を勉強していることにも注目したい。あの時代、いくらニコライ堂がギリシャ正教で白系になるからといって、軍以外の民間でロシア語が学べた、ということは驚きだが、それに気づいて首をつっこんでいる、という敏なる行動にも才気を感じないではすまない。人は、どんな困難な状況でも、本当に必要なものは嗅ぎ当てるものだ、その道を見つけ出すものだ、だからあとで泣き言をいうようであってはならないと、ぼくはいつも思ってきたが、花田清輝から〈プロレタリア・インテリゲント〉と呼ばれることになる、若き関根弘の知的行動の道は、はっきりとそういうぼくの思いを証明してくれる。

もちろん生活条件がきびしかったから、お金に余裕のある学者志望者たちのような勉強をすることはできなかったろうが、かれが与えられた条件のなかで、うまずたゆまず知的努力を積み重ねていく我慢づよい青春（そのなかには、社交ダンスの習得もあったわけだ）を送ったことが、戦後の仕事につながっていったと、見えてくる。

一九四五年の第二次世界大戦終了時にかれは二十五歳。それからの二十年間がほぼ全盛期で、その間かれは大いに奮闘した。かれがラジオのために書いた連続ドラマの孫悟空のように暴れまくった。

関根弘に最初に出会ったのは、どこでのことだったかはっきりとしない。詩を初めて読んだのは高校一年のときで、『日本前衛詩集』というアンソロジーのなかの一篇「海」だった。ぼくは、清貧のうちにある凜々しく美しい青年詩人を思い浮かべていたが、本物はそのイメージよりはやや現実よりで、詩人といえどもこの世を超越できるものではないことを知った。

関根弘というとぼくは、中央から左右に垂れ下がる髪のあいだに、とても大きいとまではいえないが、しかしよく光る両眼があった、とかれの風貌を思い出す。これではゲゲゲの鬼太郎みたいだが、しっかりとした顔のでかい面積があったたし、日焼けしたたくましさも、そしてもちろん知的な雰囲気もあった。

かれには、まず絶えず俊敏に左右に動いている動物園の白熊のような迫力があり、存在感があった。飯塚書店の社長なんか、あの迫力でいろいろな企画を実現せざるを得なくなったのではないかと思うし、現代詩の会も、その腕力でできあがったとしか思われない。しかし、今ふりかえって現代詩の会の役員の配置などみると、そこにはなかなか周到な配慮が加えてあって、各派の勢力均衡をきちんと計量していた、ということがわかる。

実は今この文章を書くに当たって、かれの「狼論争」のエッセイを再読していたのだが、かれは一九五四年の時点で、大岡信や清岡卓行や飯島耕一の仕事を、関根とかれらの共通項であるシュルレアリスムを媒介として、関根がいちばん付き合っている抵抗詩などより、はるかに高く評価している。こういうかれのありようが、のちの現代詩の会の構想に結びついていった、と見ると、かれの周到な構図の実現、とも見ることもできる。「列島」といい現代詩の会といい、かれは自分のヴィジョンを孕んだ運動を起こし、それを推進した。それは同時に時代の要請にシンクロしていて、詩の世界を大いに刺激したのである。

関根弘という人物は、ぼくにはなかなか魅力的だったが、それはかれがいつもポケットのなかにおもしろいものを入れているような気がしたからだった。かれのポケットからは、さまざまなおもしろいアイディアが次から次へと出てくる。それは、実はせっぱつまって吐き出した、たいしたことのない思いつきだったこともあったはずだと、今は思うが、ぼくは口をあけて感心して見ている観衆の一人だった。かれがいうと、そのアイディアは光彩陸離たるものがあるように思われた。

それは、ヒーローである資格をかれももっていた、ということになる。いわれていることそれ自体よりも、それを生気ある人間が、心からそれをおもしろいと思っていうと、人はその中身にまで魅せられてしまう。関根は、もちろんいったことそれ自体でも大事なことをたくさん述べたが、そのようなヒーローの資格もまた、大いにもっていた。

ひとつには、かれがいつまでも少年の心の躍動をもっていた、ということだろう。かれは現実生活のなかで、少なからずすりへって大人になったはずだが、かれには、山の手の良質な精神をもつ坊っちゃんのような、のびのびとした感受性があり、ときにはいたずらっこの童心を垣間見せることもあって、ぼくはそういう関根がすばらしいと思った。かれはけっして合理にだけしか関心をもたない、賢すぎる大人などにはならなかったのだ。

ぼくはそういう関根のことをもっと知りたい、と思ったが、しかし、なかなかそうはいかなかった。関根のよさは、関根から離れて見ているときにいちばん感じられるようであり、いざ現実に感情のやりとりとなると、そういうかれの持ち味とはちがうかれが出てきてしまう。

しかし、おそらくそれもまたヒーローの条件である。人間の魅力というものはすべて見せてしまったら、それまでである。ヒーローがそのことを知っているかどうかはわからないが、かれらはけっして自分の魅力の中心核は見せない。戦後ぼくはいろいろなヒーローに出会ったが、かれらは例外なく、遠くにいるものは引き寄せ、うんと近づいているものにはそれ以上見られないように距離をとった。よらしむべし知らしむべからず、という言葉は、ここでも当てはまるような気がする。

関根は東京の下町っこだが、なぜか新宿を愛し、新宿に住み、新宿で飲んだ。ぼくがはじめてその自宅を訪ねていったのは、書評新聞の編集者をしていたからだったが、それは柏木のアパートだったと思う。二間しかないせまいアパートで、ぼくが出入りしていたころ、かれは離婚し、また結婚したのではないかと思うのだが、いつも女性の姿はなく、かれは一人だった。ぼくも貧乏で、隣家のバーのおかみさんが、男を連れて帰ってきて、やがてお祭りになるのが実況放送で聞こえてくる、そういうひどい長屋で暮らしていたが、関根はそれよりは若干まし、というぐらいだった。

かれほど高名な詩人になっても、ぼくの暮らしとあまりちがいはない。一応そうは思ったが、しかしぼくは、かれが勤めているのではなく、原稿料で生活しているということを大きな差だと思った。詩人であれ小説家であれ、原稿料で生活するということは、たいへんなことだが、苦しくてもそれができなければ、一人前の文学者とはいえない、となぜか当時のぼくは信じ込んでいたのである。原稿料で食うということは、文学者の勲章なのだ。それを関根はつけている。

かれの部屋は片方は仕事部屋だったが、もう片方は書庫だった。幾列かになった本棚が並んでいて、そこにはぎっしりと詩書が詰まっていた。ぼくが見たことのない、戦後詩人の初版詩集などもあった。それからそれほど価値があるとも思われない詩集もあった。

じっと見つめていると、関根はいった。

「いずれ、この時代のことを書きたいと思っているからな」

関根は、本を大切にする人だ。この分でいくと、かれはもっと広いところへ引っ越さなくてはならなくなるだろう。

今のようにジャンジャン詩集が出る時代ではなかった。だが、それでもやがて関根家には戦後詩図書館ができてしまう。

大学なんかに行かず一人学んだ人は、みな本を大切にする。例外はない。

やがてぼくは、そういうことを知るようになるが、関根はその最初のほうの人だった。

そのとき二十六歳だったぼくは、関根弘の書庫の前でまことに正直にこういった。

「関根さん。ペンで食べられるって、ぼくも、そうなれたら、ってあこがれるんですけれど」

すると関根は微笑を浮かべて、ちらっとぼくを見た。なんてこどもっぽいことをいうやつだろう、と思ったのかもしれなかった。でも当時のぼくは、心からそう思っていたから、何と思われようといっこうにかまわない、と思った。

関根はちょっと横を向いて、なんとなくそういう質問には素直に答えにくいのだが、という態度をみせながらいった。

「まあ、急ぐことはない。三十過ぎるまでは働いてみるのもいいことだ。三十過ぎたら、考えるんだな」

「はあ」

浮かない声で、ぼくはいった。関根はきっと、ぼくにはそんなことは不可能だと思っている、と思った。それにちがいない。ぼくは、気が弱いくせに小生意気で、上司から毎日一回は怒鳴られている、という文化新聞記者だったから、その日暮らしもいいところで、このままいけば、何事も聞きかじりの中途半端な知識のボロだけを着ている、スカンピンの乞食になるだろう。関根はそれを見通しているから、そんなことをいうのだ。

そういえばそれより前、関根には一度就職の世話をしてもらったことがあった。一九五九年に学校を卒業したとき、すべての入社試験を落第して大学院に籍を置いたが、担当の教授はモスクワ大学へ留学してしまうし、奨学金はとれなかったし、もちろん金はないしで、暗澹（あんたん）たる気分でいた夏、関根のコネだということで、学校に籍を置いたまま業界雑誌に勤めた。

関根に「ありがとうございました」といったら、かれは少しも嬉しそうな顔をしないで「あんまりいいところじゃないから、そのつもりでやれよ」といった。

それは東京アルスという出版社で、もともとは北原白秋の弟の鉄雄がやっていたアルス（戦前には、白秋の全集も出した会社だ）のなれのはて、というようなところだったらしい。幾度か人手にわたって、今や北原家の人間はだれも関わっていなかったはずである。

出していたのは、原子力関係企業のPRパンフレットの類で、この新しい産業に食いつこうとしていたが、業界としてはまだこれから、というところである。ぼくが入ったときには、六十ぐらいのでっぷりと太った社長と、会計部長である中年美人の愛人が経営者側で、大洋漁業をやめたかやめさせられた男（シナリオ・ライター志望だった）と北海道学芸大学を出た青年が雇われ側だった。われらは「原子力時代」という業界誌を出すために雇われたのである。

神田小川町三丁目四番地に所在したので〈三四ビル〉と呼ばれた木造二階建てのビルの一室だった。粗末なビルだったが、掃除は行き届いていて、きれいに掃き清められた廊下の独特の匂いを思い出す。今はもう建て替わってしまって、コンクリートのビルになってしまったはずだが。

雑居している事務所のなかには、原田三夫の宇宙旅行協会があった。当時、火星の土地を買う、という名目の宇宙科学振興の基金募集が話題になっていた時代で（なにしろえらい少ない金で、火星の大地主になれた。証書が発行されているはずだが、今はどうなっていることやら）、科学啓蒙家として戦前少年たちのヒーローだった原田も、それにはたしか一役買っていたはずである。

いつもなかをのぞきながら通ると品のいいおじいさんがひとり、ポツンとすわっていた。来客を見た記憶はない。人名辞典から計算してみると、当時のかれは七十歳、という数字がでてくる。そしてそれからさらに、かれは十年の余、生きている。

われらが東京アルスは、原子力といういささか先物買いに走ったせいもあり、社長が、あまり鋭敏な頭脳をもっていなかったせいもあって（しかし心優しい人で、ぼくはかれから中古の靴をもらっている。あまりにひどい靴をはいていたのを、見兼ねたのである。上等な靴だった）、大いに景気は悪かった。

入社月の給料日がきたが、いっこうにそれらしい様子がない。みんなはどうするか、と思って様子をみていると、五時を過ぎても経営者側の二人は、机にすわっていてまんじりとも動かない。六時を過ぎてもまんじりである。社長も会計部長も二度と息を吹きかえさない決心で石になっている。

七時をまわったころ、電話が入って経営者側の頬がゆるみ、それからようやくわれら三人の頬がゆるむ。なんとか資金がつながったらしいのである。そうなると社長は急に偉くなり、こっちは給料袋をおしいただく、ということになった。

頼りないことおびただしい。ぼくは呆れて、数ヵ月もいないで辞めてしまった。給料は、いくらか取り損ねたままになっている、という記憶がある。

たしかあの社長の愛人の方と、関根は知り合いだった。といっても、浮いた付き合いなんぞではなく、どこかの業界紙の同僚か何か、そういうことだろう。そして関根がいうとおり、まともなところではなかったが、いずれにせよそんなわけで、ぼくは関根弘に、一宿一飯の恩義があるのだ。

関根は口八丁手八丁で、雑誌「現代詩」でも活躍した。そのときどきに仕事で目立っている人物と対談する〈こんにちは〉というシリーズが、印象に残っている。たとえば松本俊夫、泉大八、小田実、野間宏、高田敏子、武智鉄二、山西英一、谷川俊太郎、セルゲーエフ（バレエ演出家）などといった人々で、今読み返すとそれぞれに感慨がある。

一九六二年六月号では、かれは上坂冬子と対談「積み木細工の記録」（こんにちは26）をしているが、これはトヨタのOLだった上坂が「思想の科学」連載の『職場の群像』（中公新書）で注目されたあと、『日本をみつめる』というルポをだしたのを機縁に行われた対談だったらしい。ここで上坂は自分が特高の子である、ということをまず述べていて、組織と男というものの関係について、身にしみるような意識をもっていることを知り、ぼくはこの人の屈折のありかのひとつがわかったような気がしたのだけれど、ここでは当時の関根のヒーローぶりを示す言葉を引用させてもらおう。

上坂　……「思想の科学」で御名前を拝見して、どんな方ってある人に聞いたら『独身主義の詩人』だというふれこみだったもんですから、すごくピューリタンで、やせて色が白くて、まなざしが……（笑）。そういう想像をしてたんですよね。そうしたら去年かおととしくらいのメーデーの時に、五月晴れの神宮前広場で欣喜雀躍としてメーデーのために生まれてきたような感じの人をおみかけしてその時始めてあれがか会を開く約束をしてきたんですよ（笑）。

といったら会社の女の人達からスゴク羨ましがられました。私が今日関根さんにお目にかかるとにかく会社の女の人の中には、すごい人気です。（中略）の『関根弘』さんと知らされたわけです。明日のヒル休みは報告大

全体がこんな調子で進んでいるわけではないし、これが関根に対する上坂のとりあえずのご挨拶、という点も割り引かなければならないが、このころの関根がどう見られていたか、という感触が伝わってくる。

関根について、ぼくがひとつ納得できなかったことは、何かというとかれは、詩を社会にもちこもうとした、ということだった。詩人は社会のことを考え、その来し方行く末を思わないではいられないが、しかし社会が詩のことなど考えるわけがない。社会がまともにあつかうことができないから詩の存在理由があるのに、かれは詩が社会のなかで大いに話題になり、詩人が関心の渦中の人になる機会を、たえず作っていこうと思っていたように感じる。かれが、作詞家で注目された、いずみ・たくと〈こんにちは〉で対談したときなども、ぼくは、〈また関根さん、関心もっている〉とひそかに思ったりしたものだった。

しかし、当時の関根が、そういうことになるのは当然だった。かれは詩人として生活しなければならなかったのだし、かれが口八丁手八丁であるとはいえ、それはあくまで

も詩という基盤の上になりたったものだった。あまた詩人はいるが、詩人として食えるのは、谷川俊太郎ぐらいなものだろう、といわれていた時代である。おそらく今も、詩人という看板をあげて、それで食っている人は、幾人もいない。

関根は、詩よりも社会批評に類する文章を書く、という活動の方に比重がかかっていったし、またそれは自然ななりゆきだっただろう。関根には、詩人のひとつの主要な生きる道、大学の先生になるというコースは閉ざされていた。かれは詩人としての位置からなんでもする、という疲労困憊が待ち受けているコースをすすまなくてはならなかった。

かれには幾冊もルポルタージュなどの本があるが、あるときぼくがかれのところへいったら、ちょうど『東大に灯をつけろ』（内田老鶴圃、一九六二）という本ができてきたところだった。かれの東京大学批判の本というわけであるが、ぼくが手にとって眺めていると、かれは、「ほんとうは〈灯〉じゃなくて〈火〉つけろ！　としたかったんだが、穏当じゃないからな」といってうれしそうに笑った。その日かれは幾度も、火つけろ！　と叫び、笑うのだった。ぼくが東大出身者ではないから、かれはそういったのだろうが、それでもなんとなく具合が悪く、本をもらったあとも落ち着かない気分だった。

TBSのラジオでかれが脚本を書いた連続ドラマ『西遊記』が放送されているときも、とても機嫌がよかった。当時の政治・風俗などへの風刺的言及を織り混ぜて、いいたいことをいうというものだったが、たしかにたくさんの人間に聞いてもらえるということは、大きなことではあるとしても、それが、詩人の仕事としてどれほどのものだろうか。しかし関根は、詩を書くよりこういうイベント性のある仕事のほうに、よけいにエネルギーを費やしているように見えた。

とはいえ、脚光を浴びるということのすごさを無視してはいけない。自分の本など一向に売れなくたってかまいはしない、と日頃平然といっていた人間が、何かの拍子にボンボン売れ出してしまったりすると、人が変わったようになる、というのは、これからあと幾度も見たことである。

売れる、人気がある、注目されるということを望んでいないものはいない。圧倒的大多数はそういう機会に恵まれない。まれに恵まれても、痩せ我慢しきることができる人はさらに少ない。人間はみんなとてもさびしい存在だから、しかたがないのだ。

牛肉スキヤキと関根弘

六〇年代はじめの関根にとってのもうひとつの大きな問題は、やはり日本共産党との問題だった。かれもまた党から離れていくのだが、五〇年代、六〇年代の日本人知識人・労働者にとって、コミュニズムというものは、西欧における知識人の場合とは比較にならない、強力な思想的支配力をもっていた。西欧の知識人たちにとっては、つまるところひとつの選択肢に過ぎなかったが、日本の知識人・労働者にとっては、それ以外の道は有り得ない、と思い込まされるほどの威力をもっていた。

関根にとってもこれは、大きな空虚として抱え込んでいかざるを得ないことになった。ここに、かれが脱党したときの心境をこめた詩を引用しておこう。部屋とは、いうまでもなく党のことである。

この部屋を出てゆく　　　関根　弘

この部屋を出てゆく
ぼくの時間の物指しのある部屋を

書物を運びだした
机を運びだした
衣物を運びだした
その他ガラクタもろもろを運びだした
ついでに恋も運びだした

時代おくれになった
炬燵（こたつ）や
瀬戸火鉢

を残してゆく
だがぼくがかなしいのはむろん
そのためじゃない
大型トラックを頼んでも
運べない思い出を
いっぱい残してゆくからだ

がらん洞になった部屋に
思い出をぜんぶ置いてゆく
けれどもぼくはそれをまた
かならず
とりにくるよ
大家さん！

（『約束した人』思潮社、一九六三）

党を弊履（へいり）のように捨てる、という態度はここにはない。むしろ未練いっぱいの離婚という印象であり、それはまた同じように離党した詩人たち、文学者たちに共通するものだった。

現代詩の会は、一九六四年十月に機関誌の発行をやめ、解散するが、関根弘は最後まで解散に反対だった。そこにはいろいろな事情があったが、つまるところ歴史が、ここでひとつうねったということが、大きく働いている。一九六〇年という安保の年は、「乗り越えられた前衛」という言葉に象徴されるように、日本共産党が絶対的な指導力を失うという年になったが、その共産党の文化支配に批判的であった人々みんなが、その後の政治思想文化の指導力を受け継いだ、というわけではなかった。

たとえば、若い世代のカリスマであった花田清輝が吉本隆明に取って代わられたのは象徴的な出来事だった。花田は、吉本に戦中に東方会にいたことを批判されるが、戦中の吉本は、戦争にまともに協力した高村光太郎の強い影響の下にいた青年で、花田より十五年ほど若い。

一九五〇年代の学生運動は、早大事件に象徴されるように、警官隊の暴力に対してでまだ無抵抗で、警棒でなぐられながら坐りこみをつづけた学生たちの血はキャンパスをそめた。しかし六〇年代に入ると学生同士が、会議で議論するよりも殴りあうようになり、とうとうゲバ棒なるものを持ち出して流血も辞さない、というふうになっていった。

このような時代の変化のなかで、関根弘も、新しい世代に追われるような立場になってきていたのである。

「現代詩の会」が、一九六四年十月に解散ということになったのは、若手の編集委員の詩人たちと編集長の関根弘とのあいだがギクシャクしたからだ、といわれている。

たしかにそういうことはあった。自己主張がはげしくなければ詩人なんかやっていかれない。関根ももちろん、輪をかけて自分の思うところを実現したい人間だったから、どうしてもときどきスキマ風が吹いた。そのころぼくも、編集委員の末席に連なっていたので、そういう風景に幾度か出会っている。

解散論が出てきたときには、正直いうとぼくは、その意見にあまり賛成したくなかった。それはぼくが、ほかのブリリアントな才能を十分発揮している詩人たちとちがって、まだなんら決定的な仕事をしていなかったからである。雑誌「現代詩」から出た新人だからということで、ゲタをはかせて付き合ってくれていたわけで、もし「現代詩」が消え失せたら、その命運ははなはだ危うい。

とはいえ一方では、これはやはりやむを得ない、という気持もあった。それは一九六四年という時期において、関根弘のもとにある「現代詩」は、もはや現実に対して有効に機能する場ではなくなりつつある、とこのぼくにも感じられたからである。

関根弘は、六〇年安保以降の文化・思想・芸術状況のなかで、確かなものをつかめなくなってきていた。しかしなおかれは「現代詩」を砦としてあくまでも前進していこうとしている。

かれ以外の若い詩人たちは、この状況下では、「現代詩」の枠から解き放たれて、それぞれのびのびと自由な仕事をしたほうがいいのではないか。

だが「現代詩」がなくなったら、関根自身はどういうことになる。

やがて、解散問題を正式に論議することになる会が近づいてきた。ぼくはだいぶ悩んだが、思い切って一人で関根のところを訪ねていった。そして、多分解散という主張が強く出るだろうが、そのときはぼくも解散という意見に賛成するだろう、といった。なぜそんなことをしたのか、というと、自分が関根と対立する立場に立つということを前もって伝えておきたかったからである。ぼくはいきなり、公式の席で関根にむかってそういう態度をとるということが、つらかったのだ。

「そうか。わかったよ」

関根は、怒らないでそういい、それから微笑を浮かべた。それからかれは、ガスコンロを引っ張り出してきて、牛肉のたくさん入っているスキヤキをして、ぼくにたっぷりご馳走をしてくれた。

ぼくはそのスキヤキを、ありがたく、おいしく食べた。その晩はそれ以外、何の話をしたのだったか、それはもう覚えていない。ただ、かれがひどく優しかったことだけが、心に強く残っている。関根にご馳走になったのも、そのときぐらいだったのではないだろうか。

そして「現代詩の会」は解散した。そのときの編集委員だった大岡信も岩田宏も堀川正美も飯島耕一も長田弘も、それぞれの仕事を深めていった。一番深い傷を負ったのはやはり関根弘だった。すでに「現代詩」によって支えられていた観があった関根の文学的活動は、そこで、ハタ、と急ブレーキが掛かった。

それはあらかじめ、予測できたことだったが、実際にそうなってみるとあらためて時代と芸術家の関係のきびしさというものを感じた。

ヒーローは、時代という荒馬にのっているロデオの騎手のようなものだ。その時間に若干の長短はあるとしても、やがて必ず振り落とされる運命が待っている。そしてそのときには次のヒーローが、荒れ狂う馬上にあって、元気に跳ね回り、観衆の喝采を浴びているのである。

時代がカーヴを切ってまがっていったとき、それまでの時代とのっぴきならない関係を結んでしまった者は、いっしょにまがっていくことができないで、そこでおいていかれてしまう。

たとえば日本近代詩でいえば蒲原有明がそうだった。代表詩集『有明集』（易風社、一九〇八）で象徴詩の奥義をきわめた、と見えた瞬間、時代は大きく転換して、大正口語詩の全盛時代を迎える。かれは陸の孤島のように取り残されてしまった。有明は第二次大戦後まで生きたが、かれの詩業は『有明集』までである。

敗戦直後「バスに乗り遅れるな」という言葉が流行ったことがあった。時代の変化に対応して変わり身の早い連中を評したアイロニカルな言葉だが、戦後にそういうかたちで言論活動をした者も多かったのだろう。

そういうことは、戦中にも当然あったわけで、社会の軸が変化するたびにすぐにそれに追従するということをくりかえしていると、いったいそいつは何者なのか、ということになってくる。

　関根弘は「列島」の詩人として、左翼アヴァンギャルドの芸術家として、頑固に自分を通そうとし、時代が自分からそれてカーヴを切って行ってしまっても、自分はそれまでのままで生きた。だから「現代詩」以降のかれの詩人としての道は、けわしいものだったと思う。かれの文学活動は、大きく注目されることはなかった。しかしかれは、コツコツと仕事をつづけていた。一九七一年に出した詩集『阿部定』（土曜美術社）のなかの長詩「阿部定」のことを、長谷川龍生は「このテーマも喧伝されすぎて手垢によごれていたものであるが、この作者によって新鮮によみがえった」（『日本近代文学大事典』）といっている。

　ぼく自身もまたそれ以降、かれと会うことは少なくなった。ぼくはぼくで自分をなんとかしなければならないと思って、生活と文学と両方で悲鳴をあげながら生きていたからである。

　関根弘の胃袋に穴が開いて、大出血をしたというニュースが聞こえてきたのはいつのことだったか。たいへん驚いたが、幸いこれは無事だった。

　やがて元気回復なった関根に、たまたま出会うということがあった。昔はややあぶらぎった感じもないではなかったが、なんだかすっきりとして、以前より健康になったと思えるほどだった。そのときのかれは、出血したときの姿勢が、たまたまよかったから助かった、というようなことをいっていた。胃潰瘍の出血は、一挙にエレベーターで降りるように下血してしまって、それでたちまち失血死することもあるのだ、ということだった。

「いやあ。運がよかった」

かれは明るくそういって笑っていた。

しかし、それで災厄が終わったわけではなかった。八〇年代に入ってから、今度はかれがなんと投身自殺を試みた、という噂が流れた。やがて当人も、それを認めて活字にしたので、本当のことだったということがわかった。

かれは腹部動脈瘤破裂という途方もなく恐ろしい病気にかかっていた。ふつうは破裂した瞬間に死んでしまうものだが、関根の場合は、幸運にも手術が間に合ったらしい。その幸運を喜んで生きようとは思わなかったのか、という気もするが、当人の心身状況はたいへんな状態に陥ったようで、その結果、いっそこんな浮き世からはおさらば、という気持に魅入られたのだろう。

しかし、またしても運命の女神は予想外の結果をもたらした。病棟の五階から身を投げたのだから、ひとたまりもないはずだが、屋根の上とか庇（ひさし）の上とかそういうところに落ちて、奇跡的に助かってしまったのである。

そしてそのために半身不随になる、ということもなく、かれはまた日常の生活をとりもどした。すごい。

関根弘と最後に一緒の仕事をしたのは、旭川市の文化団体主催の小熊秀雄賞の選考会の席でのこと、場所は新宿の〈中村屋〉だった。ぼくは、井上光晴選考委員らの後任として、高良留美子とともに参加したのだから、多分一九九三年のことだろう。

関根は七十三歳になっていたということになるが、数年前から、今度は腎臓をわるくしていて、週三回の透析を受けていた。頑健と見えたかれの肉体も時間にはかてず、次々に老化の兆があらわれ、それらが進行していた、ということになる。

その当時（おそらく昭和六十三年冬）に書かれたかれの心境を伝える詩を、ここにひとつ引用しよう。

病床のバラ　　　関根　弘

菅原克己はガンコオヤジになって
貴重品になって死んだが
ぼくの老化も急速に訪れており
同じようになりたくなくとも
これぱっかりは自分の手に負えない
昭和が終わって新しい元号になっても

ぼくの一生もモロに昭和漬けで
昭和とともに終わるようなものだ
いまさらなにもいいたくない
天皇は眠っているだろうか
ぼくはぐっすり眠りたいのに
いま不眠症におちいっている
病床のバラを眺めて
小熊秀雄の「馬の胴体のなかで考えていたい」を
思い出した
刀折れ矢つきたときの気持ちがよく分るよ

青春時代
ぼくも天皇の軍隊に召集されて
眠くて仕方がないのに
不寝番をつとめたことがある
それなのにいまぼくは
眠りたくても眠れないので苦しい！
心ならずも不寝番をつとめさせられている

昭和の死は悲しくない
早くぼくの人生も
そっくりどこかへ運んで持ってってくれ
　生まれてきて損したよ

（『奇態な一歩』土曜美術社、一九八九）

「馬の胴体のなかで考えていたい」というのは、本来大元気が売りものだった小熊秀雄が、心身ともにまいったときに書きつけた詩で、関根が共感するのはそのありようからいってよくわかるが、しかしなんとも悲しい詩である。

またかれはこの詩で、年長の仲間だった菅原克己のことをガンコオヤジの貴重品と書いている。だが、ひさしぶりで出会った関根弘は、それに輪をかけた、頑固の大結晶ともいうべき、おそるべきものと化していた。

文学賞の選考という仕事は、本来むりな仕事である。作品はそれぞれ質も方法もさまざまで、ぜったいにこの作品が優れている、なんていうことはいえないことだ。しかしそこをむりして当選作を出すのだから、それぞれの意見を勘案しながら絞っていくという作業をするのだが、かれはただひたすら、自分の意見に固執してそれを通そうとする。こちらがいくらいっても、いわないのと同じである。

ぼくはとうとう頭にきて、
「関根さん、それじゃあみんなで選考する意味がないじゃないですか」
と、声をあらげていった。ぼくが関根にそんな態度をとったのは、そのときただ一回だけである（しかし関根の古い仲間で、この賞の選考委員を長く務めたこともある木島始も「あんただけじゃないんです。みんな関根には腹をたてるんです」といっていた。木島自身はしかし、あくまでも関根に優しかった）。

そのときの関根が推したのは、古いタイプの労働者の詩で、それはかつての元気なころの関根だったら、一蹴してしまうようなステロタイプの左翼陶酔主義ともいうべき作品である。

感受性が若く、清新な作品こそ小熊秀雄の賞にふさわしい、とぼくは思った。一九九〇年代においての小熊賞は、そういうかたちがふさわしいと思うのだが、若い人の、なかなかおもしろい才能を示しているとぼくなどが思ったものには、かれはまったく関心を示さなかった。

ああ、とぼくは思った。だが同時にまた、この九〇年代という時代になっても、なおかれはこういう詩を推しつづけるのか、という感銘も受けた。かれは自分の時代と、あくまでもともにあろうとしたのである。

選考が終わって食事に入ると、かれはコップ一杯の清酒をもらった。水分制限のあるかれには、自由な飲食は許されていないはずである。

その一杯の清酒を手元に引き寄せるときの、うれしそうなかれの目の輝きは忘れられない。そして、若くて元気だったころの新宿のあちこちの酒場での、はつらつとしたかれの姿を思い出して、感慨があった。ぼくだってもうそのときは五十七歳になっていて、翌年には心筋梗塞を起こす時期に来ていたのである。

関根弘が亡くなったのは、その翌年のことである。葬儀が行われたのは猛烈に暑い日で、心臓手術を受けてまだ間がなかったぼくは、式に参列できなかった。

かれはとうとう、自分の時代から離れることがなかった。だれでも時代の変化とともに微調整をしているものだが、関根は頑固一徹で、みんなとケンカをして、ケンカをすることで自分を守った。ぼくも最晩年のかれとはケンカをしてしまったから、みんなとケンカして孤独になっていったという道は見える。

かれは意識的に意地を張って生きたのか、不器用でそういう生き方しかできなかったのか、ということを思うが、それは両方ともにあったというべきだろう。ともかく関根弘のような生き方をした詩人がいた、ということに時代は恩義を感じるべきだし、また、そういう軌跡を描いた詩人を立派だと、ぼくは思い、尊敬している。

そして関根弘のことを思い返すとき、ぼくはこの人が、頑固で欠点も多く、けっして融和的な存在ではなかったにもかかわらず人間的な魅力にあふれ、また、戦後詩のある時期にまわりを大いに刺激する存在であったことを思う。

文学史のなかには、そういう役割を果たす人がいる。たとえば正岡子規は、若くして亡くなったので自分の仕事は十分にはできなかったが、しかし文学の十字路に立って、大いに交通を刺激したということを思い出す。関根弘にもそういう戦後詩における十字路的な役割があって、かれはそういう意味でも、大きな功績をもっているというべきだ。

Ⅲ　〈凪月堂〉の仲間たち

ここでもう一回、一九五〇年代後半の、ぼくが国立から早稲田まで通っていた貧乏学生だった時代へもどろう。

兄貴と二人で借りていた国立の家から大学までの道中はとても長くて、しかも誘惑に満ちている。駅ごとに美しいママさんや一見清楚に見える娘さんなどのいる酒場があり、生意気で、どこかで覚えてきたにきまっている芸術論をふっかけてくる若者たちがいる。中野、高円寺、阿佐ヶ谷、荻窪、西荻窪……。中央線沿線はビンボーな学生の小さな財布の中身をかすめどることなどわけもない。めくるめくすばらしい関所がつぎつぎに目の前にたちはだかっていた。

このあいだ週刊誌（「週刊新潮」一九九九・六・一〇号）をパラパラと見ていたら、久世（くぜ）光彦（てるひこ）が小山田（おやまだ）二郎のことを書いていた。久世は十代の終りごろ、高円寺の〈赤ちゃん〉という酒場で、この特異な風貌と個性をもった画家と知り合いになり、それから上野の美術館へいってかれの「ピエタ」を見た、と書いている。

すっかり忘れていたがいわれてみれば〈赤ちゃん〉という酒場にも記憶がある。久世はぼくと同い年、まだ会ったことのない人だが、〈赤ちゃん〉は確かぼくの兄貴がときどき顔を出していた店で、ぼくも一度ぐらい行った、という記憶があるから、兄弟どちらかが若き久世光彦とチョコンと同席していた夜があったかもしれない。

ここは若い女流画家かその卵が、ママさんだったのではなかったか。店名が告げるとおり、非常に高貴な雰囲気が漂うバーではなかった。

だが、小山田二郎もまたここに飲みに来ていた、ということになる。小山田は五〇年代後半に学生だった者のあいだでは、或る尊敬と畏怖とをもって語られていた画家だった。ぼくはとうとう小山田二郎に会ったことはなかった。奥さんだったやはり画家の小山田チカエ（人のいい、あけっぴろげの、酒好きの人間だった）に、会合の流れかなにかで幾度か会ったことがあるだけである。

小山田二郎がいかに特異な雰囲気をもった人物であるかということは、会ったことがある兄貴から聞いていた。そして、ふーんと唸っていたのだが、もしかしたらかれもまた、〈赤ちゃん〉で出会っていたのかもしれない。

かれの絵をはじめて見たときのショックは、いまだになまなましい記憶である。それは喫茶店〈新宿風月堂（ふうげつどう）〉の大壁面に掛けられていた油の大作で、女がものすごい表情をして、若い男の死体を両手で支えている姿を正面から描いたものである。

ぼくはそれが何を意味するものか、よくわからなかったが、女の悲哀と苦悩と恐怖の深さが身にせまってきて、しばらく釘づけになってその大画面を見つめていた。

そののちその絵の作者が小山田二郎というひとで、この絵はマリアが磔刑になった息子のキリストの体を抱いている姿という、西欧の画家の伝統的なテーマのひとつ（「ピエタ」――音楽の伝統的テーマなら「スターバト・マーテル」ということになるか）を描いたものであることを、高校時代からの付き合いである伊藤聚から教えてもらった。

ぼくは、世界の苦しみともいうべき絵を描きつづけることを運命づけられている、とすら感じさせるこの画家の仕事に、戦後の芸術家の役割ともいうべきものを感じとり、粛然と感銘を覚えたものだった。

久世の文章から「ピエタ」を思い出させてもらい、それが掛けられていた風月堂の壁をも思い出したというわけだが、それは当時ぼくがこの喫茶店に、足しげく出入りしていたからである。どっちを先に見たかといえば、おそらく久世の美術館の方が先だ。ぼくが見たのは二十二、三のころではないか、と思われるからだ。

当時の新宿風月堂は、新宿駅東口をまっすぐいった通りの右側にある、けっこう大きな喫茶店だった。若い芸術家やその卵たちの溜まり場としても使われていた店であるが、先日読んだ山崎朋子「風月堂とわたし」（別冊「文藝春秋」一九九八秋号）によるとなんと彼女は、二十代半ばのころこの店でウェイトレスをしていた。一九五六〜七年という時期の風月堂を、彼女はこんなふうに回想している。

特筆すべきは風月堂の客種で、これまた、わたしの初めて見るようなタイプが多かった。背広、ネクタイをきちんと着けた人は少なくて、服装も髪型もさまざま、芸術家やジャーナリスト、学生では文学や美術・音楽系が中心だったような気がする。そして女性では、知的にも服装的にも時代の先端を行く人ばかり。

すでに名のある芸術家の方は、新参ウェイトレスのわたしでもすぐに分った。たとえばバレエの松山樹子氏は、ドアから入って来られるその歩き方から独特で、あ、この人、踊りをなさる方——と見当がついたし、岡本太郎氏は、あの特徴のある目と話し方とゼスチュアで、一目で「芸術は爆発」の画家と悟れた。

それから、当時は貧しくて無名の青年だったが、後に仕事をし、有名になられたという人も大勢ある。一例を挙げれば、数年後にわたしが結婚した上笙一郎（かみしょういちろう）（児童文化評論家）もそのひとりだったが、彼と文学仲間たちは、〈木曜会〉と称して毎週木曜の夜に集まっていた。

この文章によると、木曜会やその周辺の若い芸術家たち（それはこれからぼくが触れる人々だ）のほかに、無名時代の野坂昭如や五木寛之、またシェークスピアの小田島雄志、さらに現天皇がまだ皇太子であらせられたころ、そこはどんなところかな、と興味を抱かれてお忍びで来られたこともあるらしいというから驚きである。皇太子妃の美智子さんが来られていたかどうかは、わからないが。

まあ、ことほどさように、全盛時代の新宿凮月堂は、ロスト・ジェネレーション時代のパリのカフェもかくやとばかりににぎやかだった。

今活動している若い詩人と会ってみたい、というのは、静岡高校文芸部時代から伊藤聚や小長谷清実やぼくの関心事だったが、地方高校にいたんではなかなかむずかしいと思っていた。だが、そういう気分を打ち砕いてくれたのは小長谷清実だった。かれは高校卒業のころ、書肆ユリイカから刊行されはじめた『戦後詩人全集』をいち早く買ってきて、戦後詩を系統的に読みはじめていて、ぼくなどは、それでようやく中村稔や山本太郎の存在を知ったのだったが、かれの積極性はそれだけにとどまらず、当時長田恒雄が出していた「現代詩研究」という雑誌に作品を送って、将来の方向を問うたりもしていて、返事をもらったりしていた。

二橋すすむ、という「同誌」の同人から来た手紙の封筒をちら、と見て、なるほど、そういうことをするということもあるんだ、とぼくは驚いてしまったが、そのかれが上智大学の学生になってから、新宿凮月堂の〈木曜会〉に顔を出して、堀川正美に会ってきた、ということがわかって、ぼくと伊藤は啞然とした。なんということをする。堀川正美なんて、若手のなかでもひときわ鋭い切れ味を示す詩人のところへ、どうしてノコノコといくことができたのか。

静岡高校文芸部には、もう一人センスのいい詩や映画評論を書いていた木村幸男というやつもいた。かれをも含めて、このクラブは、こと現実的行動においては地に波乱を呼ぶ、などという意欲とは正反対のごく平穏な傾向に支配されていたが、そのなかでもいちばんものごとに消極的で、成り行きまかせ、風まかせのふうがある小長谷（なにしろかれは二年浪人して大学に入り、さらに六年も在学したのである）が、こと詩となると率先して外部とのコンタクトを求めた。これは、若いころかれが異常と思われるほど女性にもてたこととともに、ぼくには納得のいかないフシギなことである。

若手詩人集団「櫂」「貘」「氾」

それはともかくとして、当時の若い世代の詩の書き手は、「櫂」「貘」「氾」を中心にしてまわっていた。もっとも早い結成は「櫂」（一九五三年五月）で、これは雑誌「詩学」の投稿仲間だった茨木のり子と川崎洋の二人が創刊したのだが、そこに大岡信（まこと）、岸田衿子、谷川俊太郎、友竹辰、中江俊夫、水尾比呂志、吉野弘らが参加してきて、きわだった若手集団に成長していた。次いで「貘」（一九五三年十一月）に、嶋岡晨（しん）、大野純、笹原常与らが結集した。

「氾」（一九五四年四月）は、いちばんあとのスタートということになる。創刊号のメンバーは、堀川正美、市川暁子、日比澄枝、水橋晋、吉川浩子、栗原紀子、山田正弘である。詩作品のほかに、ケネス・レクスロスの作品の翻訳（水橋晋）と堀川正美の「詩の風土について」というエッセイが巻末にある。山田正弘の後書によると、グループ成立から雑誌を出すまで三年かかっているとある。二十歳ごろからの付き合いということになるのだろうか。

凮月堂は、そのほかのいろいろな詩人たちが利用していたが、山崎朋子が書いている〈木曜会〉というのは、この「氾」を中心にした会だった。ぼくが出会ったこのグループは、堀川正美が投手とすれば捕手は山田正弘という感じで核ができていた。それは創刊から三、四年たっていた時期だったけれど、創刊時から、あるいはその前からそのようだったのではないかと思われる。

山崎朋子の文章にチラ、と現れるご主人のことが気になる読者もいるかもしれないので、まずかれのことに触れよう。上笙一郎は山田正弘の友人（もしかしたら文化学院時代の）で、その縁で姿を現していたのだろうと思う。かれは児童文学・児童文化に関心を抱いていて、すでに「日本読書新聞」などに原稿を書いていた。まだ二十代の半ばという青年だったが、ものごしはやわらかく、とても柔和な人格の持主である。しかも細面のハンサムときているから、青春時代苦労したという山崎朋子は、ほっとできるいい人とめぐりあった、といっていいだろう。

かれは本名を山崎健寿といったので、木曜会では「ケンチャン」と、みんなから親しみをこめて呼ばれていた。そのかれは羽織など着て飄然と現れたりするので、いかにも粋な若旦那という趣があり、ちょっと真似できないかっこうのよさがあった。

やがてケンチャンは結婚して、その相手はしっかりものの女性だから、向いているのじゃないか、ということが聞こえてきた。また美人だともいわれていた。

しかし、花嫁になった人が凮月堂に勤めていたということなどまったく知らなかったし、それが木曜会出席と関連しているものやらどうやら、それはいまだにぼくにはわからない。ましてケンチャンの奥さんが、のちに『サンダカン八番娼館――底辺女性史序章』などという本を書いて、めざましい仕事を展開していくことになるなどとは、夢にも思ったことはなかった。

上笙一郎は、やがて「未明童話の本質」など、次々と仕事を進めていった。かれの仕事の特徴は、資料をとてもたいせつにして、実証的に論を構築していくところにあるとぼくは思うが、かれはそのためにどれだけ古書あさりをしているかわからない。

ぼくはこのごろ、神奈川近代文学館にときどき顔を出すようになっているが、かれは古書・資料の権威だから、そういうところで顔をあわせるようになった。かれの篤実さは信頼されている。

だがこのあいだ、ぼくがギャッと驚くことが起こった。上笙一郎が、ぼくに、

「おもしろいもの、貸してあげるよ」

という。なんだろう、と思っていると、やがて冊子小包がとどいた。開けたら終戦直後のこどもの作文集である。「青い空」と「太陽」という題がついているが、開けてみるとぼくの名前が目次にある。

「青い空」は昭和二十三年春、ぼくは小学校六年である。「太陽」は昭和二十六年春、ぼくは中学校三年である。それぞれにぼくは作文を書いている。だが、掲載された記憶はまったくない。これは、おそらく刊行されたころには卒業していて、上級学校へ行っ

たあとだったせいではないかと思う。

読んでみれば、まぎれもなくぼくの文章である。とても恥ずかしくなったのがその証拠だ。そしてぼくは、これらの文章に五十年ぶりに出会ったということになる。

そんな体験をすることができたのは、上笙一郎の、おそるべき資料博捜能力のおかげである。「太陽」には古書店がつけた帯がはさまっていて、静岡県児童雑誌 昭和26年2月二、〇〇〇円とある。「青い空」も静岡県児童雑誌 昭和23年3月二、〇〇〇円とある。いずれも東京の古書店で購入したものであろうが、粗悪な紙の、部数も少ない地方の雑誌がよくこうして生き残り、また上笙一郎の手に渡ったものだと思う。悪いことはできないものである。

上笙一郎・山崎朋子夫妻には、『日本の幼稚園』(理論社、一九六六、毎日出版文化賞)という共著もあることをつけくわえておこう。

小長谷が、木曜会へでかけていって作品を見てもらい、そしてやがて「氾」の同人になったということは、ぼくと伊藤に深甚なる衝撃を与えた。そのことが告知にでるのは「氾」十三号(一九五七・三)の後記だから、かれはやや年を食った上智大学の一年生だった、ということになる。小長谷は温厚な少年だったし、中村稔の詩を愛するような資質をもっていたので、「氾」の仲間からは、感じもいいし筋もわるくはないじゃないか、ということになったのではないだろうか。

そのうち、小長谷は伊藤やぼくのことをそこで話してくれた。ぼくらもそれならぜひ遊びにいってみたいと思っていて、あれこれ小長谷にきいたので、それでぼくらを呼ばせよう、と考えたにちがいない。

　それが功を奏して、ある木曜日の晩から、新宿凮月堂にいそいそとして出かけることができるようになった。

　当時の凮月堂は、入って右側だけに二階席があり、大部分の左側は天井まで吹き抜けになっていた。壁は布張りだった。吹き抜けになった大壁面に「ピエタ」をはじめとする小山田の絵の数々が飾られていた。二階から見るととても効果的だった。

　とくに印象深く思い出す人間は、天本英世である。バルセロナ五輪のときに、スペイン通の哲人としてテレビでクローズアップされたかれは、当時は劇団「四季」のジャン・ルイ・バローばりのハンサムな俳優で、アヌイの芝居で、死刑執行人の役などやってその異色ぶりを発揮していた。あれはもしかしたら、学生時代駒場の女王とうたわれた吉原幸子主演の「四季」の舞台「オルフェとユリディース」の一場面だったか。そのかれが目を閉じてすわっていたのである。

小長谷清実、伊藤聚と「木曜会」へ

　伊藤聚とぼくが、小長谷清実に連れられて、新宿凮月堂の木曜会の会合にでかけていったのは、いつごろのことだったか。それはぼくが「現代詩」の編集部に出入りするようになっていたあとのことだから、一九五八年、それも初夏のころだったように思う。

そこで先に描いたような風月堂の風景（それからおなじみになった風景だ）に出会ったわけだが、ぼくはやはりドキドキしていた。

「氾」の連中は二階にいて、気楽にしゃべっていた。みなぼくらより二つから四つぐらい年長の青年たちで、かれらはみな洗練された明るさをもっていた。

まだ少年らしい、いたずらっぽい目が生き生きとしている山田正弘（私鉄総連の書記だった）、柔和な目をしていることをまず感じるのに厳しさも見えてきて、近づきにくかった水橋晋（学研勤務）、いつも陽気な声をあげてはニコニコしている山口洋子は平林敏彦夫人で、愛嬌のある美女、ベストドレッサーで、パイプで煙草を吸う明るい性格の島田忠光（パイロット万年筆）など、みんないかにも楽しげだった。

堀川正美は、全体の中心だった。かれもまた身綺麗で、髭髪ボサボサというような野暮な文学青年とはまったくちがい、身につけているものひとつひとつが、かれ自身の美学の検閲を経てそこにあることを許されている、という印象だった。そしてかれは、今でいえば島田雅彦に勝るとも劣らない（といったって島田のほうがはるかに年長になっている）ハンサムボーイだった。

かれは、ぼくと伊藤がペコンと挨拶をすると、目で笑って好意を示した。それが、ぼくらを気楽にしてくれることはもちろんなかったけれども、しかし十分優しい兄貴という印象を与えた。かれはいった。

「やあ、ゆっくりしていきなさい」

「は、はい」

ぼくは、ようやくあたりを見回した。そして、これが東京の若い世代の詩人たちなのだ、と感慨深く思ったものだった。それは、今までぼくが知らなかった質の場があったということであり、ぼくなどよりもずっと早い時期から、かれらは自分が感受しているものを大事に育ててきていたのだ、と思ったからである。

あたりまえのことかもしれない。詩なり言葉なり、そういうものを自分の生の軸にして生きてみようと思う若者は、日本のどこにでもいるはずである。それにちがいはないが、ぼくは、ひとつのグループという活きた〈場〉が具体的にそこにあるのを見たのである。その、優れたものであることを予感させる〈場〉と出会ったことで、日本のあちこちにあるにちがいない現在の文学活動のプールを予感したのだった。

では「現代詩」についてはどうだったかといえば、これは位相がちがった。関根弘にしても、長谷川龍生にしても、すでに詩の世界では全身を現している公的な存在だった。また雑誌だけで見る名前と作品は、優れた仕事をしているということで、あちこちの〈場〉の成果として選抜されてきた個人であり、その者たちが書いた作品だった。

そして、ぼくがそれまでに出会ってきた詩や小説を書く若者の多くは、当然のことながら自分が詩人や作家であることに徹底していなかった。かれらの作品は、しばしば単発の欲求不満の叫びに終わったり、愛好者の趣味の結果であったり、生活の余滴であることの範囲を越えることができていなかったし、また当人も自分が書き続け得るかどうか、確信をもっていないと見える者がほとんどだった。そして事実、大人になって人生の方が大変になってくると、かれらは筆を折り、「若いころにはおれも」などというようになっていった。

長いこと「潮流詩派」という詩誌を主催してきた村田正夫の観察したところによると、詩を書きはじめた独身の娘さんは、恋愛をはじめると、半分が詩作をやめるという。結婚するとさらにその半分がやめ、こどもが生まれるとまた半分がやめるということである（計算すると八人に一人が残ることになるが、その一人になったとしても、残念ながら詩人になることの条件の一つをクリアしてはいるけれど、それでもなおかつ条件は十分残っている）。

まあぼくだって、自分についてどこまで自覚していたか、はなはだあいまいで、わかったものではない。とぎれかかっては幸運にめぐまれ、かろうじて救われてここまで来た、ということは否定できない。

しかし今にして思えば、何事であれ何かを為そうと思ったら、人は自らの予想規模を上回るスケールの〈志〉をもたねばならない。〈志〉があって、それをほかのものより優先させて生きてこそ、仕事は自分のものとなるのだし、またそれを感じると他者は、その者を見る態度も、遇する態度も変わる。他者は認めてもらう相手ではなく、納得させるべきものである。

いい仕事をしていても、当人があまりに謙虚だと相手のほうがその〈謙虚〉な態度に惑わされて、〈当人がそういうんだから、大したことないんだ〉と思ってしまうこともある。かれはそれでソンをしつづける。

またその逆もあって、当人が自己主張を激しく行い、自己正当化を絶えず行うので〈かれの詩がわからない自分のほうがダメなんだ〉と思ってしまい、ずっとあとになってハリコの虎とわかる場合もある。

後者には、日本近・現代詩の世界は、いつも新趣向の意匠のジャングルであったということが関係しているかもしれない。次から次へと新しい表現方式が試されてきた分野であった。それは詩そのものが、明治からはじまった、西欧輸入の表現形式であったことが関係しているだろう。外国の詩をお手本にして、そこで行われていることを〈取り入れる〉というような現象が、次々に起こってきた。短歌・俳句のような伝統に根差すジャンルが〈最近は、時代の風潮の影響をうけて、これまたいろいろなきにしも非ずだが〉安定しているというのとはちがう。

「氾」の既刊号を小長谷清実に見せてもらったとき、それは数多くのグループとはきわだって違うものと感じられた。詩も、載っているエッセイも、ぼくにはなかなか難解であって、十分理解できたとはとてもいえないものの、その緻密でかつ新鮮な言葉のあいだから響いてきたのは、かれらの言葉に対するストイックなまでの厳格な態度である。それはそれまでの「荒地」の詩人たちの言葉とも、「列島」の詩人たちの言葉ともちがっていた。

それは、言葉の肉体ともいうべきものに逆らわないで、それを正の方向で生かす形で言葉を成立させていこう、という、「櫂」「貘」「氾」の世代共通の認識の上にあったものだと思う。戦中・戦後のかれらの現実も、前世代同様に暗く悲惨なものであったにちがいないが、学徒動員で工場には行ったけれど、実際の戦争に行くまでには至らなかったかれらの世代は、自分のうちにもとから在るものとしての生命力に重点を置いて、そこから外部へ向かって仕事をしていこうとしていた。たとえば谷川俊太郎の出現（「文學界」一九五〇年十二月号「ネロ他五篇」）がそのさきがけであり、典型ということになるだろうが、かれを推薦したのが、ひとつ世代をまたいでいる三好達治であったことも、偶然とは思われない。

「氾」の印象は、谷川俊太郎がデビューしたときのような典型的な形をとっていたとは思われない。要素は複雑に入り乱れていたし、言葉もそうとばかりいい切れるものではなかった。

今、堀川正美の書いた文章を読み返してみると、当時の印象がよみがえってくる。たとえば、かれは先行世代の詩を、現代という現実が「自己に関わるその関わり方の認識の反映の詩」といい、〈誠実〉は認めても、それは「積極的な価値のイメジを含んでいない」と断じ、こういう。

われわれの詩作の理由が若し問われるとすれば、人間の第一の空間、宇宙的な生のために書くと答えられねばならない。生そのもの、それが主題となるべきなのである。詩が詩であるのは、人間が人間であるのとおなじくその中に含まれる生のたしかさによってであろう。この人間とはもちろん、現在あるところの人間のイメジによってであると同時にまた、あるべき筈の人間のイメジによってである。

（「詩のためのノオト」一九五五『詩的想像力』小沢書店、一九七九所収）

ごくあらっぽくいうならば、小説における第一次戦後派のあとに出てきた、第三の新人（安岡章太郎、遠藤周作ら）に比せられるような位置、ということになろう。「氾」がどうしてそういう立場をとることになったか。「氾」のなりたちについて、小長谷清実が「詩誌『氾』」という文章のなかで、こう述べている。

ＶＯＵ系の詩人で国友千枝というヒトがいた。山田正弘が誰かの紹介で彼女に近づき、堀川正美を連れていった。それより前、山田と堀川は都内の高校生活動家として旧知の間柄だった。その国友千枝のもとへ、慶応大学へ入学した、富山から上京してきた水橋晋がやってきた。水橋は郷里で、やはりＶＯＵ系である高島順吾の影響下で詩を書いていた。一九五〇年、朝鮮戦争の始まった年である。堀川、山田、水橋、みんなハイティーンだった。この性格も、生きてきた生活もかなり違った三人の青年が、詩という場でめぐりあい、数年後に氾が生まれる。なんだか三国志の始まりのようである。

（「詩と思想」一九八一・六月号『小長谷清実詩集』思潮社、一九八五所収）

VOU（バウ）というのは、戦争前の一九三五年（ぼくの生まれた年だ）にはじまった北園克衛主宰のモダニズム運動の会のことで、VOUクラブ刊行の雑誌「VOU」は、戦後もすぐに復刊、詩書刊行までふくめて少なくとも昭和の四十年代にはいっても活動は続いていた。北園克衛という詩人は、なかなか強烈な精神をもっていたひとで、革命的ともいうべき詩的実験をくりかえしていた。誌面を一目見れば、

「ああ北園さんだ」

とわかってしまうような個性だった。

日常の言葉をまったく解体させて、そこに新しい言葉の関係を作り出してみよう、というかれの美学は、当時の若い詩人たちを眩暈（めまい）に陥らせたもので、鮎川信夫など「荒地」の同人たちから、高野喜久雄、白石かずこに至るまで、その洗礼を受けている。「氾」の中核メンバーの三人が、そういう運動の余波から生まれてきた、ということは興味深いことだ。

ぼくはもともと小説を書いてきていて、書きたいことがあるから書く、という、言葉に対してはごく素朴な関係を結んできた人間である。

それに対して、小長谷清実や伊藤聚はさすがに言葉に対して敏感で、かれらはぼくに

は児戯ともみえるような戦前のモダニスト詩人たちのさまざまな言葉の試みに興味をもち、クスクスと笑ったりしてしきりに楽しんでいた。

ぼくは、こういう思想性のないものには、ばかばかしくてまともに付き合う気がしないといっていたが、しかし同時にかれら二人は確かに詩人なのだ、だからこういうものに関心をもつのだ、と心のどこかで羨望を抱きながら思っていた。

そして今にして思えば、言葉を日常・世俗からとらえるのと、モダニズムという実にサッパリとした美の道具としてとらえるのと、両方の視線があって、戦後の詩人たちは時代を一歩進むことができたのかもしれない。

「荒地」の連中の仕事も、戦後の仕事はモダニズムとは直接にはかかわらないが、しかし、かれらの優れた言葉が、時空を持続して存在し得るようになったのは、その洗礼をくぐりぬけていたこととかかわりがあるのかもしれない。そして「氾」の中核の三人にもモダニズム体験から、かれらの言葉の造型力に対して、なんらかの働きかけがあったのではないか。少なくとも、かれらは国友千枝のもとに吸い寄せられるようにして集まる資質をもっていた。

ということは、あくまでも一般論で、堀川正美個人についていえば、かれはそう単純ではなかった。かれは兄貴分としてぼくらのような学生さんには機嫌よく、やさしく振るまってくれはしたが、なんといっても「氾」というクラスターを束ねていくリーダーである。かれの一言一言が、ピリピリと全体に響いていくのがよくわかった。グループといっても、それは一人のリーダーの力に帰せられることが多いが、「氾」は優れた資質をもった詩人が数多くいたにも拘らず、やはり推進力の中心は堀川正美だった。

かれはグループとしても個人としても、主張するべきことは主張し、けっして譲らなかった。詩誌の座談会などに出席すれば、しばしば相手構わずきびしい攻撃を加えて相手を論じ倒した。座談会が堀川に食われてしまうので、編集者たちはおそれをなし、かれの出席がだんだん間遠になったくらいである。

それは、学生運動時代に身につけた政治学のようでもあり、またかれ個人の持って生まれた、狷介と見られがちな性質のようでもあった。堀川の鋭い剣のような舌鋒は、味方になっていれば頼りがいがあるが、敵にまわしたら恐ろしかった。

そういうかれは、自分の詩に対する理念の高さを足場にして発言しているのだから、もし書いている作品がそれにそぐわないような水準のものだったら、かれのことなど一顧だにしないですむはずである。しかしもちろんそうではなかった。堀川正美の詩は、言葉に対する感受力のあるものなら、一見してその非凡さがわかった。またその言葉の輝きのすばらしさに魅せられた。

「堀川さんは、すごい詩の書き方をする」といったのは小長谷清実である。詩は一つなぎの一枚の紙に書かれる（一目で見ることができるからだ）が、それからの推敲がすごい、という。手が入りまた手が入る。そのあいだ、かれは野獣のようになって、部屋をうなりながら行ったり来たりしているというのである。

ぼくは今、以前に堀川からまとめてもらった古い「氾」を取り出してみているが、雑誌発表後にもかれが自作に手を入れている書き込みが、あちこちにある。かれは簡単には自分の作品を見捨てたりはしない。そしてぼくはその話を聞いたとき、そうか、そこまでやらなければ駄目なんだ、と思ったのだった。

もちろんぼくだって、詩を書きっぱなしにしていたわけではない。苦吟していたことにちがいはないが、それはぼくに詩の才能がないからだと、思っていた。真に才能のある詩人の場合、天の一角から霊感がおっこちてきたり、女神にほほえまれたりして、ペンはよどむことなく疾走し、たちまちにして世紀を越えて読者に嘆声をあげさせる言葉の宇宙が成立するのだ。

たとえば宮沢賢治には、物に憑かれたように童話を書きとばし、一日に数十枚書くという日がつづき、二千枚ぐらいは書いた時期があったという話など、ぼくは聞いていてうなったものだった。賢治ほどの天才になると、信じられないような速度で、あの傑作の数々を、いとも容易に書きあげてしまう。それにくらべると、ぼくなんか殻のこわれたカタツムリが、のろのろと隣の家の塀をはっているようなものだ。

しかし、もしかしたら、現代の詩は、そういうぐあいにはいかないものなのかもしれない。なにしろ、堀川正美にして、推敲につぐ推敲で、ようやく作品を仕上げるというのだから。それに、書きとばしているとなかなかいい気持だが、そういう詩人はまずロクな詩を書いていないということも、まわりを見ていてわかっていた。書く快楽だけを味わっていて、そこから絞り上げていくことをしない詩人は、例外なくいい詩人ではない。

詩の言葉を連ねていくということは、行く先の分からない船に乗っているようなものだ。つねに水路は分岐していて船に任せておけば、どこの港に入るかわからない。昔の単純な抒情詩だったら、俳画のようにさっと一筆書き、ということも悪くはなかったろう。しかし、その程度で書けるようなことはもう書きつくされてしまった。音楽や絵画と同じように言葉の世界も、素朴な意識だけではどうにもならない。

堀川の詩の書き方を聞いて、才能があろうとなかろうと詩は手を入れるべきなのだ、とぼくは安堵しながら思った（宮沢賢治だっていくらも異稿があり、推敲を重ねていたことが、今はわかっている）。言葉は下意識から浮かび上がってくるが、それが即構造をもっているわけではない。言葉を置き換えていく過程をつづけていくことによって、今までになかった構造体を、箱根細工のようにつくりあげていく。

ぼくは、それから安心して作品に手を入れるようになった。

推敲には、しかし潮時ということがある。組み上げたここが頂点、ということに気づいたら、さっさと手放すことだ。そうしないと作品は一転して衰弱に向かう。とくに書いてからあまりに時間がたってからの直しは、むずかしい。蒲原有明や井伏鱒二の例にも見られるように。

それはともかく堀川正美の詩は、地上からはるかに吊り上げられた詩となった。それは読み手の心の敏感な部分に、直接かつ強烈に感応させるが、読み手自身はそれを言葉に翻訳して納得することはできない。しかしそれが詩的必然の産物であることを、だれもが疑うこともできない、というようなものとなった。

声　　堀川正美

たれさがった空のへりがゆれてはねあがる
そして空はときに
空であることをたしかめるために
そのへりをひきあげている
そしてまたおりてきて
さらにとおくのぼっている

その熱のなかでつくられた
熱よりも熱いものが
たちあがって
しだいにおしはなれてゆく天と地のあいだを
たえずすれすれにあるいている　そして

どんな熱にも死ぬことのない鳥らが
まわりをはばたいて
ぐるぐるまわっている

けものたちを舌でなめしたそのひとが
われわれの
父や母だったとはかぎらない
そして街の壁が
そとへむかって割れて
ばらばらとくずれおちるとき
その声が
おまえから
わたしにむかって
しずかにひろがってくる

（『太平洋』思潮社、一九六四）

熱よりも熱いものが、次第にひろがっていく天地のあいだを、たえずすれすれに歩いている、とは、なんとスリリングなイメージであることか。始原的ともいうべき巨大エネルギーの場としずかな声。ぼくは、いまだにこの詩をいかに読むべきかを知らないでいるが、読後頭に灼きついた白熱と静寂のイメージをまた忘れることもできない。

そしてそういう、解釈で破りようもないイメージを作り出すということ、そのイメージが人間にとって必要だから、忘れることができないものであるということ、それが詩の肝心ということなのだと、ぼくはだんだん思うようになった。それは吉岡実の詩を読んでも、入沢康夫の詩を読んでも、嵯峨信之の詩を読んでも感じたことであるが、そもそものはじめは堀川の詩だった。堀川の詩が、ぼくをそう感じせしめたのである。

しかしそこで困ったことは、当然のことながらぼく自身の詩の、そのありようの問題である。ぼくは幾度もいっているように、素朴に言葉と表現ということを連結して考えてきた人間である。堀川のように言葉を観念という研磨機でカットして多彩な光を発せしめる、という高度な作業のすばらしさはわかっても、これが伊藤聚の詩法ならそれなりの手立てもあったろうが、とりあえずこのぼくにはどうしようもない、ということだった。

ぼくにできることは、あくまでも地上的なものに縛られている自分とその生存状態から発した思いを、ぼくなりのやりかたで伝えるしかない。それは、いくら苦労しても堀川の詩のような光彩陸離たるものにはならないだろう。そう思うと、いささか寂しいものを覚えたが、しかしそれは仕方がないことだった。堀川の才能は堀川の才能であり、吉岡の才能は吉岡の才能である。

今後どのような詩をぼくが書くことができるか、それはわからないが、これからもぼくの詩を書いていくよりない、それ以外のありようはない、と思った。それだって、必ずどこかへ行けるはずなのだ。のちにぼくは、叙事詩的な世界を試みたことがあり、それはそれでなかなかおもしろかったが、そういうことはひとつのカウンター・アタックだったかもしれない。才能ある人間に出会う、ということは、なかなかたいへんなことなのである。

堀川正美とトマト・スープ

堀川正美は、わが学生時代の日常の付き合いのなかでは、あくまでもいい兄貴だった。しかし、この兄貴は実生活ではいろいろと問題を抱えていて、やがて妻子と別れて別の女性と暮らすようになった。そのあたりのことをぼくは何も知らないが、そうなるにあたって、かれ自身が深い傷を負う、ということは避け難いことだった。

かれは葛飾の金町から東中野に移った。金町の家は当時としては家族の幸福の象徴であるようなコンクリートの集合住宅だったが、今度は古いお屋敷の離れのような部屋だった。

邸内には鬱蒼とした木々が生えていて、古い西洋館の細長い部屋にはいつも緑色の光が差し込んでいた。床は今でいうフローリングで畳はなかった。かれは結核を病んで、その回復後のからだをいたわって静養していた。

ぼくは国立に住んでいたから、伊藤や小長谷とともに、よくその部屋を訪ねた。風が吹くと木々はざわざわと鳴り、部屋に通じる暗い廊下は、古い西洋館にふさわしい黴（かび）の匂いがかすかに漂った。

ぼくにはかつて当時のことを書いた文章があるので、それを少し引用しよう。ぼくが三十四歳のときのものだから、もう三十年も前のことになる。

……わたしたちは、何度訪問したことだったろう。楠の巨樹がいく本も生え、風のある日はざわめいている庭のある古い西洋館の陰暗な一室にかれは住んでいて、わたしたちは酒を飲み、トマト・スープをつくって呑んだ。家主は年老いた数学者で、もう現役はしりぞいていたが、解法のない五次方程式を解く仕事に挑戦して、冬などは日ざしに机を出してすわっていた。老夫人がそばについていて手伝っていたが、ときどき、怒りの声が走ったりした。

あの、気味悪いほど安ウイスキーの空瓶のたまっていた細長い部屋のことを思い出すのは妙な興奮を感じる。堀川正美は、わたしたちに優しく話すかと思えば、不意につっぱなすように痛撃を加えた。かれがどんなことを言ってくれたか、細かなことを覚えていない。そのころのかれの頭のなかを去来していたことは複雑だったに相違ないが、わたしには決してよくわかっていなかったと思う。

（「詩人・堀川正美」思潮社版『堀川正美詩集』一九七〇）

安ウイスキーというのは、堀川と、ともに暮らしていた画家の柳田麗子と、客でいったぼくらのごとき連中が空にしたトリス・ウイスキーで、堀川と柳田麗子はなかなかの酒豪だった。それが四、五十本たまっていたのである。また、ぼくは今もトマト・スープを作ることを愛しているが、今旧文を再読してわがトマト・スープは、堀川のあの部屋のレシピの通りであることに気づいた。

堀川正美は国立（くにたち）高校の出身、早稲田の露文に入学するがたちまち中退してしまう。なぜ中退したかはよくわからないが、かれが高校時代から参加していた政治活動の挫折と関係があるにちがいない。

「わたしの青春は、一九五二年に明らかな政治的失敗と、そこから始まった私自身の個人的な愛情生活の失敗とふたつからなりたつ双頭の鷲である。あとにのこされる詩はといえば、爪のようにマガッタ怒りみたいなものにすぎない」（「氾」十六号後記）

あの隠遁（いんとん）者のような東中野の暮らしは、かれが心身の傷を癒そうとしながら、ひっそりと生に耐えていた姿だった。しかしそのときのかれの内心を、当時のぼくらがどれだけ理解していたかは、ほんとうに心もとない。とくに別離の苦悩というやつには、すくなくともぼくは鈍感だった。ぼくらは三人とも、まだその前提となる異性の獲得という事態すらも体験していなかったのだから。

やがてかれらは、上高田へ引っ越していった。すると駒込林町にある高校の教員になっていたぼくの兄貴が、空いた後を借りたいといいだした。それで、ぼくは今度は兄貴のご機嫌をうかがうために、五次方程式の解法に取り組んでいる東京工大名誉教授の屋敷に通う、ということになった。そこでぼくは小さな体験をした。

それはとても暑かった夏の日のことである。上半身裸になっていたぼくは、何気なく兄貴の万年床の上にあお向きになって寝たのだが、するといきなり背中に激痛が走った。鋏(はさみ)の上にでも寝てしまったのか。あわてて起き上がってみると、シーツの上に濃い黄色のガの遺体がころがっていた。

ドクガである。

ドクガは鱗粉に刺激性があるので、生死にかかわりなく威力を発揮する。暑い夏に発生しやすい、ということは聞いていたが、この邸内にいるとは思わなかった。

やがて、背中は一枚ザブトンをせおっているような気分になってきて、ひどい腫れようだった。ぼくは医者にいってクスリをつけてもらい、ようやくひとごこちがついたというわけだった。

しかし今振り返って、あの古く暗鬱な邸内の雰囲気のことを思うと、そのようなものがいてもけっしておかしくはなく、むしろふさわしかったような気がする。ドクガは時間がよどんでいるような、あの西洋館のまわりをめぐって、今もひっそりと羽ばたいている……。

かれらが引っ越していった上高田の部屋は、前よりはずっと明るい二階だった。ぼくら三人は、今度の部屋にも通った。堀川も柳田麗子も、前より明るくなったような気がした。ぼくらは、堀川という詩人の未知の魅力に魅せられてしまって通わざるを得なかったのだが、柳田麗子は少しもいやな顔はしないで、無遠慮なぼくらにいろいろとサービスをしてくれた。申しわけないことだったと思う。

しかし柳田麗子が、まったくぼくらのことを憂鬱に思っていたか、というと、そこまではいえないような気がする。彼女は進んで会話のなかに入り込んできて、理解をともにわかとうとしたし、また会話の内容に同じように関心をもっていた。要するに彼女は画家であり、画家が詩人の卵たちが口走ることに、ときたまおもしろいと感じることがあったとしても、それは当然ということである。

柳田麗子は酒豪だったが、肌の色がしろく、ほっそりとした体形をしていた。そして杉並区の小学校で絵の先生をしていた。

彼女は、ぼくらにはあくまでも優しく、模範的な姉を演じてくれた。小長谷など、堀川がいない日に訪問して、彼女とおしゃべりを十分楽しんで帰ってくる、というようなことをしていた。柳田麗子を仲間だと少なくともぼくらの方が思っていたことがわかるだろう。

しかし、彼女は芯の強い人だった。彼女が決然とした行動なり態度に出るときに出会うと、その思い切りのよさに驚いたものだった。そのことが彼女の人生にどのような影響をもたらしただろうか。

彼女は、詩人たちから〈ジャキ〉というニックネームで呼ばれていたから、ぼくらもこの姐御肌の画家を〈ジャキさん〉と呼んだ。ジャキとは何か。それは寺などで四天王の足の下に踏みつけられて、こらしめられている邪鬼である。

ほっそりとした肌白の、若い女流画家に対して、これは何ということかと思うが、当人は平気な顔をして電話などで、〈ジャキだけれどさあ〉といったりしている。まあ、あの下敷きになってもがいたりしているやつは、なかなか愛嬌もあり、けっして憎めるものではない。だからそれでもいいか、という気になってくるのだった。

……というように堀川正美のところに出入りしているうちに、伊藤聚やぼくも「氾」の同人にしてもらったが、さらにぼくは個人的にも堀川の世話になっている。

大学卒業後の失業者時代、関根弘の口利きで「原子力時代」という業界誌につっこんでもらったことは、すでに書いたが、そこはたちまち行き詰まって給料もあぶなくなり、ぼくは逃亡していた。

しかし生活するためには働かなければならない。ぼくは毎日、新聞の求職欄を見て石油化学新聞社という業界紙が記者を募集しているのに気づいた。そしてぼくはたちまちここがかつて堀川が働いていた会社で、社長と親しかったことを思い出した。原子力はまだ早すぎたが、石油化学なら時代とピッタリではないか。

ぼくは堀川のところに行って、石油化学新聞に応募することを告げ、成富社長に電話を入れてくれるように頼んだ。堀川は快く引き受けて電話を入れてくれた。面接が終わった翌日、堀川のところに電話を入れると、かれはいった。

「いや。成富さんから聞いたんだが、残念ながらきみは採用者のわくに入らなかったというんだよ」

「ああ……、やっぱり」

「だが、あんたがそういうなら、調査部門で使ってやってもいいというんだ」

ぼくは、石油化学新聞社の付属機関である、石油化学調査所に、月給一万円で勤めることになった。堀川が口を利いてくれたので、ぼくはここで働けるようになったが、しかし仕事は新聞の切抜きをするというだけのことである。成富社長も、まったくぼくに期待していない。小さくなって毎日ハサミとノリをつかっていた。

幼いころポリオをわずらったので、ぼくは左足の成長が悪く、マヒもある。五体満足な人間でも就職できない時代に、父親もいない自分をこの社会が受け入れてくれるとは到底思えない。ぼくが、世俗的な幸福といわれる人生コースに背をむけたのは、そのせいが大いにあった。しかし生きることはしなければならないから、ぼくは関根弘や堀川正美に甘えて力を貸してもらった。ずいぶん図々しかったと、今になって恥ずかしくてならない。

それからこれは三十代半ばのころ、ぼくはピンチに陥ったことがあった。五歳の娘がなんということか、破傷風というおそろしい病気にかかり生死をさまよった。妻は錯乱してしまうし、ぼくは二十四時間、こどもにつきっきりでいなければならなかったので、堀川が臨機応変に力を貸してくれなかったら、生活を保持することができなくなるところだった。やっと一段落して、生命がだいじょうぶ、ということがわかり、ぼくが久しぶりに自宅に帰ってくると、堀川がホットウイスキーを作ってくれて、

「これを飲んで寝ろよ」

と、優しくいった。ぼくはいわれるままにそれを飲んで、フトンにころげこんで眠ったのだった。

堀川正美には、前記の第一詩集『太平洋』のほかに、『枯れる瑠璃玉』（思潮社、一九七〇）がある。かれは文学賞を受けることを拒否したので、受賞歴はないが、この二冊の詩集は戦後詩の到達点の極にある。

かれのように妥協のできない詩人は、自分にも妥協できない。だんだん詩を発表しなくなったのは、そういうことと関係があるかもしれない。詩壇から遠ざかっていったかれは、昆虫と遊ぶ日々を過ごした。もともと昆虫好きだったかれは、同じく昆虫好きだった伊藤聚との交遊がずっとつづいていたが、一九九九年一月六日、伊藤が六十三歳で突然死したので、これは終わってしまった。

ここもう二十年ぐらい、かれはゾウムシの研究に打ち込んでいる。世に昆虫好きはけっこういるけれど、ゾウムシなんていうものに関心をもっている者は、専門家でもアマチュアでもあまりいない。かれはいまや、日本のゾウムシ研究の最前線にいる。標本も

つくっているという。かれの技量からすれば、見事な標本になっているはずだ。かれはいつもぼくがあこがれる、その先にいる。

山田正弘の感情の鍋

ぼくに金を稼がせてくれようとした詩人は「氾」にはもう一人いて、それは山田正弘だった。

山田正弘は小柄で、純真な少年のような澄んだ目をしていたので、きっと女達にもてるにちがいない、と一目で感じさせるようなところがあった。しかし、当人は若いころから実生活の苦労をしてきた人間で、私鉄総連の書記という労働運動の専従者だった。それは青年山田正弘の思想的な態度表明としての選択だったのだろうけれど、それは経済的に恵まれるわけのない生活だったはずである。

ぼくが出会ったころの山田正弘は、労働運動や政治運動に対して、その実体を知ってしまい、幻滅を感じている人間特有の距離の取りかたをしていた。事実かなり屈折した心情をみせる人間だった。この世のさまざまな事物に対して、かれはあくまでもユーモアは忘れないが、シニカルな意見を述べることに遠慮するところがなかった。

可愛らしい少年の目をした詩人が、その目にそぐわないようなことをいうのを聞いていると、この人はそう簡単に評価を下せるような人物ではない、と思った。

山田正弘は堀川正美とは対照的で、ものごとは現実的に行動しなければ解決しないと考えていたところがある。かれの現実的苦労がどのようなものであったかは、想像するよりないのだが、たとえばぼくは、かれが学生時代にアルバイトにいって、木工場のようなところで負傷した、という話を聞いたことがある。製材中の木が、外れるかどうかして腹にめりこんだ、というのである。

その結果腸を切断する、という処置をうけなければならなかった。

ぼくが盲腸炎になったとき、妻の叔父の外科医に手術をしてもらったのだが、そのとき山田が見舞いにきてくれたことがあった。かれは、たまたまいあわせた叔父に、自分の腸の切断の話を、例の邪気のない目で相手を笑わせながら披露した。するとと叔父は、とても興味をもって山田のほっそりとした胴体をなめまわすようにして見て、

「ほう。それで悪い部分をきりとって接合したんですか。ふむ、なるほど」

と感心しながらいったものだった。老外科医とはいえ、専門家に興味をもたせたのだから、やはりたいへんな怪我だったのだ。

もしかしたら山田正弘という詩人は、肉体的不運にも愛される人物だったのかもしれない。そののちかれは、どこかで野球をやっていて、軟式のひねくれたバウンドのボールが目に当たり、しばらく入院したこともあったからである。

いずれにせよ、成育的環境も存在的環境も、かれを楽観主義者にする気はいささかもなかったようである。ぼくはいつだったたか、「遊びにこいよ」といわれて、かれの馬込

食べた。

のアパートに遊びに行ったことがある。本ばかりあるささやかなアパートで若くてふっくらとした、グラマラスな奥さんがいた。そしてぼくたちはその空間でスキヤキをして食べた。

あのころは、何かというと、ぼくらは肉を買ってきてスキヤキをしたものだったが、山田正弘のアパートも、奥さんがグラマラスな人だったということにおいてきわだっていたけれど、そのほかはずいぶん似たような暮らしをしている、という気がした。

そうなのだ。あのころ、親からもらった家をもたない若い詩人は、ささやかなアパートに本、そして奥さんがいたりいなかったり、猫がいたりいなかったり、というような暮らしをみんなしていたのだ。かれはそのような暮らしのなかで、表面はともかく、じっと思いを潜めていたにちがいなかった。

雑誌「氾」の合本を繰ってみると、その当時かれが書いていた詩を読むことができる。「氾」の出発のころ、かれは堀川正美や水橋晋とともに注目すべき新進詩人として認められていたのだが、その作品は今読んでも胸が熱くなるような心情にあふれている。青春にいる青年が、ものを考えるポイントをいくつもうちに抱え込んでいて、思考は屈折しつつ発展していくことになるのだけれど、全体を流れているのは、生命力ある素直な心情である。

だのに風は涙の中心から吹く

慾望は一ばんよい場所へもどつてくる
そしてねえ　わたしは思わず笑つてしまう
しかし今わたしは塩の詰められた袋にくちづけします
わたしが町に入るとき支払つた乳より
酸つぱくされた海をすすつている
それがすべての悲痛なものの生れた所でありすべての歓びを呑みこんだ洞穴なら
暗やみのなかの暖かい国できみの踏んだ草々に答えよう
わたしの苦しみさえもう一杯の水より尊くはないだろうと
それでも　不十分な力が鳥たちを追いたてている

昔きみが踏みわけた大麦の穂
よりも小石よりもきみの不幸よりもちいさく
わたしは傘をさして帰るだろう
不細工だつたが竹林に囲まれた家にそして米をとごう
薪はくべろ　最も聡とく火は燃えている
不滅なるものは機械の産れた陸に
きみのように立ちきみは輝く河のおもてを歩いた
そうして三たび

わたしを愛するものをわたしは愛していた
（「わたしを愛したものをわたしは愛した」の後半部「氾」十号、一九五六）

この詩の〈わたし〉は冒頭部で、「あすの鉄の切れ片と雨にたたかれるだろう大麦とわたし」と規定されているのだが、戦後の過酷な現実を生きる二十代はじめの青年が、にもかかわらず愛のことを熱くおもわなくては生きていけない、という心情を、巧みな詩的いいまわしからあふれだすように語っている。

ここには、日常にかれと接したときのシニシズムも屈折した感情もなく、青年山田正弘の素顔がある。山田は錯雑した感情のせめぎあいのなかにあって、いつも矛盾に悩まされていたが、少なくとも詩を書くとき自分にとって最も大切であることのみを書いた。かれの感情の鍋は大きくて、率直であると同時に深さがある。かれの詩は、今読み返しても少しも古くなく、新鮮で、感動的である。

ひとつのグループをやっていくときに、山田のような大人の側面をもつ詩人がいてくれたことは、きっと大切なことだったと思う。

「まったく、山田のやつにはよくいらいらさせられた。しかしおれが怒鳴っても、あいつは、だからといって、驚くなんてことはなくて、ゆうゆうとあいつのペースどおりにやっていくんだから」

と堀川も、感嘆していったことがある。

ぼくもその意見には賛成だ。山田の肉体は細かったが、気持はいつもしっかりとしていた。

やがてかれは、詩を書くかたわら放送関係の仕事を、アルバイトでするようになっていた。民間放送の仕事が膨らみ出している時期であり、さまざまなかたちで電波の世界が才能を探していた時期である。自分が完全には信をおけない労働運動の縁の下の力持ちをずっとやって一生を終わる、というふうに考えられなくなっていたであろうかれは、新しい職業を探さなければならなかったのではないだろうか。朔太郎や賢治のように家の資産をたよって生きることができないものは、詩を書くということは、もうひとつ収入になる仕事をもつということにほかならなかった。

かれはそれを放送の仕事に求めたのだろうと思う。

あるときぼくが、家内のビンガタの着物を質屋で流してしまったというようなことを話したら、かれはいった。

「ラジオのディスクジョッキーの原稿を書いてみないか。森繁久彌の朝の連続ものなんだけれど」

猛烈な薄給であることは山田以上だったぼくは、それを聞くやいなや、たちまち幾本か台本を書いた。それがオンエアされることを夢見ながら待っていたが、これがなかなかならない。新宿凮月堂で山田に会うたびに期待したのだが、音沙汰なしである。三十分一回完結のシリーズドラマのシノプシスもいくつか頭をひねって書いた。どれも音沙汰なしである。結局、森繁の分が二回分だけ採用されて、四千円もらって終わった。

　山田が心配してくれたのに、ぼくはそれに応えることができなかった。まことに面目ない次第だが、今ふりかえると当然のことが起こったにすぎない、と思う。当時のぼくに（いや、今でもおそらく）、そんな芸ができるわけがなかったのだ。

　ぼくは自分のことばかり考えて詩を書いている青年だった。詩人のはじまりなんてふつうはそれで手いっぱいで、他者のことまで頭がまわらない。人を楽しませる仕事というものは、大人の仕事である。ぼくの書いた台本は、鼻持ちならない気障（きざ）なしろものか、人を楽しませるということについてごく安易な考えで対処していたものであったにちがいない。

　それにどこの世界でも、その世界で認められるためには、今までの書き手とちがう新鮮さで注目を惹かなければならない。

　山田正弘は、この道で生きるようにしなければならない、と思っていた。そして「氾」が実質的に活動を休止するころから、本格的に放送の世界へ入っていった。

　そしてかれは、放送作家になってしまい、「あひる飛びなさい」や吉田喜重の「さらば夏の光」など、映画シナリオでも活躍するようになった。実力派の脚本家になったのである。

　それとともに詩をだんだん書かなくなった。知るかぎり、かれはまだ、まとまった詩集を出したことはない。

それはどういうことだったのか。かれ自身、放送の仕事に深入りすることで詩を書く余裕をうしなったのか、かれ自身が詩を書くことへの断念を抱くようになったからだろうか。

しかし、こうして振り返ってかれの作品を読み返してみると、かれはいい仕事をしていたのである。

「木曜会」のマドンナ、山口洋子

わが「氾」グループにももちろん、女性の詩人たちがいた。

上笙一郎からもらった便りによると、初期の「氾」に参加していた女性詩人たちは、ほとんどが文化学院出身者だったという。上笙一郎が木曜会といわれた新宿風月堂の会合に出ていたのは、同じ文化学院の山田正弘との関係だけではなかった。堀川正美の妹さんも文化学院の出身だった。

ぼくは、北園克衛というモダニスト詩人との関係で「氾」を見ていたが、位相を変えると、こういう切り口もあった、ということになる。文化学院には児童文学者の神沢(かんざわ)利子も通っていて、「荒地」系の詩人たちのところで詩を書いていた、ということもあった。

ぼくが出入りするようになったころの木曜会のマドンナともいうべき詩人は、ふたつ年長の山口洋子だった。

山口洋子は、小田原育ちで文化学院の美術科卒、すでに平林敏彦夫人だった。平林は、どこでこんな美女をわがものにしたのだろう。それだけでも隅に置けない詩人だが、かれにはもちろん、自分の詩のグループがあったにもかかわらず、積極的に彼女を入れようとはしなかった。

「きみは、若くて将来性がある詩人たちといっしょに勉強したほうがいい」

と、かれはいったと聞いている。だが、上笙一郎の説で補強すれば、そこには文化学院というブリッジもかかっていたことになる。

彼女の参加は一九五五年十二月の第八号からで、芳紀まさに二十二歳、すでに第一詩集『館と馬車』を刊行していた。それはぼくがまだエンヤラエンヤラ、へたな関西弁をしゃべる人物が出てくるような戦後派の影響まるだしの小説を書いていたころである。

ぼくが会ったころの山口洋子はもう新進詩人として注目されていて、『にぎやかな森』(ユリイカ、一九五八)という、次なる詩集を出したころだった。これは『太陽の季節』でその名もとどろく新進作家石原慎太郎の画が入っていて、「荒地」以降の新詩的世代の旗手とされる谷川俊太郎が解説を書いているというものだったが、残念ながらぼくは実物を見たことがない。

小田原出身というとたちまち、アジの干物やカマボコ旨く、入道雲が発達し陽光がさんさんと輝く世界、という気がするが、二十五、六歳当時の山口洋子はその通り、相模湾の潮風のなかでのびのびと育った健康なお嬢さん、という印象で明るく、彼女がいるだけで座が華やかになったし、帰ってしまうと陰気になった。

　彼女はいつも、ほほえみをたたえて嫣然としていたが、ぼくはその姿からなぜかいつもミッキーマウスを連想していた。ミッキーマウスは美女の形容にはふさわしくないような気もするが、それがなかなかチャーミングなミッキーマウスなのだった。くっきりした目と頬の豊かさの感じが、そう思わせたのだろうか。ぼくもまた、彼女をとりまく若者たちの最末席にチョコンといて、ぼうっと見上げていたのだった。

　こどもがいたはずなのに、そこには〈母ちゃん〉の雰囲気はみじんもなく、もちろん奥さんふうでもいささかもなく、あくまでも若き独身の美女であり、男たちにも大いに注目されていて、また当人もそのあたりのことは十分心得ていた。女性としては満足できる状態なのだから、もう詩なんて野暮なものは書かなくてもいいのではないか、と当時のぼくは思ったりしたものだったが、しかし当人にしてみるとそういうものではなかった。

男　に　　　山口洋子

よろこびは
霊柩車のごうかな飾窓に凍りついて
いつでも通りすぎる

なんてつれないのだ
メキシコの夏は
ただれたわたしの片耳だけもいで
海底へ逃げていつてしまつた
葡萄畑はくされ
いまはすつかりかわいている
陽は街をながれても
わたしはもう賭けをしない
わたしのひそかなこのくちびるの下で
いじらしく夜を待つているのは
ヴェールをぬいだ恥辱だけ
海に雪がふりだす
雪は燃えている
雪のなかを繃帯ぐるみのひとが
マンドリンを弾いている
やがて夜が来るだろう
あなたが旅へいつてしまつたので
わたしは泡だけになつてしまつた

あそこなんて焼いてしまつた
あなたはスペインで
みだらな黒い牛を殺すだろう
その血のついた巨きい角で
わたしの魂を殺すだろう

（「氾」十五号、一九五九）

〈あそこなんて焼いてしまつた〉とは、また、いってくれたものだが、最後の五行には彼女の遺恨ともいうべき感情が強く表現されていて（彼女が激しい感情家であることはだんだんわかった）、人の生活というものの奥深さを感じた。しかし凮月堂で出会えば、相変わらず明るく華やかで、男たちに向かって、

「〈ヨーコちゃん〉て歌があるのよ。覚えてみんなで合唱してくれない？　どう、ちょっとすてきじゃない？」

などといって、喜んでいるのだった。

「氾」が事実上活動停止したあとも彼女の活動はつづき、『リチャードがいなくなった朝』（思潮社、一九六八）など幾冊か詩集を出した。たまさか書いた「今はもう秋　だれもいない海」という歌がヒットしたりした。

しかし、やがて平林敏彦と離婚してしまったというニュースが流れてきた。このごろ

は神奈川で詩を書いている、と聞いているが、元気でいると思っている。

打越美知とピスタチオ

打越美知は、ぼくと同じ時期に「氾」に入った。彼女は水戸三高の出身で、どういう経験から参加したのかは、ぼくにはわからない。当時新宿の駅前に〈二幸〉という大きな食料品専門のデパート（海の幸・山の幸ということだろう）があったが、そこの店員をしていた。すでに『風の中で』（二元社、一九五七）という詩集があった。

初めて会ったのは、葛飾の金町にあった堀川正美の住んでいた団地で、十五号の合評会のときのことだから、五九年の春ということになる。彼女は二十代の終りにさしかかっていたが、ぼくにはずっと若く見えた。頬骨がやや高く、色は白く、目はお人形さんのようにぱっちりとしていた。彼女が目をしばたたくと、ますますお人形さんのように見えた。

その彼女は、合評会のあいだ畳の部屋で自分の立てた膝を、白いフレアのスカートでくるんだ姿勢でいた。それでますます可憐な印象になった。

彼女はそのころ、いい寄ってくる男性がいて、どうしようかと悩んでいた。結局ことわったのだが、女の人の二十代も終わるころともなれば、さまざまな体験をするはずだし、彼女も嫌われるタイプではなかった。彼女の詩は、異性とのかかわりにおけるさまざまな葛藤が主題になっていた。

しかし飾るところがなく、親しみやすい人柄だったので、ぼくらは通りすがりに〈二幸〉へ寄って「やあ、こんちは」と挨拶していったりしたものだった。

その人柄のよさのせいか、やがて彼女は外交官のところにお嫁にいった。そのために彼女は詩を書く間合いが長くなったが、落ち着いたいい感じの女性に成熟していった。

海外勤務に同伴するために、彼女はアメリカにいたり、イランにいたり、ということになったが、帰国しているときは仲間を懐かしがって、小さなパーティーを開いたりした。ぼくらは彼女の安定した生活をよろこんだのだが、ぼくがはじめてピスタチオ（缶詰になっていた）を食べて、その味に感心したのは、その席でのことである。いかにも異文化の味と色で、彼女はこういう食べ物があるところで暮らしてたんだな、と思った。今では日本中で容易に食べられるけれど。打越美知には、のちに出した詩集『たまってくる風景』（書肆山田、一九八六）がある。

〈とと〉の女主人、新藤涼子

新藤涼子が参加してきたのは、十六号だったから、一九五九年の夏ということになる。彼女は二十七歳、打越美知より年齢的には若いことになるが、ずっとたいへんな人生体験を積んできたように見えた。じっさいここまで来るのは楽ではなかったはずである。

彼女は、新宿のバー〈とと〉の女主人だった。場所は区役所通りだったと思うが、当時はまだそんなに賑やかなところではなく、木造二階建てで二階は洋裁店になっていた。

まだ彼女が〈とと〉をはじめるまえ、ぼくはワセダの酔っ払いの学生だったころ、この店に入ったことがある。そのころは店の名は〈とと〉ではなく〈かまとと〉といい、きわめて上品な雰囲気、とはいえない名前の店だったが、大学の同じクラスの井上具弘といっしょに深夜ごきげんで入り、やがて終電車がなくなり、その店の片隅で夜がしらじらと明けてくるまでしゃがんでいた記憶がある。その店を彼女が「かま」をとって〈とと〉として経営することになり、店はたちまち有名人・文化人が集うところとなった。

「今、〈とと〉に宝田明が来ているよ」

という、今をときめく二枚目スター登場の情報が木曜会に入り、たちまち野次雌馬が幾人も飛び出していったこともあった。

新藤涼子（お涼さんと呼ばれていた）はどういう経歴の人間かわからなかったが、とにかく有能なバーの経営者であり、彼女の力で店はにぎわった。当時の〈とと〉のバーテンが、のちに第七十二回直木賞を受けた半村良だった、という噂を聞いたこともある。

ぼくにしても、伊藤聚や小長谷清実にしても（年齢は幾つもちがわないのだが）まだクチバシの黄色い学生さんで、新藤の相手になどとうていならなかった。当然彼女は世慣れていて、年上の文学者や文化人はもちろん、世の中の普通の男たちと付き合えたし、また付き合えなければならなかった。

新藤は小柄だがけっして痩身ではなく、男好きのする丸顔で可愛らしかった。そのころのいつのことなのか定かではないのだが、ぼくは〈とと〉の二階の洋裁店で、当時流行の言葉でいえば、まぎれもないトランジスター・グラマー（真空管の代わりにトランジスターを使うようになって、ラジオなどすっかり小型になった時代だった）だった彼女のスリップひとつの姿を目撃した記憶が残っている。

そういうとなにやら意味ありげであるが、もちろんそのときには、ぼく以外のだれかがいたし、彼女は洋裁店をやっていたわけだから、そっちの方の都合で着ているものを脱いだのを、たまたま目撃するようなことになったのだろう。そしてぼくは若い新藤涼子のはちきれそうな肉体の迫力を驚きおそれ、たじたじとなったのだった。そういう四十年前のあざやかな記憶をもっているぼくを、新藤涼子はもっと珍重してしかるべきであると思う。

「氾」に発表した詩は「季節を」で佳作であるが、彼女がその本領を発揮したのは、ずっとのちのことになる。『薔薇歌』（角川書店、一九六二）『ひかりの薔薇』（思潮社、一九七四）『薔薇ふみ』（思潮社、一九八五）と詩集を出してきた彼女は、見られるように薔薇にこだわった。それは血のいろのシンボルであり、彼女は女性という血の性をたくましく生きてきた。

そのみごとな結実が第三詩集『薔薇ふみ』で、これは第十六回高見順賞を受けた。この選考会には、おんとし五十歳のぼくも出席していたのだが、選考委員はこの詩集には一様に驚き、そして受賞に賛成したのだった。その驚きを、たとえばその一人だった渋沢孝輔はこう書いている。

……その人柄、性癖から、暮らしのあらましまで、たいていは呑み込んでいるつもりである。ところが肝心な点について、私は何も知らなかった。彼女の心のうちにあるもの、さらにその心のうちにあるものの背景については、ほとんど何もと言っていいくらい知らなかった。日頃お喋りな部類で、何でもあけすけに喋る人だと思っていたが、どうもそうではなかったらしい。お喋りの蔭に、柔かく無垢なものを包んだ深い羞恥が隠されていたことに、浅はかにもこちらは気付かなかったという次第だが、仮りに話として少しは聞いていたにしても、やはり詩の言葉になって初めて現実感をもって伝わるような事柄というものがあるのだろう。

〈渋沢孝輔「〈天真の流露〉について」思潮社版『新藤凉子詩集』一九八九〉

ぼくのほうが、同じ詩誌の同人でもあり彼女のことをよく知っていてしかるべきだったのだが、そして多少は知っているつもりだったのだが、渋沢のいう通り〈詩の言葉になって初めて現実感をもって伝わる〉ということがあり、ぼくたちはまさにその言葉に出会ったのだった。詩とはそういうものなのだ。ぼくは、この詩集に出会って書き続けるということの大切さをいまさらのように思った。

その人の言葉は、いつ出てくるかわからない。意識しないで自分をよろっていたものが解けて、その内なるものが〈流露〉する瞬間がやってくるかもしれない。それは書き続けている、ということがあくまでも前提になる。ぼくはそういう例を幾人か見ているからいうのだけれども、だからといって書き続けていれば必ずそういう瞬間がやってくる、とはけっしていえない。書くとはそういうことなのである。

しかし新藤凉子については、それ以前にその予感のようなものはあった。いつもは陽気で、派手にやりましょう、という雰囲気の彼女が、ある日こんなことをぼくにつぶやいたのを覚えている。

「ほら、一晩自分の奢りでみんなで騒ぎまくって、それが終わった翌日の荒涼とした気分っていったらさ……」

ぼくは驚いて彼女を見直したのだった。彼女がそういう思いをしているなんて、今までまったくおくびにも見せたことがなかったからだ。それとふと、からだの悪い妹さんへの気遣いを口にしたときのこともあって、ぼくはぼくなりに新藤凉子を、今までとはちがう人間として見るようにはなっていたのである。

新藤凉子は、たしかにトランジスター・グラマーだったが、たとえば新川和江は、幼女時代の自分の姿を描写した新藤の文章を読んで、〈野原に生いしげる草の丈より小さかったという新藤凉子。後年詩を書くようになる新藤凉子の視座は、早くもこの時点で、この草かげにはっきり据えられた、といってよいと思う〉といっている。ではその草はどこに生えていたのか。

当時のぼくは、若く美しい女性は、ボッティチェリの女神のように、忽然として大きな貝殻の上にその姿をあらわすものとばかり思っていた。母子家庭育ちのぼくと同じような環境から、あんなに美しいものが生まれるわけがない、と頭から信じていたフシがある。アゲハチョウだって、あまり美的とはいえないイモムシやサナギから、突然、美神として立ちあらわれることを知らなかったわけではないのに。

しかし、新藤凉子は意外に近くにいたのである。

ぼくの父親は、満鉄の外郭団体のひとつ満鉄社員会というところにつとめていて社内報の「協和」という雑誌の編集をしていたので、ぼくは一九三七年から六年ほど、大連に在住することになった。一方新藤凉子は、父親が満鉄の土木設計士で、職業柄中国東北の地を、あっちこっちと仕事をして歩かなければならない人間だった。幼くしてハルビン、長春、瀋陽、牡丹江、大連と転々とした少女時代を過ごした。ぼくはそのどの町も住んだか行ったかしているが、大連では同じ時期にともに住んでいたことになる。あの町のいったいどのへんに住んでいたのだろう。彼女は書いている。〈父と母がそろって家にいる日は、私は眠るのももったいないぐらい嬉しかったものだ〉（「廻りにたくさんの死」）

そういう父親をもてば、ほんとうにこどもはさびしかっただろう。しかもその柱とも頼む父親は、給水塔（蒸気機関車に給水するための施設）を建設している最中に事故で死んだ。彼女は日本へ帰ることになる。

文学者の年譜をひらいてみると、幼いころ何らかの不幸な体験をもっている人間が実に多いが、新藤凉子もさまざまなきびしい体験をしながら育った少女だった。そして、戦中戦後とつづくだれもが苦しかった時代に、そういう運命の少女が明るく楽しい幸福しかない生活を送ったとは、とても思われない。しかし、彼女はそういう思いをうちに秘めながらも、ぼくから見れば、ボッティチェリの女神のように、あたかも彼女の心のうちを裏切るかのように、かすり傷ひとつないみごとなラインで彼女の肉体はかたちづくられていた（はずである。ぼくにそれが確かめられるわけもない！）。

それは何も女性だけではあるまい。複雑なものを内に秘めて、美しい肉体と美貌を誇る青年だっている。それが青春に在るということなのだろう。

そして彼女は、すべて〈薔薇〉の文字が入った詩集を出し続けたわけだが、薔薇とは血であり、女である。だから彼女の詩はいつも熱い。

次に掲げるのは、事故死した父親を迎えに行く九歳の自分の回想、というかたちで、大人になった彼女が書いた「曠野（こうや）」という詩の後半である。

先生がこわい顔をして
「……だからすぐに帰りなさい」といったとき
隣りの席の子が
わたしのお父さんでなくてよかった！

とつぶやいた　そのときに
わっ　と泣いたわたしだったけど

こんなに果てしもない広いところを見てしまって
こんなにも大きな夕陽に覆われて
わたしたちの　いのち
芥子粒より　小さい　とはじめてわかる
この天と地はなにもかも飲みこんでしまった
わたしが泣いただけじゃない
この国のひとはもっと泣いているよ
わたしたちのいのちは　永遠のなかの
一滴の涙のように　はかないのに
この美しい地球で人間が争いにまきこまれるのは
とてもむなしい
いつの日にか　この思いを
この曠野を　なつかしむだろう
わたしたちが滅んだあとにも
毎日　陽は昇り　陽は沈むだろう

お父さん　わたしは生きるよ
ひとしずくの血になって土に染みとおり
海に流れこむまで
わたしは生きる　生きてやる

さあ　わたしの血を運べ
汽車よ　汗血馬よ
すっかり小さくなった
父の　そばに

（「曠野」より　詩集『薔薇ふみ』思潮社、一九八五）

異色の存在、窪田般弥

「氾」のメンバーでひときわ異色だったのは、窪田般弥（はんや）である。窪田は大正の終りの生れだから、「氾」のメンバーから見るとだいぶ兄貴分ということになるが、ぼくが首をつっこんだころにはもう同人になっていた。ぼくは、そのあたりのことを聞いたことがないのだが、窪田は若い詩人たちが好きで「氾」の連中に親しみを抱き「氾」の連中はまた敬意を抱いた、という、そういう関係だったのではないだろうか。会合にもしょっちゅう出てくるというわけではなく、詩風もフランス象徴詩をしっかり自らのものとしているもので、若い連中とは自ずと異なっていて、いわば別格官幣大社（といっても、べつに祭り上げていたわけではないし、みんなかれのことをクボパンさん、などといって親しみを表していたのだが）というような存在だった。

かれが作品を発表しているのは一九五七年六月、十二号からである。ぼくにはずいぶん年長に見えたのだけれど、お会いしたころ、まだ三十代前半の若さだったということになる。

若き窪田般弥は瘦身で、飄々たる態度でユーモラスな饒舌を駆使することにおいて際立った個性を示していた。都会育ちの知識人の雰囲気で、どこか江戸ふうでもあり人なつっこいところもあったから、ぼくなどはいつもそれに乗せられて、ただおもしろがってゲラゲラ笑っていた。しかし、だんだんわかってきたことは、この人のスタイルの内側にはなかなかな骨が通っていて、この人はいろいろと見ているのだ、ということだった。

これはむずかしい文学や思想の話ではないが、こんなことが耳に残っている。

その日、すでに編集者になっていたぼくは、仕事もかねてかれの荻窪のお宅を訪問した。すると、テレビが野球の中継をしていてかれは見ていた。ぼくも横にチョコンとすわっていっしょに見た。すると、かれがいった。

「野球は、強い球団を応援することにしているんだ。その方が、消耗しなくて楽だからな」

「はあ」

一方ぼくは、常に不動のテールエンドのチームを応援することをもって、自己の証明としようと思っている方だった。それでこの肉体の経済学に意表をつかれた思いがしたが、今にして思えばそのころのぼくは、若くて怠け者だったのでエネルギーがあふれていた、ということにほかならなかった。

その言葉がいつまでも頭に残っていたので、ぼくはいつか応援の構造のことを考えるようになった。たとえば強い一人の力士が出現すると、たちまち大群の贔屓(ひいき)が出現するが、あれはいったいどこからどのようにして出てくるのか。

人は、できるだけエネルギーを費消しないで勝利の快楽をより多く手に入れよう、という傾向を持っている。ふむ、ふむ。なるほど。

しかし、たとえばラ・ロシュフーコーが、恋愛について、愉快かつ辛辣なことをいったように、かれがすでに十分意識化していた応援の構造論をあのときぼくに語ってくれていたのだ、ということに気づくまで、ぼくはけっこう時間がかかったりしたのだった。

そしてもうひとつ、とても笑っていられないことがあった。それは窪田の将棋が強かったという厳しい現実である。ぼくはやがて窪田家に出入りするようになり、しっとりとした雰囲気の奥さまから美味しいものをご馳走してもらいながら、わが国の近・現代文学の世界の実態的現実のことや、本年度のワセダ・ラグビー部の実力や、その他人生における複雑かつ微妙なる諸問題への対処法など、つまり諸事万端を教えてもらうということになるのだが、そのなかにはその将棋もあった。

ぼくの将棋は、理髪店主だった祖父に教えてもらったものだ。しかし小学校の低学年のうちにかれを凌駕(りょうが)してしまったから、ごく初歩的な力しか持っていない先生から習ったということになる。つまりぼくは祖父よりは強いが、それはちっとも強いことの証明にはならない。

ぼくはそのことをよくわきまえていたから、つねに謙虚だった。しかし、だれかに指そうと誘われると断れない。

それで、どういうはずみからだったか忘れてしまったが、あるときからかれに指してもらうことになったのだが、これがたいへんだった。

ぼくはたちまち、防御ラインを崩されて敗走・壊滅してしまう。かれの将棋は、かれの頭脳のごとく鋭く、速く、欠陥点を見つけるや怒濤(どとう)のごとく迫ってくる。ぼくはしばしば、一九四五年八月にソ満国境を破って侵入してきたソ連軍機械化部隊の猛進撃ぶりを思い出したものだった。

十番に一番ぐらいは、わざと負けてくれていいのじゃないか、とひそかに思ったものだったが、かれはそういうことを、相手に対して非礼だと考えるタイプの人間だった（あの力じゃ負けてやりようがないよ、とかれはいっているかもしれない）。ぼくがしかたなく、苦しまぎれに先のない勝負手ふうの手を指したときだけ、ちょっと考えるふりをするが、あっさりと無視して塚田名人のごとき速い寄せで決着をつけてしまうのである。〈無常迅速〉という、情けない気分だったが、なにくそとまたかかっていってはやられた。

ぼくは祖父が師だが、窪田が将棋の指導を受けたのは、浅沼四段というプロだったたという。なるほどすごいや。

ぼくが将棋で惨敗をつづけたから、というわけではないだろうが、浅沼四段の弟子は終始ぼくには優しく接し、生活にくたびれて元気のなかったぼくを力づけてくれた。かれのお宅で過ごした時間は、ありがたく懐かしいものとして思い出されることばかりだ。ぼくはこの詩人からいろいろともらいっぱなしで、今日まで来ている。

かれには「烏賊」という名作があって、ぼくもみごとな作品だと思うが、それではまたか、になるので、ここでは別の、かれの吐息のような四行詩を引用したい。忘れがたい作品。

こほろぎの季節　　窪田般弥

だれかがいつも掘っている
だれかのためにいつも掘りかえされている
大地よ　美しいけれど暗い夕ぐれだ
今は神のいないとき　こほろぎの季節

（『夢の裂け目』深夜叢書社、一九七三）

窪田はワセダの仏文の出身の、若きフランス文学研究者だった。学内では新庄嘉章（よしあきら）の弟子筋になるのかと思うが、山内義雄とも親しかったはずである。山内義雄は、ぼくなどはロジェ・マルタン＝デュ＝ガールの『チボー家の人々』の翻訳などで尊敬を覚えた京大出身のフランス文学者だが、ワセダでずっと教鞭をとっていた。しかし、なぜか文学部ではなく政経学部の教授だったので、文学部の学生でかれを慕っているものは、政経まででかけていってその講義を聞いていた。窪田も、文学部に来る前は政経学部で教えていたと記憶する。

窪田にはフランス文学者としての仕事も、ルネ・シャールの詩集などたくさんあるが、とくにたいへんだったのは『カサノヴァ回想録』の訳出である。その時期、ぼくは版元の河出書房にいたので、かれがそのために冷房装置を入れてがんばったのを、担当ではなかったけれど目の当たりにしている。あの膨大な量の仕事は、かれの健康を害した。長編小説もたいへんだが、長い翻訳の仕事もまた、人生の幾分の一かを確実に費やすのだ、ということを感じないではすまなかった。

愛をうたった江森國友

「氾」には、ほかにもいろいろな詩人がいた。水橋晋は主要な同人だったし、また独特のやわらかさと抒情性をもった一級の才能の詩人だったけれど、ぼくはほとんど口を利いていない。かれは学習研究社の編集部の仕事についていて多忙であり、あまり来なかったし、来ても堀川や山田と話をしていて、ぼくは横でそれを聞いているばかりだった。かれはこわい男、というべき顔だちだったが、酒豪であることはたしかだったけれど、詩を読んでみると優しさを感じ、そう思って見ると今度は優しそうな人にも見えてくるのだった。

水橋は三田の出身だったが、三田出身の詩人がほかにもいて、そのひとりが江森國友だった。江森は、ぼくよりふたつ年長の優美な青年で、おとなしかった。ぼくは最初に会ったとき、たちまち熊の縫いぐるみを思い出してしまった。それは肥満している、という意味ではない。むしろ痩身、といった方が正しいのだが、ものごしがおだやかで、丸顔の表情に少年のような可愛らしさが現れていて、攻撃してくるものを感じることがなかったからだろう。かれは、日本文藝家協会につとめていた。

しかし、その熊の縫いぐるみという印象にはかなりのまちがいがある、ということが、だんだんわかってきた。たしかに口数が多いほうではなかったし、口調もおだやかだが、この人はいうときには、はっきりと口を利く。ぼくはこうである、ということをあっさりというのである。

かれが詩人たちの野球のときに「おれは熊谷高校のエースだったんだ」と広言してははばからず、超スローボールを投げて相手側を惑乱させたことは前に書いたが、そういうところもだんだんと見えてきた。そしてある日かれは文藝家協会をやめてしまった。そして東京からも姿を消してしまった。

当時はすこぶるつきの就職難の時代だった。とくに文化に関係のある仕事にはみんながあこがれたから、それに輪をかけた。そういう若いぼくたちにとって日本文藝家協会という江森國友の勤務先は、そうみだりにほうり出していい仕事とは思われなかった。ところが江森ときたら、これを弊履(へいり)のごとく捨て去ったのである。

江森はどうしたのだろうか。だが、やがてかれが何を考えていたかが、まわりからの話でわかってきた。かれは雑事に煩わされることなく、本気で文学と取り組みたかったのだ。夜は酒を飲み、昼は働くという東京の生活をずるずる続けることを断つ。そのためにかれは、とおく九州へと去っていったのだった。

やがて、それは新藤涼子の斡旋によるものだとわかった。彼女の故郷は宮崎だが、そこにある家をかれに世話したのだった。そこで、かれは書くということと（まあ、酒を断ちはしなかっただろうが）対決していた。

そう知ってぼくは、これは自分にはとうていできないと思った。ぼくにとっては、まずはこの東京での生活の足場を築くことのほうが重要問題だった。そのための橋頭堡(きょうとうほ)としては、職業について安定した収入を手にするということが、何よりも大事だった。

ぼくは身障者だから、世の中に対してひるんでいた。まともな職業につける自信などあるわけがなかったし、たとえつけたとしても、一人前の労働量をこなせる体力があるかどうかということが、自分でもわからない、という人間だった。それでいて職業につくということがおもしろいはずがないと思っていたし、数少ない興味をつなげそうな仕事が、自分に向かってやってくるとも思われなかった。

しかし、飢餓線上をさまよっているこの若者には、職業をみつけてそれにしがみつく以外、東京で詩を書いていく道はありはしない。

そうなると当然、力は生活と文学にまっぷたつに裂かれるか、悪くするとその大部分のエネルギーを、生活のためにもっていかれることになる。

またぼくは若い男だから、当然いっしょに暮らしてくれる女性が欲しい。だが、ここにも問題ありで、いっしょに暮らせばやがてこどもができることになるが、それはぜったいにヤバイと思っていた。こどもこそ、自分が逃れることができないクビキになる。二匹、三匹とできるともう事態は絶望的だ。やつらは、時と所をわきまえずにぎゃあぎゃあ泣きわめいて、したい放題のことをするし、ぼくに対して遠慮会釈なくミルクを要求するだろう。ぼくは巨大なミルク缶をかついで、ヨロヨロしながら家に帰ってくるだろう。

そして梅雨の日、せまい借家の部屋のなかはオシメの満艦飾になって、えもいわれぬ臭いが漂うようになり、ぼくはやつらを養うために、文学とは関係ない業界新聞のアルバイト原稿を、せっせと書くだろう。そしてだんだん、おとうちゃんのような顔になり、髭もそうなって、ショウチュウのウメ割などをぐいぐいと飲んで、だらしなく寝てしまうようになるだろう。ぼくは自由も飛翔も愉快もない人間になって、とぼとぼと人生を歩んでいくことになりそうだがこれではどうしようもない、と思っていた。

しかし江森國友ときたらどうだ。かれは優美な青年だから、とうぜん女性にはもてるだろうが、自由な独り身でいるうちに日本文藝家協会を惜し気もなくほうり出し、はるか九州へといってしまった。かれはそこで日向灘（ひゅうがなだ）の潮騒（しおさい）でも聞きながら、何事にも煩わされることもなく文学と取り組んでいる。

先にいったように、これはまず真似できないことだ。だがかれのこの行為は、ぼくを勇気づけた。かれは自分の文学のためだったら、日本文藝家協会なんかどうでもいいと思っている。文学は、かれにとってそのような価値のあるものと思われている。行為でその価値を表現した江森國友は、実に男らしくさわやかだと思い、ほんとうは自分もそのくらいの勇気をもたねばならないのだ、と自らを情けなく思った。

では当時の江森の書いていた詩はどのようなものだったか。

一九五〇年代という時代は、一口でいってしまえば〈否定〉の時代といってもいいと思う。戦前からの既成の価値を否定するというのが、戦後文化の出発点とならざるを得なかったわけだから、まあ当然というわけだが、その結果、何かよくわからないときには、とりあえず〈否定する！〉と一声鳴いておけばそれでつじつまが合う、というのが時代の風潮だった。もちろん、おおざっぱなはなしだが、第一次戦後派の作家や「荒地」の詩人たちはそういう流れのなかにあったと思う。

二十六歳の青年、江森國友はこんな言葉をつづっている。

愛の生活　　江森國友

村では一年ひとつの死も送りださなかつた
家庭では若く愛し合つている夫婦と
びつしりつまつたクリームの箱のなかには
誕生日を迎えたばかりの息子が動いている

年のはじめの大雪の夜は
家族はやさしく睡りあつた

この村にやつてきた朝も　光りが溢れて
鹿や小鳥たちも
光りのなかで　ふたりの胸にとどく挨拶をしてくれたから
夢の樹は秘密のない窓から
古い書物とあたらしい欲望と
洗濯したての下着と愛の生活について

夜には空いつぱい枝をひろげることだつた

村では一年一人の死者もださなかつたが
ヴェランダは涸れた河床のようにつめたく
洗濯物のほされなくなつた家庭も三つあつた
愛しあつている若い夫婦は
愛の生活の死にたいして　いたわりながらたたかつた　注意ぶかくかんがえながら
水がどれほどの落差をもつて
若く愛しあつている夫婦の血管に注ぎこんでいるか
敏感な神経とやわらかい筋肉が
ひとすじに結ばれているか

一年　愛した日々は　日々を増した
男は睡つている妻と息子のために　明日のよろこびをうたつた
雨が素足でこの村をよみがえらせた朝
女は夫をあたたかくめざめさせるために
口にやすみなくお湯をふくませてあげた

（「氾」十五号、一九五九）

今二十六歳の詩人に、このようなみずみずしい世界をうたえるか、と時代による感受性の変容をつくづく感じる現在、感慨深いものを覚える。江森の詩は、田中冬二などとかすかに触れあっていたところがあったかもしれない。

ぼくなどは、ほうっという気持で、かれの詩を読んでいた。ぼくは先ほども書いたとおり、ガキなどできたらもうこの世の終りだ、と思っていたし、自分に幸福が来るはずはないし、もし万一来たとしても、すぐに来たほうが〈配達違いでした〉といって、さっさとかえっていくにちがいないと思っていた。だからこんなふうに愛をうたうことなんかできるわけがなかった。

またぼくは、過去のすべての事物は今一度きびしい批判を通過させなければ、現代の詩は成立しないのではないか、とア・プリオリに思い、自分の詩をわざわざ苦くした視線で吟味したものだった。

しかし江森は、少しもひるむことなく、自らが大切だと思うものを、そのままま っすぐに詩にしていた。その詩のとらえている時空は戦前とか戦後とかというようなこまかな刻み目ではなくて、自分が感じる風土としての日本のうち、愛しているものをうたった。批評より抒情。ぼくは江森國友のように詩を書くことはできそうにない。ぼくはかれの確信犯的な態度に詩人の存在を感じ、それを認めながら、そう思っていた。

たしかにそれも次なる時代のひとつの顕著なあらわれ、とみるべきだったかもしれない。「氾」や、川崎洋や谷川俊太郎らの「櫂」、嶋岡晨らの「貘」などが、「荒地」のあとに〈肯定〉の言葉をもって出てきたのは、純粋な戦中派である「荒地」が、詩を観念の追求形式としてもっぱら機能させようとしてきたことに、やや世代的にズレた中学生工場動員体験者として戦争を体験した連中が、息苦しいものを感じたことの結果だったろう。素直に驚いたことを驚いたと、素直に美しいと思ったものを美しいとなぜいってはいけないのか。そこには世代的反動もあったと思う。

その文脈のなかで江森國友をとらえるならばかれは川崎洋とならんで、純粋の典型だったと思う。谷川俊太郎は少年期の抒情詩から出発し、そのために一世代をはさんだ三好達治に絶賛されたが、そののちは己の詩法をさまざまな方向へ向けて発展させる道をたどり、それは戦後詩が獲得してきた遺産とも、現代芸術のさまざまな示唆とも深くかかわっていく道だった。堀川正美にしても、時代との苦いかかわりがあり、内側は大いに複雑だった。だから江森が、一歩一歩自分の心情の指し示す道を進んでいった、ということにおいていちばん純粋だった。

江森の生活態度と自己の表現への、断固たる態度はずっとつづいていく。詩はだんだん東洋的な視界へとひろがっていき、言葉は読者に、より深く、その一語一語を読み取ることを要求するようになっていった。そして江森の詩へのスタンスは、いささかも変わらず、現世的な華やかなものは拒否して詩人としての道を歩いた。今日も白髪こそ増えたが、かれは同じ歩調で悠々と歩いている。

Ⅳ　編集者になっても

ところでこのぼくであるが、そうこうしているうちに、めでたく四年で大学を卒業することになった。一九五九年三月のことである。

就職試験はぜんぶ落第したので大学院の露文学専攻修士課程に籍をおいて通学していたが、自分の経済力のことを考えると業を完遂することなど、とうていできないことはわかっていた。それで、秋村宏のいた飯塚書店でアルバイトをしたり、関根弘のつてをたよって「原子力時代」編集部に首を突っ込んだり、堀川正美に泣きついて石油化学新聞社の資料係にしてもらったりしていたが、向こうの都合が悪かったり、いつまでもやるような質の仕事ではなかったりして、ぼくはとにかくその日を暮らすために、とぎれとぎれに働いたりしていたのだった。

するとある日のこと、兄の友人である稲垣喜代志から電話がかかってきた。かれは法政大学の法学部を卒業して、「日本読書新聞」の編集部にいたのだが、文学担当のベテラン記者が突然死して椅子が空いてしまったので、若い人を採用しようとしている、というニュースを知らせてくれ、よかったら受けてみないか、といってくれた。

これを受けない手はない。ぼくはありがたく稲垣にその旨伝えたが、そう簡単に受かるとも思われない。しかし落第するのは慣れている。もう一回その数を増やしたからといって、ぼくの世界認識に変化がくるとも思われない。それである晩秋の夕方、面接に出かけていったのだが、なんとぼくは採用ということになってしまった。

ぼくは、たちまち文芸担当の記者になりすまして仕事をはじめることになった。そしてその仕事の過程で、またいろいろな詩人に出会うことになったのだった。

これも稲垣のおかげである。稲垣はそれから五年ほどして「日本読書新聞」をやめ、故郷の名古屋に帰って風媒社という出版社をはじめた。地方での出版は、わが国では恵まれない仕事だが、かれは粘り強く仕事を進め、去年（一九九九年）には八十六歳の老大家として故郷の渥美半島に健在の、杉浦明平のために『明平さんのいる風景』（玉井五一・はらてつし編）という〈生前追想集〉を出し、ぼくにも一冊を送ってくれた。老大家は、この多くの人の執筆になる杉浦明平論の集成を見て〈生前追想〉たあ、いったいこれはなんだい、などといいながら、大いに喜んだと思う。

ぼくが「日本読書新聞」に勤め出したのは一九五九年の十一月からで、給料は一万二千七百五十円だった。学生時代はせっせと家庭教師をして一万五千円ぐらいで暮らしていたから、収入は減ってしまった。部屋代だけで四千五百円は消えてしまっていたからたいへんなのである。

「日本読書新聞」は、週刊の書評専門紙だった。発行元は社団法人の日本出版協会という戦争中にできた統制団体で、理事とか評議員といった人達がいたはずだが、そっちのことは、ぼくはほとんど何も知らない。また知りたいとも思わなかった。

新聞編集部は独立に編集権を握っていて、経営的に成り立っていきさえすればいいということになっていた。しかし、社団法人という枠は、善くも悪くも不自由なところがあったようである。

とにかく週に一度、八ページの新聞を作りさえすればよかったのだ。そしてぼくは、最低のノルマとして日刊普通紙判で一ページ、文学書と芸術書の書評欄を作ればよかったのである。

ぼくはきわめて薄給ながら、そのようなポジションにつくことができたので、さまざまな人物に出会うことができた。

仕事の最初の関門は、江藤淳だった。

すでに夏目漱石論で注目されていた江藤だが、十一月に編集部入りしたばかりの二十四歳の駆け出しのぼくが、年末号の〈歳末訪問〉のインタビューに行くことになった。ぼくは江藤淳のことを、ふたつ年長の新進批評家で、周囲から大型と見られている、ということぐらいしか知らなかった。で、平気でノコノコでかけていくことができた。

江藤淳は颯爽としていて、イキのいい昇り竜のようだった。そのエネルギーに押されっぱなしで、これから仕事をしようという人間はまるで違う、と思いながら帰ってきた。

その〈来年は小林秀雄と取り組む江藤淳氏〉というインタビュー原稿を編集長が読ん

で、

「よし、合格」

といってくれたとき、やれやれと思ったことは忘れられない。

書評専門紙でもっとも古顔なのが、「日本読書新聞」だが、当時はそこから分裂してできたふたつの書評紙「図書新聞」「週刊読書人」とともにあって、いわば三派鼎立の状態だった。もともと大した需要があるわけではないところなのに、三紙でそれを分けあうことになっていた。

わが「読書新聞」は旗色がわるかった。「読書新聞」の背後団体は日本出版協会だが、ここには広告スポンサーとして有力な大手出版社が少ない。しかし新興の「週刊読書人」は日本書籍出版協会という多くの大手出版社のいる団体を背景にしていたから、とうぜん優位にあった。創刊当時の編集長は巌谷大四だったと記憶するが、五〇年代の半ばの創刊時、原稿料は一枚千円という豪華さだった。

一方わが「読書新聞」は一枚四百円、手取り三百六十円である。それもじきに二月半ほど遅れの支払いになった。まことに危ういといわなければならない。

書評新聞だから、読書愛好家や公共図書館が主たる購読層であることにちがいはない。だが、それに自己満足していたのではおもしろみがない。ぼくが編集部入りしたときの編集長は三十六歳、編集部員で三十を超していたものはいない、若い編集部だった。そういう若い編集者たちは、それぞれひそかに志を養っていたが、新聞だって単なる本の紹介ということで終始しているわけにはいかなかった。日刊新聞の書評欄も充実してきたし、新しい局面を開かなければならない。

何しろ一九五九年というのは、東京大学の女子学生が死んだり、総理大臣が刺されたり、というような事件を起こしながら続いた安保改定反対の大運動のあった一九六〇年の前年である。

すでに学生運動はふたつに分かれ、日本共産党系の民青と反日共系のブント＝社学同とは対立し、全学連の主導権はブントが握っていて、はなはだ雲行きはあやしくなっていたし、一方九州では三井三池など炭鉱の争議が激しく、大量の首切りなどが起こって実に険悪な情勢だった。

このころから学生や知識人を読者層にした書評新聞は、そういった社会政治の諸現象に対してラジカルな立場をとるようになっていた。ぼくは、五〇年問題のときに早くも自分は政治に不向きな人間であると、思うようになっていたし、これからは非政治的に生きようと考えていた人間だが、だからといって目の前で起こっているさまざまな事象に無関心でいられるわけでもない。また「読書新聞」という場に入り込んでしまったことは、よけいぼくを現実に直面させた。

当時の「読書新聞」編集部は、編集長以下中枢部が、なぜか九州出身者だった。外地引揚者のぼくは、日本と中国の違いということはよく考えたが、国内での地域による人間の違いということには、それまで案外無頓着だった。耳慣れないいい方で、あまり体験したことがない行動様式をもっている人間に出会うと、ぼくはそれをその人間の個性と思っていたが、今ふりかえって考えてみると地域の特性まで個人に帰していたようなところがあったと思う。引揚者モダニストだったぼくは、そもそも地域で人間の質が違う、ということを認めていなかった。県民性なんてものは、ありっこないと思っていたのである。

しかし、九州出身の編集部員たちはそうではなかった。かれらは九州の位置を日本の歴史の流れのなかで意識していた。この人たちの心のなかを明治維新がまだ生きていた。そして今もなお、中央に対して九州は力であらねばならない、という意識を抱いていた。

そのうちの一人が、吉本隆明のところに行ってきて、

「吉本さんには、天草の血が入っているそうです」

と報告したら、編集長（大分の出身だった）が相好を崩して、

「そうか。そうか。なるほどねえ」

と、うれしそうにうなずいたのを覚えている。なんでそんなにうれしそうにするのだろう、とぼくは、不審に思った。

ぼくはここで、あらためて九州人の歴史意識というものに意識的になって相対したのだった。日本にはいろいろ地域の意識があるが、九州はとくにすごい。中央へ力を及ぼすということにおいて（県によっていろいろニュアンスの違いはあるが、やはり、熊本、鹿児島、長崎などを中心にして）一貫した意識を抱いている。

その九州では、三井三池の炭鉱争議が続いていた。日本のエネルギー政策がかわって、石炭よりも石油・原子力に主軸を求める、という方向に転換していく時期だったわけだが、炭労はまだ強大な力をもっていて、人員整理に入っていく各社に対して炭鉱労働者を守るために努力をしていた。

ぼくの学生時代の親友岡田清（早逝した）も書記として参加していて、坑夫たちとグイグイ焼酎をあおっていたころである。上野英信のいう〈追われゆく坑夫たち〉という図柄がはっきりとしてきた時代だった。悲惨な事故が相次ぐ炭鉱なのに、かれらの生きる場はそこにしかない。土門拳の、当時の新聞と同じ網目の百線の印刷で、ザラ紙に印刷した百円の写真集『筑豊のこどもたち』（第I章に登場した丸元淑生がやっていた出版社パトリア刊、一九六〇。丸元の仕掛けか。ついでにいえば丸元もその姓からして鹿児島に縁ある人間かもしれない）が、大いに売れた時代だった。

すらっとした思想の巨人、谷川雁

編集部みなが尊敬していたのは、谷川雁（たにがわがん）（谷川（たにかわ）俊太郎はにごらない）と吉本隆明である。長崎出身の橋川文三にも、信頼厚いものがあった。

谷川雁は、一九二三年生れ、九州熊本の水俣の出身。眼科医の息子で谷川健一を長男とする四人兄弟の一人として生まれた。四人とも秀才で東京大学の出身だったと思う。神童集団ともいうべき、近隣の目をひく輝かしい存在だったのではないか。

戦中の軍隊に八ヵ月いた間に三回営倉に入れられたというし、戦後は「西日本新聞」でレッドパージに遭ったというから、センダンは双葉よりかんばし、だったのだろう。それからかれは結核を病み、久留米の丸山豊が主宰していて、森崎和江や川崎洋、松永伍一などを産出し、〈久留米抒情派〉といわれた詩人たちの「母音」グループの中心メンバーでもあった。

谷川雁の詩は、非常に魅力的だった。なんといってもその比喩が独自で、発語する瞬間に鋭利なナイフが閃いて、めくるめくような世界が現出する。そこには、鋼のような自我が牙をむいていて、同時にその牙は夢を見ている。

ぼくのもっているかれの第一詩集『大地の商人』（母音社、一九五四）は、再版で一九五六年の発行だが、発売所が渋谷・宮益坂の中村書店であるのが興味深い。中村書店は、詩書の古書をあつかう有名な本屋で、親父さんがなかなかの目利きでおもしろい人だった。かれがとくに気に入った詩人は、谷川雁と『独楽（こま）』の詩人高野喜久雄で、このふたりの詩集だけは自分のところから出した。名物的な人物だっただけに早いこの世からの退場が（店は奥さんが遺志をついでつづけている）惜しまれる。

詩については、かれの有名な作品「商人」を読んでもらおうか。

商人

谷川雁

おれは大地の商人になろう
きのこを売ろう　あくまでにがい茶を
色のひとつ足らぬ虹を

夕暮れにむずがゆくなる草を
わびしいたてがみを　ひずめの青を
蜘蛛の巣を　そいつらみんなで

狂つた麦を買おう
古びておゝきな共和国をひとつ
それがおれの不幸の全部なら

つめたい時間を荷造りしろ
ひかりは桝にいれるのだ
さて　おれの帳面は森にある

岩陰にらんぼうな数学が死んでいて
なんとまあ下界いちめんの贋金は
この真昼にも錆びやすいことだ

（『大地の商人』）

詩人としての自己決定をしてみせた詩といっていいだろうが、「色のひとつ足りない虹を売ろう」などといういい方には泣かせるものがある。この詩は新しい世界を自分たちのものとする気持で書かれているのに、売るものも買うものもみんな欠陥だらけのしろものなのだ。欠陥のないものでこの世界を構築し直すことなんかできない、といっているのだと思う。そしてそう思いながら今見直せば、気になるのは〈おれの帳面は森にある　岩陰にらんぼうな数学が死んでいて〉という二行である。

谷川雁は、北九州のサークル運動から発言してその存在を認められるに至った。『原点が存在する』（弘文堂、一九五八）という評論集は、表現になることのない底辺の人間の奥底にこそかれらが主張するべきものの原点が無音のままあって、それを変革のためのエネルギーとして奔騰させるために工作者として自分がある、という主張であるが、こんな要約をしたら谷川はアホなことをいうな、といってぼくを叱りとばすことだろう。それには独特な光沢のある比喩と人の目を幻惑するレトリックがちりばめられていて、容易には意味を読み取らせない迷路や逆説に守られているのである。

それは、北九州という戦後資本主義の矛盾の集中点にいて、その現場の底辺に民衆とともに苛烈な日々を生きている工作者が中央にいる知識人を激しく打つ、そういう攻撃力に満ちた言葉だった。

東京の文化というものは、アカデミズムのなかから出てきたものには、どんなに優れたものであろうと一向に驚かない。が、秀才が構築するような文化とは異質な現実に立脚している主張には、けっして強くない。というか、これはとうてい自分にはどうにもならないところから出てきた、しかもエネルギーと迫力においてすごい、という見極めがつくと、それを拒否しないで受け入れ、認めてしまう。

谷川雁は、東京大学の社会学の出身だから、まるまるの非アカデミズムとはいいがたいところがあるが、かれが背後に背負った民衆のものなる原点は、東京の知識人を脅かすものがあった。かれの独断的ともいうべき鮮烈なレトリックは、明快でないだけ深いものを予感させた。実際かれは、かれでなければ感じ取ることができないような現実の闇の奥を感じ取っていたにちがいない。そしてそれを言葉にすることはなかなかむずかしいことであり、かれは瞬間的に自らのうちに成立する比喩によって虹を（色がひとつ足らないと思いながら）描こうとしたのである。

ぼくはここまで書いて、なおかれの抱いていたはずのものをうまく伝えることができない。しかし、学生さんだったぼくは、東京でのうのうと暮らしている自分が叱責されているとおもいながら、この人の言葉が出てくるその底辺層の奥の体験にはなみなみならぬものがあると感じ、今までありきたりのとらえられかたをしてきた現実を、この人のように考える者が次々に出てくれば、民衆は平板に救済されるのではなく、近代化の定式化された道をいくのでもなく、もっと輝かしい人間の在り方に到達することができるようになるのかもしれない、と思う瞬間も確かにあった。

少なくとも、谷川雁がさわると平凡なものが、たちまちにして意味あるきらめく存在と化する。それこそがこの詩人の力であり才能だと思った。それが現実の運動のなかで大いに力を発揮するかといえば、いつでもそうなるとは思われないのだけれども。

時代は活動する人々に期待をもっていたが、今までにはなかった新しい物の考え方を望んでいた。いつの時代でもそうだろうが、とくに若い世代は自分たちの時代のしるしとなるような考え方、それを伝えるイデオローグを求めている。谷川雁と吉本隆明は、新しいカリスマだった。二人はそういう状況で一九六〇年の安保闘争を迎えるのである。

「日本読書新聞」には、谷川雁の末弟の谷川公彦が編集部にいた。公彦は酒を愛することにおいて人後におちないという人間で、豪快であるとともに繊細であり、内攻するものにいつも苦しめられていたが、同時にすぐれた見識の持主で、心やさしい人物だった。

かれは四人兄弟の末弟だから、上の三人は兄である。兄たちから電話がかかってくると、かれは著者に対するときよりも緊張して、不動の姿勢を取り、

「はいっ。はい。はいっ」

ときっちりとした受け答えをした。ぼくはそのことに気づいたとき、正直驚いた。兄弟というものには、自ずから上下があるが、我が家などはいいかげんである。

しかし谷川家はどうやらきっちりと兄弟の上下関係が定められてきたようなのである。その情景からは、九州の旧家の秩序のきびしさが浮かび上がってくるような気がした。そういうなかで、谷川雁は育ち、平凡社の編集者で「日本残酷物語」という注目のシリーズを売りまくったり、「太陽」という横組みのグラフ雑誌の創刊編集長になった谷川健一（編集者としても超一流だった）も育ったのだ、と思った。

谷川雁は、やがて「日本読書新聞」編集部にも寄ってくれ、ぼくはその姿を見た。谷川雁はすらっとした、とても背の高い男だった。いろ浅黒い顔はひきしまっていて、美男である。ぼくは見上げるようにしなければかれと話ができなかった。

たまたま、ぼくは紙面で現代詩特集をやったところだった。編集長が「詩人、やってみろ」といってくれたからである。ぼくは堀川正美と木原孝一にエッセイを頼み、戦後の幾人かの代表的な詩人の作品をちりばめた。

「あの、特集はごらんいただけましたか」

ぼくがいうと、谷川雁はいった。

「ああ。あれはみんながいうよりは、いい特集だったんじゃないかと思います」

かれはやがて、どういうつづきだったか忘れたがこういった。

「業界紙だからね、それは」

それは、ぼくが文化新聞だと思っていた「日本読書新聞」のことだった。実はこの現代詩特集も、今は出版評論家になっている小林一博の広告部と組んだもので、タイアップ広告が下にぎっしりと入っていた。

「ええ、そうです……」

ぼくは、ひるみながらいった。

指折り数えてみると、当時の谷川雁はまだ三十代の後半ということになる。今のぼくから見れば青年ということになるが、とてもそうは思われない。もっとも明治時代なら、四十歳というともう日は西にかたむきかかっていた。あのおヒゲの漱石もなかなかカンロクだが、五十になるやならずで亡くなっている。

「日本読書新聞」の編集室はけっこう広かったのだが、谷川雁が入ってきてあいている椅子にどっかりと腰を下ろすと、そこに思想的巨人がいる、という現実感は圧倒的で、室内の空気はピーンと張りつめた。今三十代でそういう威圧感のある人間がいるだろうか。ぼくは目を見張って、ひたすらその顔を見上げるばかりだった。

それはかれが書いているものを読んでいる若い世代の人間だったから、ということに一応はなるだろう。だが、たとえ読んでいなくても、あの肌浅黒く、精悍で、生気に満ちた強い目を見れば、これは常人とはスケールのちがった、偉にして未知なるものをうちにはらんだ、容易ならない人物と、だれしもが感じた、とは思う。そして発散する力の影響の範囲の外にひとまず出ようとして、無意識のうちに一歩、二歩とさがって、この相手の正体を確かめようとする者も少なからずいるにちがいない。その日の印象はそのように強烈なものだった。

そののち、再びかれに出会う機会ができた。それは南西諸島の民謡を集成した本の書評をお願いしてあって、上京してきたかれから、その原稿を東京駅でいただくためだった。他にも用事のある人間がいて、二、三人でいった。

やがて列車から降りてきたかれは、ぼくらのところに笑いながらさっそうと歩いてきた。そして、思わずぼくが近づいていくと、かれはいきなりぼくの頭を撫でてくれた。

このことは当時の先輩編集者で、のちに『北一輝』や『逝きし世の面影』などを書いた渡辺京二が、活字にしてしまったので、ぼくはそれを読んだ知り合いから笑われてしまった。いわれてみればそんなことがあった。

なにしろぼくは一メートル六十しかない小男であり、長身の雁とは二十センチ以上も身長差がある。何気なく親しみを表そうとしたら、ちょうどほどよい高さに頭があったので、つい撫でてしまったのだろう。それはぼくの可愛さ（!）がさせたことだったかもしれないし、また行為としてはごく自然なものだったが、見ていたほかの人はびっくりしたようである。

雁に出会ってから、リーダーシップと肉体の条件、ということを考えるようになった。指導者や時代のヒーローになるためには、精神の魅力、感性の魅力というだけでは十分ではない。男の場合、背が高いというのは基本的な条件である。容貌もまた大切である。

内に力を秘めているとなればなおいい。

　歴代の青春のヒーローになった人たち、たとえば小田実にしても、寺山修司にしても、体の大きい背の高い美男の青年だったではないか。そうであってこそ、かれの思想的言動は、説得力やあこがれを誘い出すのである。

　実際、会社勤めをしているとわかるが、たとえば会議の場などでも、それぞれがもっている肉体は、議論に微妙に関係してくる。同じ言葉でも筋力の強そうなやつが気色ばんで断言すると、相手がだまってしまったりするものである。強い肉体は議論において論理外で抑止力を発揮する。

　年長の思想的海千山千だったら、当時の谷川雁のことを、当時のぼくのようにはうけとめなかったかもしれない。ぼくはかれの主張に気おされて論駁（ろんばく）できなかったし、そもそもかれの硬質の抒情に十分才能を感じとる、十いくつ年下の若者だった。そういう若者や同輩から見れば、かれはそういう肉体の魅力もまた、十分に発揮しているイデオローグだった。

　ぼくは優れた詩人として、かれを尊敬することにおいて人後におちるものではなかったが、しかしかれに完封されている、というのはどうにもこわいことであり、内心ひそかに弱っていた。ぼくはひたすら尊敬しているよりない人間になりそうなのである。

　そして、ぼくは黒田喜夫（きお）の部分で書いたように、貧農出身の黒田が、同じマルキシズムを受け入れている詩人同士でありながら谷川と自分は現実に対する立場が違うということを書いたのを読んだ。そしてそのことは心にあり、いつも気になっていた。

するとあるときのことである。編集部のなかでだれかが、谷川雁のことを「古代九州の豪族の長(おさ)、ともいうべきところがあるなあ」といったのを聞いた。それが、だれであったかは覚えていない。だが、ぼくはその言葉に強く感応した。それが正しい見方かもしれない。

かれが大正行動隊と名づけられた活動的な炭坑労働者たちとともに闘争をしているのは、かれ自身がプロレタリアートだからではなく、指導者そのものであるからなのだ。そんなことは、考えてみるまでもなくあたりまえのことである。一つの集団があって、そのなかから指導者が成長して生まれてくるという場合もあろう。が、谷川雁は炭坑労働者出身ではない。東京の大学を出て、九州ブロック紙の新聞記者をしていた知識人なのである。

雁には「おれたちの青い地区」(詩集『大地の商人』所収)という詩があって、それはこういう連ではじまっている。

口笛しかもたぬ十八才のきこりよ
わかるだろう
もう大地の震えているのが
樹木すら水晶の感覚でうずまいているとき

白鳥座のむこうで
鉄のながれを工作していた人は首きられ
おれたちの地区はますます青く
　西の空は赤い

〈樹木すら水晶の感覚でうずまいているとき〉なんて、今読んでも雁らしいゾクゾクする行だが、この〈おれたちの地区〉とは雁自身が統括支配している地域にほかならない。口笛しかもたない十八歳のきこりはそのなかに生きていて、雁はかれを愛しているが、それはかれの地区のなかにいて、かれが幸福をもたらしてやりたい存在だからなのだ。

なるほど、とぼくは思った。そして考えるまでもなく、この国の近代の歴史において指導者とは常にそういうものだった。たとえば文学においてプロレタリア文学運動というものがあったが、それを指導していたのはいつもインテリゲンチャだった。

晩年の谷川雁が、宮沢賢治を媒体にした若い世代のためのサークル運動のようなものをはじめたとき、ぼくは、そうか、そうなるのは当然かもしれない、と思った。それは賢治が東北の名家の系列の子として生まれ、終始花巻の文化的エリートとして存在していた事実を思い出させたからである。賢治は孤独に詩や童話を書き、高等農林出身だったということもあって農民のために夥（おびただ）しい数の肥料設計書を書いた。そして農民のために生活の芸術化を理想とした羅須地人協会という文化団体を主宰した。

宮沢家の本家は花巻一の実業家である。そこに奉公するといい家に嫁に行ける、といわれたほどしつけのきびしい家である。

谷川雁の「おれたちの青い地区」は、いわばひとつのユートピアであり、それは賢治の「イーハトーヴォ」に接続するものではないか。この地をユートピアと感じる感性は、この地を所有しているという意識と深くつながっている。

もしかしたら、谷川雁は宮沢賢治をずっと読んできていたのかもしれない。かれの硬質な抒情のありようも、賢治と無縁ではないような気がする。

あれは「現代詩」の編集委員会の席上だったのではないかと思う。関根弘が、実に当惑したという顔をしていった。

「いや、変な手紙が来てしまってなあ……わたしは谷川雁の隠し妻です、というんだよ」

すでに谷川雁が、森崎和江と離別してだいぶたっていたころである。それから先のかれのプライベートライフについては、ぼくは何も知らなかった。

ぼくは、びっくりしはしたが、しかしあまりリアリティを感じなかった。世の中には変わり者の女性もいる。何のかかわりもないのに、女性の方が勝手にこの人はわたしの恋人ですとか、夫ですとか、ただもう思い込んでしまってそういいはる。ひどいときには家にあがってきて、そこにいる奥さんを追い出して自分がなりかわろう、とするようなこともある、という。これも雁がスターであるがゆえの、その手の災厄であるにちがいない。

発信地は中国地方だった。そして文面の内容は生活に困っているので、「現代詩」で若干の金銭を用立ててくれまいか、というものだった。

「こんなのって、おかしい。だいいち「現代詩」にいってくるなんて、まるで筋がちがうもの。きっと嘘だよ」

ぼくはそういった覚えがある。もちろん話はそれきりになった。何かしてやろうにも「現代詩」には、そんなお金があるわけがない。しかし奇妙なこととして、心に残っていた。

それから数年後、北九州から谷川雁が上京してきた。かれは、東京の語学教育の教材を制作販売する会社の役員の椅子にすわったのである。これはちょっとした〈事件〉だった。かれが東京へなんか来るはずがない、とみなが思っていた（雁自身も思っていた）のに、当人は上京してきて、しかも資本主義の会社の重役になってしまった。運動がいきづまった結果であるにせよ、これは東京の知識人や学生たちに深甚なるショックをもたらした。

その会社では、ぼくの露文科の後輩であり、のちに評論家となって『山口百恵は菩薩である』とか『大歌謡論』などを書いた平岡正明が働いていた。平岡はすでに、かなり派手な左翼的言動で世に知られる存在だったから、たちまち労働問題で役員の谷川雁と激突することになった。これもことの性質上、詩人のあいだでは大きな話題になった。

その経緯はぼくの詳しく知るところではないから省略する。雁は雁だからひるむふうはみせないで応戦しただろうが、すでに挫折によって傷ついていた雁の心身にとって、平岡の攻撃はさらにきつい、身に応えるものだったことだろう。

しかし、かれは「おれたちの青い地区」の指導者であったのだから、賢治が死ぬまで地域の指導者であろうとしたように、たとえ東京に出てきても、資本主義の機構のなかでも、かれは無名の一労働者としてではなく、指導者としてしか行動できなかったのだ。雁は背の高い人であり、その背の高さを生かすところにいなければ、自分を生かすことができないと感じていたにちがいない。そういうふうに行動するように運命づけられていた人間、といってもいいだろう。

鶴見俊輔は『戦時期日本の精神史』(岩波書店、一九八二)のなかで、かつて赤松克麿や佐野学らがいた東大新人会のメンバーの転向者たちの心性にふれて「指導者に選ばれたものは、彼の心の底においてどのようにその政治上の意見が変ろうとも、指導者であり続けるという信念をもっています」とのべている。戦後の雁も、あるいはまたそのようなエリートたちの心性の継承者だったということにもなろうか。

そういう状況になってからのことだが、谷川雁は女性を口説く名人であるという噂がひろまった。

ある詩人はこういった。

「かれの口説き方は、すごいぞ。ラブレターの書き方からしてちがう。かれは正座して和紙に毛筆で、恋文をそれは見事な字で内容も堂々と書く。そんなものをもらったら、そりゃあ大抵の女はまいっちゃうだろう」

「ふーん」

ぼくは驚いていった。

「そういうのに女性は弱いんですか。考えたこともなかったな」

たしかに、そういうことはあるだろう。しかし、ではこのぼくがそんなことをすれば、同じ結果が得られるかといえば、そんなことはない。谷川雁だから、谷川雁がそういうことをするから、女はまいっちゃうんだ。

ぼくは谷川雁のすらっとした長身の容姿を思い浮かべた。女にもてる、という情報を得たぼくは、そのみごとな姿かたちに今はエロチシズムの艶を見いだしていた。以前にもあったものだったけれど、ぼくは男だからそれと気づかなかった。だが英雄に雄の艶というべきものがないはずがない。そしてかれに好意を抱く女性には、ぼくなどには見えない微妙な人間のあじわいも見えることだろう。

女性は、どんなに凄い存在の男に対しても、平気で立ち入っていくことができる。傾城（けいせい）、傾国という言葉があるように、それがとても大きな力となって作用することがある。そして谷川雁は、そういう歴代の英雄のように美しい男でもあったのだ。ぼくは〈谷川雁体験〉を通して、自分の幼稚な人間学が、一歩だけ前に出たような気がしたのだった。

鮎川信夫ときさくなお母さん

そのころ鮎川信夫の、渋谷区本町のお宅へも幾度か通っていた。かれもまたぼくの畏怖する人の一人だったが、鮎川は口数の多い方ではなく、しかもぼくは何をいったらいいのかわからなくて会話ははずまなかった。そしてかれは高めの声で押し出すようにして話すので、やや聞きづらいところもあった。しかし白面の貴公子、といった面影がないではないかれのもつ、人間としての雰囲気が好きだった。

ある日鮎川の家にいったら、小学生の女の子の写真が机の上にあって、たむら、という子供の筆跡の文字が、裏に書かれているのを見た。たしか鮎川の妹さんは、田村隆一の最初の奥さんになったはずである。そしてそのときにはもう田村は彼女とは離婚していて、ほかの女性と暮らしていた。この筆跡の小学生は、鮎川信夫の姪に当たるのかもしれない、とぼくは思った。

一緒に「荒地」という共通の思想的基盤をもつグループにいた田村と鮎川は、おそらく親友同士といってもいい間柄だっただろう。そしてそこからこの結婚も生まれたのだと思った。

そして、今二人はどういう気持でいるのだろうか。ぼくは一言もいいはしなかったが、そんなことを思ったのである。

鮎川信夫は一九二〇年、東京小石川に生まれた。だから、ぼくが現代詩の会で出会ったころは、谷川雁がそうだったようにかれもまた四十歳前だった、ということになる。鮎川といえば、「荒地」派の主軸であり、いわば戦後詩という概念はこの人からはじまったのだから、ぼくにはすでに文学史上の大詩人でもあった。

しかしこの文学史上の人物は、すこしも偉そうではなかった。訪ねていくといつも「やあ」と小さな声でいった。そしてけっして弁舌さわやかとはいえない調子で話した。しかしそのことは、この戦中の苛酷この上ない体験を通過してきて、そのことを抜きにして戦後の人間の精神について語ることはできない、という決意を秘めた詩人にふさわしい話し方、と感じられたのだった。

当時、盛り場のあちこちで〈軍隊キャバレー〉〈軍艦マーチなどが、威勢よく鳴っていた）がいわば大衆キャバレーとして、〈ヤキトリキャバレー〉などといっしょに流行っていた。戦時体験に郷愁を感じている大人たちが通っていて、なんだか恥ずかしくなるような場所だった。バーに行けば、おもしろおかしく自分の戦争体験を脚色して吹聴している大人もいた。

ぼくは、そういう初対面の大人からしばしばウイスキーをおごってもらった。どういうわけか気づくと話の聞き役にされていて、聞いているうちに次のトリス・ウイスキーのダブルグラスが出てくる、ということになった。

ぼくはそういう連中に好意的だったとはいえないが、戦争体験がかれらの人生にとって極めてドラマチックな出来事だったことはわかっていた。それぞれがその体験を反芻（はんすう）

しながら戦後の恵まれない時間を生きていた。そしていつもさびしく、話の聞き手を探していた。

当時のかれらの、現象としてのありようはともかく、それぞれがうちに抱えていた戦争体験は深く複雑だった。ときには当人が意識するよりはるかに深刻だったはずだし、さまざまなものが心のうちに鬱積していた。そしてかれらはそれをどうしたらいいのかわからなかった。

一方〈青白きインテリ〉という知識階級を揶揄する言葉もあった。もっともそれをいいだしたのもおそらくインテリであろうから、これは自嘲の要素が強かった。この言葉は一九二九年の恐慌で不景気になったときにできたのだと思うが、戦後も何かというとつかわれたものである。そこには、インテリが近代日本の暴走に対してなんの歯止めにもならなかった、ということがあったし、また戦中戦後の窮乏のなかにあって、庶民のもつ逞しい生活力に欠けていた、ということもあった。

鮎川信夫は文学青年であり、戦中から後年の「荒地」グループの仲間になる詩人たち、中桐雅夫や田村隆一や北村太郎らとともに雑誌をやっていた。しかし戦争が進行し、一九四二年大学を中退して軍に入り、スマトラへ行く。終戦時に、かれは傷病兵として復員した。二十五歳だった。

その戦中の体験がこの詩人を決定した。かれは、まだ無名といってもよい若い詩人として戦争を体験した。高村光太郎や斎藤茂吉のように大家として戦争を迎えたものに課せられた有形・無形の国家的・社会的要請からは免れていたから、詩人としての特権はなかったが、容赦ない体験を詩人として受け止めることができた。

鮎川はいわば〈青白きインテリ〉に属していたといえよう。しかしこのインテリはしたたかに耐え、軍隊という容易ならない集団のなかで生き延びて、思想者として自らを最後まで滅ぼさなかった。

具体的にどのようなことを体験したのかは、ぼくが読んだ範囲でしか知らないが、鮎川はいつどこにいても、神経を張り詰めて周囲に敏感なアンテナを張り巡らし、心身をまもりつづけた。それがうまくいくとは思わなかっただろうが、結果としてかれは生き延びて、戦後の日本の土を踏むことができた。戦後の詩人としての仕事が、そういう時代を生き延びた人間としての意識から出発したのは当然である。かれは自らを戦争による死者たちの〈遺言執行人〉（「死んだ男」）と意識していた。

ぼくは、十五も年下の、小学生として敗戦を迎えたのだから、とてもかれのように現実を把握することはできなかった。しかし中国東北の戦後の大混乱期のなかから生き延びて帰ってきたこどもだったから、髪一筋が生死を分かつというような現実を幼いなりに味わっていた。外地での敗戦体験が文学的出発のポイントにならざるをえないところがあり、ぼくは鮎川をはじめとする「荒地」派の仕事を世代的に自分はちがうというふうには思えなかった。

次の詩など、幾度も読み返したものである。

神の兵士　　　鮎川信夫

死んだ兵士を生きかえらせることは
金の縁とりをした本のなかで
神の復活に出会うよりもたやすい
多くの兵士は
いくたびか死に
いくたびか生きかえってきた

（聖なる言葉や
永遠に受けとることのない
不思議な報酬があるかぎりは――）

いくたびか死に
いくたびか生きかえる兵士たちが
これからも大陸に　海に
幾世紀もの列をつくってつづくのだ

（永遠に受けることのない報酬は
無限の質だ！）

一九四四年五月のある夜……
ぼくはひとりの兵士の死に立会った
かれは木の吊床に身を横たえて
高熱に苦しみながら
なかなか死のうとしなかった
青白い記憶の炎につつまれて
母や妹や恋人のためにとめどなく涙を流しつづけた
かれとぼくの間には
もう超えることのできない境があり
ゆれる昼夜燈の暗い光りのかげに
死がやってきてじっと蹲っているのが見えた

戦争を呪いながら
かれは死んでいった
東支那海の夜を走る病院船の一室で

あらゆる神の報酬を拒み
かれは永遠に死んでいった

（ああ人間性よ……
この美しい兵士は
再び生きかえることはないだろう）

どこかとおい国では
かれの崇高な死が
金の縁とりをした本のなかに閉じこめられて
そのうえに低い祈りの声と
やさしい女のひとの手がおかれている

この詩に描かれた兵士が、どういう人間だったかということは、この際どうでもいいだろう。鮎川がいいたかったことは、安易に神を呼んで死者をよみがえらせる、生きている人間たちの軽薄さであり、ほんとうはすべての兵士が、〈あらゆる神の報酬を拒み〉ながら永遠に死んでいった、ということである。

そして感銘深いのは最後の連である。救済されるはずがない死を、かれはそのままにしておくことができなかった。それでかれはこの連を書いた。それは〈どこかとおい〉われわれの地上の俗臭のないところでかれは真の神のもとの兵士となる。やさしい女のひとの手で守られるようにして。

これは詩人の願望であり、鮎川はそういわなければならなかった。その頼み難さをいちばんよく感じている者が、そう書いたのである。つまり最後の連は、鮎川自身の祈りなのだ。

そういう鮎川信夫だから、かれは戦中の詩人や知識人の動向に厳しかった。かれは今度の戦争にその人がどうかかわったか、という視点からまず相手を見るところがあり、その倫理を問う姿勢は峻烈で、かれの行動原理の基本をかたちづくっていた。ぼくのような、そういう戦後日本の因（よ）ってきたるところに疎い若い人間は、鮎川がどう考えどう行動したかということは、いつも判断における重要な情報となった。それはぼくだけではなく、鮎川より若い世代の詩人が受けた影響は大きい。

しかし、編集者として出かけていって会った現象としての鮎川信夫は、いささか趣を異にしていた。かれは独身であり、きさくなお母さんといっしょに暮らしていたので、通ううちにぼくは、お母さんとも口を利くようになる。畳の上で会話すると、鮎川は母親のいうことにややめんどうくさいという調子で返事をする。しかしそれは男の子と母親とのあいだの感情の流れにそったものとなっていた。

なーるほど。鮎川信夫だってこのおばさんの子なんだ。おばさんと鮎川はずっと仲が好(よ)かったんだ。かつてこの親子がどんな感触で生活していたか、というような切り口が、今の鮎川の態度から見えてくるような気がした。

鮎川は、もちろんまともなこともいったが、一方なかなか意外なことをいって若いぼくを面食らわせた。

たとえば、編集者をしていると、対談とか座談会に立ち会うことがあるが、活字になるものとその前の速記との関係について、ぼくが何か感想をいったことがある。じっさい、しゃべったことがぜんぶ書き直されてしまうことだってあるし、これはぼくが体験したことではなく、たしか花田清輝が書いていたことだが、出席者がひとり完全に消え失せていた、ということもあったという。日本の雑誌にしかないといわれる〈座談会〉の微妙な局面についての会話をしていると、かれはいった。

「あのなあ。対談だとか、座談会っていうものは、そんなに気にすることはないんだよ。時と場合ってことがあるからね。とっさに相手をうけるわけだからね。ちょっとぐらいちがっちゃったっていいんだよ。ぼくはそう思っている」

厳密に信念を表現しなければならない場と信じていたぼくは、意外になげやりなことをいわれて、頭がクラッとするのを覚えた。では鮎川は、いつもそんな気分で座談会に出て発言していたのか。

鮎川の言葉というのは、詩でも明快というものではなく、その詩全体をみおろす視点を発見できないと目が流れてしまうようなところがあるが、話すことも多様に受け取れるようなところがあって、ぼくはしばしば理解できなかった。座談会・対談の類にもそれは反映していた。そしてぼくは、鮎川にそんなことをいわれて、かれがますますわかりにくくなるのを覚えた。

それからぼくは岩田宏とともに、鮎川からビリヤードの手ほどきを受けたことがあった。かれはなかなかの腕なのである。ぼくはビリヤードといったら、親の資産を食いつぶして遊んでいる放蕩息子のイメージを思い出したり、台に敷きつめてある緑のラシャをキューで突き破ったりすると途方もない弁償金をとられる、ということを聞いていたりしたので、おっかなびっくり球を突いた。すると鮎川は「今のはアツイ」とか批評し、手を取って指南してくれるのである。

かれにしてみれば、あまり慣れていない若い詩人と付き合うには、こういうことでもしないと間が持たなかったのかもしれないが、そういうときのかれの姿勢をみていると、かれは若いころ、けっこう遊び人でもあったのだと感じられる。そういった戦前・戦中のかれの青春の匂いが鼻先をかすめていくような気がした。それは隘路（あいろ）をぬけていくような不逞な自由だったにちがいない。

かれについては最近、驚きを覚えるようなことがあった。機会があって当時の鮎川が書いた文章をいくつか読んだ。するとこんな文章が出てきた。

私は、安保反対運動には参加しなかった。その理由を言わせてもらえば、反対運動に反対だったからにすぎない。安保反対運動を支える理論的根拠も現実的根拠も、すこぶる薄弱なものと見えた。

（「政治嫌いの政治的感想」）

これが書かれたのは一九六一年、つまり世を沸かせた安保闘争の盛り上がりがあった翌年のことである。そのころ日本の知識人のほとんどが安保反対だった。詩人もみんな安保反対であるのが当然で、賛成なんてとてもいえたものではなかった。安保闘争のリーダーの一人である吉本隆明は『荒地詩集』に作品を発表していたし、鮎川とは親しく言葉を交わす付き合いだった。もっとも「読売新聞」政治部記者白神鉱一でもあった鮎川の旧友・中桐雅夫はどうだったたか、それはわからない。

安保闘争において現代詩の会はもちろん元気がよく、「日本読書新聞」も大いに元気がよかった。ぼくはそういうなかにいたから、鮎川個人がどうであったのか、よく思い出せないが、現代詩の会の委員長である鮎川は終始あまりものをいわなかった、というふうな印象が残っている。いっちゃあまずいという判断もあったのだろう、とこうして読むと思わざるをえないが、そのほとぼりもろくにさめないうちに、平然としてこういう信念の吐露をしていたとは驚いた。

この文章は「政治公論」一九六一年二月号に発表されているが、ぼくはこれがどういう雑誌か、恥ずかしいが知らない。おそらく、当時の詩人たちが好んで読むような雑誌ではなかっただろう。もちろんかれはその意見を「現代詩」に書くわけがなかった。しかし、きちんと意見の表明をしていたのである。

人一倍敏感な感受性をもっていた鮎川にとって、どの時代も生きることは容易ではなかったにちがいない。しかしかれは、どの時代でも強くそしてよく見える目を武器にしてよく自己を保った。その逞しい視力は晩年のコラムニストの仕事においても、はっきり示されている。

知性などというものは、お品のいいものではない。死力を尽くして生きなければならないとき、人間という獣が発揮する力をはらんでいなければなりたたない。ぼくは鮎川信夫やドミトリー・ショスタコービッチの生の軌跡をみるとき、そういうことを思うのである。

都会的な詩人、木原孝一

鮎川信夫のことを思い出していたら、当時出会った幾人かの「荒地」の詩人たちのことも書き留めておきたい、という気持になった。どの人とも、実際には幾度もお目にかかっているというわけではない。しかし「荒地」の詩人たちは、それぞれぼくに深い印象を残していった。

最も早く出会ったのが木原孝一だった。木原孝一は一九二二年生れだから、生きているとしたら、今（二〇〇〇年）現在七十八歳ということになる。かれも若いころ「VO

U」に参加していて、モダニズムを通過してきた詩人だったが、戦争中は硫黄島に陸軍技師として配属された（かれは建築科出身だった）。米軍の猛攻撃は、島の山の形が変化してしまったほどで、日本軍は全滅という運命をたどったが、かれは幸運にも、その米軍の攻撃のはじまる寸前に日本に帰還していた。こういう運命のもとにあった人間は、どんな思いをしなければならなかっただろう。

ぼくが知ったころの木原は、雑誌「詩学」の編集者だった。「詩学」は、一九四七年八月に、城左門が岩谷書店から出した月刊誌である。これは同人雑誌ではなく、どういう立場・主張の詩人でも、表現のレベルが高ければ作品・エッセイを発表できる、戦後の公器的存在の詩誌である（つまり小説における「新潮」とか「群像」というようなものだ）。やがて発行所は詩学社となり、嵯峨信之が面倒をみていたが、嵯峨なきあとも続いていて、今やもっとも歴史の古い詩誌となった。

ついでながら、この岩谷書店というのは、明治時代の〈天狗煙草〉で記憶される天狗屋の岩谷松平の流れを汲むものだ、とだれかに聞いた覚えがある。岩谷書店の当時の編集長だった城左門は、しぶいロマンチックな作品を書く詩人であると同時に、推理小説や『若さま侍捕物手帖』などを書く作家城昌幸でもあったので、岩谷書店からは「詩学」のほかに推理小説の専門誌「宝石」（一時、江戸川乱歩責任編集の時期もあった）も出ていた。

ぼくは「宝石」の読者でもあって、ここでディクソン・カーやエラリー・クインや山いうことになる。

田風太郎や香山滋などに出会わせてもらっているので、城左門には二重の恩義があると
　ぼくが詩を書き出したころ、詩壇には、「詩学」のほかにあの「現代詩」、思潮社の小田久郎が出していた「現代詩手帖」、書肆ユリイカの伊達得夫が出していた「ユリイカ」の四誌があり、編集にはそれぞれが特色を出してがんばっていたけれども、やはり歴史が古くて、戦後の早い時期に新人を輩出した実績（茨木のり子、川崎洋など、続々と）をもつ「詩学」が、全国的には権威をもっていた。木原孝一はその雑誌の編集を手掛ける一方、詩作・鑑賞の入門書とか、啓蒙書なども書いていた。前に書いた『アンソロジー抒情詩』も、そういう活動のひとつだった。

　そのような立場にいたので、かれは詩壇では顔が売れていた。人もよってきて次々と新人詩集の序文を書くようなことにもなった。

　ひところ村野四郎が〈ドアマン〉といわれてからかわれたことがあった。村野が新人詩人の一ページ目によく序文を書いていたことをからかっていった言葉だったが、今や木原孝一がドアマンだった。

　だが、このお二人がよろこんで序文を書いたのではないことは、今はよくわかっている。当時のぼくは若くて嫉妬深かったから、木原が地方に講演にいくと大先生として迎えられている、などという話を聞くと、よくたしかめもせずに、立場を乱用していると感じ、顔をしかめたものだった。

寺山修司のからかい

そしてぼくは当時「現代詩」に署名入りで、詩人を強制的にドックに入れて診断する「詩人ドック」という辛口連載コラムをもっていたので、そこで木原孝一をやっつけた。くわしい内容は忘れてしまったが、要するにそういう気持をぶつけて書いた、そうとう低レベルのコラムだった。

あのコラムでは、ずいぶん世間知らずのことをしたものだと思う。ぼくは率直に思ったことをそのまま書いただけだが、悪評嘖々(さくさく)で、寺山修司に会ったら〈正義の月光仮面〉とからかわれてしまった。

その直後、木原と顔を合わせると、かれは顔をゆがめていた。ぼくに対していいたいことはたくさんあったろうが、あえてそれをいわなかった。ほんとうの気持は〈若造のおまえさんなんぞには、おれの気持なんか何もわかっていない〉というものだったにちがいない。

しかし、若造にそんなことをいっても仕方がない。若造は現実を知らないから、原則論いってんばりである。そういうものに何をいってもいいわけにしかならないことを感じていたのだろう。

ところでぼくの方は、そんな非礼なことをしたからには、「詩学」には詩を書かせてもらえなくなるだろう、というぐらいの覚悟はしていた。木原はあきらかに怒っていたし、ぼくもしおらしいところは見せないようにしていた。「詩学」に詩を書けないことになると、自分の詩人としての今後はどういうことになるのか、はなはだ心もとなかったが、それよりもそういう木原に迎合的な態度はとりたくない。今にして思えば、木原にシッポをふらない、ということを形にしておきたくて、あえてそんな文章を書く気になったのか、とも思う。

しかし木原は、そんなケチなことはしなかった。この雑誌は毎年二月号で新人詩人の特集をする。それに選ばれると、一応詩人として認められた、ということになるのだが、「詩学」はぼくを一九六二年の新人推薦の一人に入れてくれたのである。ぼくはそのことを知ったとき、正直ありがたいと思った。そういうふところの深さがあったのだと知った。

木原の詩は、誤解を恐れずにいえば、都会的な、歯切れのいい詩だった。木原孝一という名前が、呼び起こす瀟洒（しょうしゃ）なイメージに似つかわしいようなところがあった。これはやはり、かれが「ＶＯＵ」を通過してきたという経歴とも関係があるだろう。

しかし現実の人間に会ってみると、イタリアの性格俳優フォルコ・ルリを連想させた、やや土くさいおじさんふうの雰囲気を漂わせていた。かれの本名は太田忠というが、それにぴったりという印象だった。

そしてかれは当時、東急池上線の戸越銀座に住んでいた。そこは下町の雰囲気も感じさせる生活感のある町で、かれの人間的雰囲気と一致しているところがあった。ぼくはそののち、かれの部屋へ一度だけ入ったことがあるが、庶民的な雰囲気のただよう部屋だった。木原は性善良な人で、かつて感じていたような人ではない。そしてぼくは、そういう人のことを世俗的なことでやっつけてしまったことを、いやな気分で思い出していた。

木原は、酒を愛した。聞くところによるとかれの酒の飲み方は変わっていて、ある程度飲むと外へ出ていって吐くのだという。それからまた酒を平気でぐいぐい飲むというのだが、そういう行動は珍しいことではなかった、ともいわれている。

ローマの貴族たちのように、もっと酒を味わいたいがばかりにわざとそうしたのか、あるところまでくると飲めなくなって吐くことになり、付き合い上また飲まざるをえなかったのか（付き合いはもちろんいい方だったはずだ）、それはわからない。いずれにしてもこれは尋常な飲み方ではなかった。

やがてかれは腎臓をわるくして、とうとう透析を受けるようになった。まだ人工透析がはじまってそれほどたっていない時期だったと思う。ぼくは見たことがなかったが、かれに会ってきた者が話してくれた。

「腕の血管にシャントという装置をつけているんだよ。そこからいつも透析の管をつなぐことができるように」

「ふーん」

関根弘が透析に入ったときには、この技術もかなり進歩していて、生存期間もながくなっていたが、木原のころは、五、六年かたつとなぜか具合がわるくなってくる、という状態だったころである。それから数年して木原は亡くなった。五十七歳だった。ぼくはかれはまだまだ生きると信じていたので、ショックを受けた。そしてかれも、戦後を死に損ないの生き残りの人間、と自らを感じながら生きた詩人だったのだと思った。そしてそれは、「荒地」同人の戦後における最初の死でもあった。

かれの詩をひとつ引用しておく。

黙　示　　　木原孝一

一九四五年　広島に落された原子爆弾によって多くのひとびとともにひとりの女性が死んだ　その女性の皮膚の一部が地上に残されたがそれは殉難者の顔をそのままうつしていた

わたしは人間の顔ではない
いちまいのガアゼのうえに　ピンで留められて
だが　わたしは叫ばずにはいられない

この歯のあいだにひそむもの

それがウラニウムだ
この鼻孔の底にうごめくもの
それがプルトニウムだ
見えない眼のおくに光るもの
それがヘリウムだ
世界はいま
毒の雨に濡れた　ちいさな暗礁にすぎない

わたしは燃えのこった人間の部分だ
いちまいのガアゼのうえに眠っていると
地平線のむこうから　わたしの失われた部分が呼びかける

見ろ　暗黒の海と陸をつらぬく
ウラニウムの雲を
聴け　沈黙の窓と屋根に降る
ヘリウムの雨を
そして　ひとの子よ
みずからの手ではほろびるな

生命あるものは　いま
荒野をすすむ蝗（いなご）にすぎない

（『ある時ある場所』飯塚書店、一九五八）

「荒地」には、酒豪がそろっていた。黒田三郎もその一人だった。この人は広島の呉（くれ）に生まれたが、両親は鹿児島出身で、自分も中学・高校と少年時代を鹿児島ですごし、上京して大学へ進学した。旧制七高時代には、おそらく鹿児島特産の焼酎で、酒を愛する精神をおおいに鍛えあげたことだろう。

ぼくは黒田三郎が好きだったから、鹿児島にいって桜島を見上げると、いつも黒田がこの町で生きていたんだというふうに感じる。かれの出身校の鶴丸高校（優秀な進学校だ）に講演にいったときに図書館に案内された。学校図書室というものは、本を借り出して読む、というところではなくて学習参考書をもってきて受験勉強をするところになって久しいが、この図書室ではほんとうに自分の好みで選択した本を読んでいる生徒たちを見た。そしてぼくはとてもいい気分になった。黒田三郎の文庫本も棚にはあった。

黒田は東京大学を出て、NHKに勤めるという、人がうらやむようなコースを進んだが、当人もそれに満足してよき勤め人になった、というわけではなかった。ぼくが黒田の詩を好きだったのは、「荒地」の詩人のなかでかれがいちばん、生活というものと格闘している自分を表現していたからだ。当時のぼくは薄給で、給料だけでは月の半分しか食えなかったので、アルバイトの鬼と化していたようなところがあり、そういう自分には、黒田が自信のない人生を自信なく生きていると語る言葉は、他人事とは思われなかった。

たとえば次の詩は、かれが恋を得たときに書いた詩集『ひとりの女に』のなかに入っているものだ。かれはこの詩集で第五回H氏賞をうけた。

僕はまるでちがって　　黒田三郎

僕はまるでちがってしまったのだ
なるほど僕は昨日と同じネクタイをして
昨日と同じように貧乏で
昨日と同じように何にも取柄がない
それでも僕はまるでちがってしまったのだ
なるほど僕は昨日と同じ服を着て
昨日と同じように飲んだくれで
昨日と同じように不器用にこの世を生きている
それでも僕はまるでちがってしまったのだ
ああ

薄笑いやニヤニヤ笑い
口を歪めた笑いや馬鹿笑いのなかで
僕はじっと眼をつぶる
すると
僕のなかを明日の方へとぶ
白い美しい蝶がいるのだ

（『ひとりの女に』昭森社、一九五四）

白い美しい蝶。それは生まれようとしている新しい生活という希望の象徴であり、具体的にはひとりの女性である。その女性は、美しく心のいい女性であったろうが、肝心なことは彼女がどうこうということではなく、黒田自身の生活の心身レベルの低さに対する認識である。それは自己卑下とだけはいえないことで、あの時代、生活を自分の働きで支えないと生きられなかった若い都市生活者の男は、だれだってそう感じていたにちがいないことである。

すべてが否定的である事物のなかで、一匹の白い蝶だけが燦然と輝いている。すべてが否定的な現実だから、恋はいっそうすばらしいのである。

一九六八年、三十三歳のぼくは黒田三郎について三十枚ほどの文章を書いた。かれの文庫本詩集の解説である。ぼくはこんな文章で書き出している。

いま、私たちの前にいる詩人は、人間が人間らしく生きていくことに大きな関心を持ちつづけ、それをいつも詩を通して語りつづけて来た詩人です。人間らしく生きたい、自己のすべてを解放して生きたいとねがうことのない人はもちろんいないでしょう。しかし、それを単に心の中にとどめているのではなく、私たちを、囲繞しているこの現実のただなかにそのねがいを被覆なしで晒しつづけながら生きる、ということにどれだけの人間が堪え得ることでしょうか。私は、そのことを考えざるをえません。

（現代詩文庫『黒田三郎詩集』思潮社、一九六八）

ぼくは三十三歳。乳児がいて、退職して出版界のフリーターになろうとしていたころのことである。

黒田三郎と神田神保町

黒田三郎ファンだったぼくが、かれにはじめて出会ったのは、一九六六年のはじめのころだと思う。昭森社という出版社が、神田神保町の裏路地にあって、その出版社が新しい詩の雑誌を出すということで、その編集協力者として呼ばれたのである。

今でもあるのかもしれないが、当時は〈貸机〉という会社形態がけっこうあった。会社といえば、どんなに小さくても一部屋はスペースをもっていると思うのが、ふつうだろうが、草創期の超零細企業の場合、社長が一人いるだけ、というようなこともある。そうすると一部屋はいらないわけで机が一つと電話があればいい。かくして一部屋に多数の企業がいることになる。雑事に使う若い女の子は、各社で金を出し合って一人を雇うのである。

そういう起業家のための〈貸机〉だったのだが、昭森社の神田神保町一の三という番地は、貸机の出版社がひしめいている二階の一室だった。今や伝説的な存在になった伊達得夫の書肆ユリイカもここにあったし、その後詩壇の中心誌となる「現代詩手帖」の思潮社も、ここで若き小田久郎が奮闘していた。また純文学専門の審美社もあった。またこの界隈（かいわい）は武田奉淳とか椎名麟三とか安部公房といった連中が出没していた時期もあり、武田なんか奥さんをこのあたりで見つけたりしていた。まあ、いわば戦後文学・戦後詩のメッカといってもいい、記憶すべき場所なのである。

ここのことは、多くの人々がすでに語っていることだし、あらためてぼくが付け加えることはとくにないが、森谷均の昭森社はそのなかで別格的存在だった。というのはかれが大家さんだったからである。

森谷均は芸術愛好家でまた豪快な酒豪であり、夕方になると詩人たちとの酒宴がはじまり、森谷の哄笑があたりにとどろいた。そのため、かれは〈和製バルザック〉というニックネームを奉られていて、そういえば当時の詩人だったらだれでもわかった。たしかにうまい命名だったと思う。

その森谷は、すでに「本の手帖」という雑誌を出していたが、そのほかに本格的な月刊の詩の雑誌を出したいという。編集協力者として、黒田三郎、清岡卓行、長田弘、三木卓があげられていた。やはり現場の情報がほしかったのだろう。

黒田三郎は昭森社から詩集を出していてよく売れていたから、自然なことだと思ったが、長田弘やぼくが呼ばれたのはどういうわけだろう。とくに根拠はないが、おそらく清岡の、若手からも、という配慮によるものだったのではないか。

「現代詩」は廃刊になっていたし、会も解散していたから、協力したってかまわないと思った。しかし友人と相談すると、森谷均という人は、原稿料を絶対に払わないことで鳴り響いているから、こんどもそういうことになるだろう、といった。わが「日本読書新聞」もあまり立派な払いをしてはいないから、そういわれるとひるむものを覚えたが、たしかにそれはよくない。それにこの雑誌が、何か積極的な役割を果たすことが、できるものだろうか。

しかしともかく、と思って、ぼくは神田神保町一の三へ出かけていった。

そこは三省堂裏の、雨が降ったあとしばらくはじめじめしている、といった日当たりの悪い路地にあって、〈ミロンガ〉という中南米音楽専門の喫茶店のとなり、〈ラドリオ〉という喫茶店兼酒場の向かいになる木造ボロビルだった。ビルの入口のドアをあけると、いきなり見上げるような急傾斜の階段が出てきて、用あるものはこれを登れ、ということになる。

伊達得夫のエッセイによると、この階段は、ニュールンベルク裁判の戦争犯罪人が絞首刑になるとき登った階段と同じ十三階段、ということだそうだし、若き菅野昭正や関根弘が墜落したこともあるという、いわくつきのものだった。

それを登っていくと、森谷をはじめ黒田も清岡も長田もいた。しかし、その時期はもうこの部屋は〈現代詩のメッカ〉としては盛りをすぎていて、伊達は一九六一年に四十の若さで亡くなって、「ユリイカ」は消え失せていたし、小田の思潮社も本郷に引っ越してしまっていた。

ぼくはそこではじめて黒田に会ったのだが、かれは気さくで、品のいい態度だったので好感を抱いた。酒のみでどうしようもない、と自分のことを書いているが、こういういい人なら、乱れるとしても自分で思っているほどではあるまい、と思った。

話し合いがおわって、例によって酒ということになり、和製バルザックの哄笑がとどろき、青二才のぼくや長田弘はチンとかしこまっていたが、席は明るくて黒田も上機嫌だった。いい宵だと思った。

宴たけなわとなり、しゃべっていた黒田がふと顔をうつむけた。そして顔を上げると、ぼくにむかっていきなり、低い声でいった。

「おい、おまえはなんだよ」

その言葉のいい方も、表情も、顔をうつむける前とは、まったく別人だった。ぼくは一瞬何が起こったのかわからず、きょとんとした。しかし、かれの顔は暗く、きびしかった。

ぼくは何か非礼を働いたのだろうか。かれの顔をみて、そう考えた。しかし、思い当たるふしはまったくなかった。

だが、たとえ思い当たるふしがなくたって、わかったものではない。人間はいつどこで相手を傷つけたり、怒らせるようなことをしているかわからないものである。ぼくは無邪気にふるまっていて、相手の怒りを買ったことがすでに幾度かあった。人間とは、そういう怖いところのある相手なのだ。

とにかくその夜の、それからの黒田の態度は納得がいかなかった。そしてぼくは早々に退散したが、そのころには、どうやらかれは酒乱の状態に入ったということで、それ以上の意味はない、というふうに見当がついていた。

いくらぼくだって、それまでに酒を飲んで暴れるとか、からむとかいう人間を知らなかったわけではない。ぼくの母方の祖父も酒乱で、気に入らないことがあると祖母の準備した膳を、バーンと一挙にひっくり返したという話を聞いている（一度ぐらいはやってみたいような気がしないでもないが、しかし後難をおそれる小心なぼくにはけっしてできないだろう）。しかし、このときの黒田のような、顔を下げて上げる瞬時のあいだに人間が変化した、という例にあったことはなかった。それはどういう作用機序によって起こることなのだろうか、とぼくは思い、おそれとともに神秘的なものすら感じた。もっともそれからはさまざまな酔っぱらいと出会う体験をゾロゾロとした。

けっきょくぼくは、一九六六年五月に創刊された昭森社刊行の「詩と批評」誌の編集に参加しなかった。しかし、それはけっしてそのときの黒田の態度のせいなどではない。ぼくが黒田を好きで、その詩を尊敬することにおいて、そのことは詩人への理解を深めこそすれ、なんのマイナスにもならなかった。

その次に黒田と会ったとき、かれはかすかに顔をゆがめた。それは、何か心の内側をするどいものでひっかかれた、というような印象だった。しかしすぐにそれはもどり、かれとぼくは平和な会話をつづけた。

やがて現代詩文庫『黒田三郎詩集』（思潮社）が出て、そこでぼくは、かれの酔っぱらいぶりについて書かれた文章を読むことができた。それは木原孝一の「誤説・黒田三郎論」である。

それによると、詩集『ひとりの女に』に登場する女性（前に引用の詩「僕はまるでちがって」のなかの〈明日の方へとぶ白い美しい蝶〉にあたるひと）は、バレリーナ志望の多菊光子さんという人で、その人はやがて黒田三郎夫人となったのだが、そののち彼女は黒田の〈救急車〉ともなった、という。

つまり、木原が黒田といっしょに飲んでいて、ある段階（どういう段階か？）まで来ると光子夫人に電話をする。そうすると彼女はクルマを運転してやってきて、黒田をサルベージし、晴海のお宅まで連れて帰る。そういうことになっていた。そのクルマは、なんと純白だったという（木原は「光子夫人の好みによるのか」と書いている）。かつての〈白い美しい蝶〉は、白い救急車に変じて黒田を守った、ということになる。

最後に黒田に会ったのは、なぜかワセダのキャンパスでだった。学園祭かなにかで、ぼくは偶然行き合ったのである。そのときかれは少しやせたように見え、のどのところに黒いバッテンのしるしをつけていた。なんでそんなものがついているのだろう、と不審に思っていると、かれはすっきりとした声でいった。

「やあ、ぼくは喉に腫瘍ができましてね。それで目下治療中なんです」

バッテンは放射線を当てる場所を示していたわけである。ぼくは何と返事をしたのだったか、覚えていない。何といったらよかったのか、と今考えてみるが、やはり思いつけない。かれのいい方は何かふっきったものがあって、その態度に対して、ぼくはいいかげんな返事などできなかったのだと思う。そのときのかれは、六十歳ぐらいだったと思う。

黒田が亡くなって二十年たった。今やぼくは、かれより四つも年長の人間になってしまった。中桐雅夫よりも一つ多く、鮎川信夫にはあと一歳で到達する。昔から夭折する詩人は多いけれど、「荒地」の連中も戦後の詩人たちのなかでは、あまり長生きだったとはいえない。第一次戦後派の作家たち、梅崎春生、椎名麟三、武田泰淳、あるいは評論家の花田清輝なども長生きとはいえなかった。厳しい時代を生きてきたせいだろうか。酒一つとってみてもあの時代は、バクダンだのなんだのというひどいものを飲んでいた。

パセティックな美しさ、北村太郎

北村太郎は、伊藤聚（あつむ）や小長谷清実（こながやきよみ）とともにやっていたわれら静岡高校文芸部では、おおいに人気があった。新刊の一九五一年版『荒地詩集』を手にして、十分わかるとはとてもいえない詩ばかり載っていて、それぞれ好みはわかれたけれども、北村の詩については一致してみなが好きになった。端整な詩行のなかに情感があり、パセティックな美しさがあった。

とくにみんながイカれたのは、かれの代表作のひとつともなった「墓地の人」である。かれにはもちろん才能があったが、それを読んで唸ったニキビ高校生たちの鑑賞眼も、それほど見捨てたものではなかったのではないだろうか。

墓地の人　　北村太郎

こつこつと鉄柵をたたくのはだれか。
魔法の杖で
彼をよみがえらせようとしても無益です。
腸詰のような寄生虫をはきながら、
一九四七年の夏、彼は死んだ。

（つめたい霧のなかに、
いくつもの傾いた墓石がぬれている）
苦痛と、
屈辱と、
ひき裂かれた希望に眼を吊りあげて彼は死んだ。
やさしい肉欲にも、
だるいコーヒーの匂いにも、
彼のかがやかしい紋章は穢されはしなかった。
犬の死骸。
（死んだ建築家との退屈な一日）
ああ、彼の仮面が、
青銅の眼でいつも人類をみつめているとだれが言うのか。
その重たい墓石のしたで、
暗い土のなかで、
腸結核で死んだ彼の骨がからみあっているだけです。
幼年時代に、
柘榴をかんだ白い歯が朽ちているだけです。
それなのに、

尖った爪を血だらけにして敷石を掘りかえすのはだれか、
錆びたシャヴェルで影をさがすのはだれですか。
（棺をのせた車輪がしずかにきしりながら、
しめった土のうえに止った夏の朝）
ああ、彼は死んだ。
埋葬人は記録書に墓の番号をつけました。
すべては終わりました。
犬とともに、
夕ぐれの霧のなかに沈む死者よ。
さよなら。

（『北村太郎詩集』思潮社、一九六六）

北村太郎は後年この詩について「ぼくが三商（東京府立三商）のときのわりと仲良くしていた同級生が戦争が終わって二年くらいで結核で死んだ。その知らせに衝撃を受けて書いたんです。けれど、そんなことはどうでもいいんで、鮎川や中桐が、「言葉の使い方がいままでになかった新しい展開のしかたで、非常にユニークだ」と褒めてくれたことが嬉しかった」（『センチメンタルジャーニー』草思社、一九九三）と書いている。
まさにその通りで、いままで若い友だちを悼んだ詩はたくさんあるが、このような死の背後にある戦後的現実までとらえながら、なおかつ透明感ある詩的世界をつくりあげている詩は、たしかにユニークといわれるにふさわしい。

　そして、やがてかれの「終わりのない始まり」という詩の存在に気づいた。もう大学生になってからのことだったと思うが、それはかれの妻と子がどうやら一挙に海の事故で死んでしまったと思うよりない内容の詩だった。実体験と思わなければ理解できない詩で、北村太郎の人生にはとんでもないことが起こっていたらしかった。

「日本読書新聞」の仕事を頼み、かれから書評をもらったことがあった。それは御茶の水の〈レモン〉という喫茶店でのことだった。かれが、「朝日新聞」の校閲部にいたころではないかと思う。

　ぼくが期待していたのは、沈痛なおももちのパセティックな詩人だったが、ずっと気楽な印象の人物だった。

　勘定をはらって店を出るときに、北村太郎はさっと勘定をはらってくれた。そしてぼくに、かわりにもらったレシートをわたしてこういったのである。

「これいりませんから。どうぞ」

　そういうとかれはにこっと笑った。あんたの経理へ出して金をもらってもいいよ、ということである。

　人は見掛けによらないものだから、驚くことはなかったが、ずいぶん融通が利く、サラリーマン慣れをした人のように、そのときは感じたのだった。

北村太郎には、それから幾度か会った。いっしょに公式の席に出たのは小長谷清実がH氏賞を受賞したとき、伊藤聚を交えて合計三人の「詩学」の座談会で、小長谷の詩と人となりを話し合った、というぐらいだった。詩人・生活者の二重構造を、それなりに巧みに生きることができる人間だという、かれの最初の印象は、そのままなんとなくぼくのなかで持続していた。

しかし、あれは七〇年代の半ばごろだったか、ぼくは北村太郎についての驚愕すべき噂を耳にした。かれは定年直前に「朝日新聞」を辞めてしまい、もらった退職金はそっくりそのまま奥さんに手渡して、自分はふらっと家庭を去って行ってしまったというのである。それはまだ、夫の定年退職金を全部慰謝料にもらって突如離婚する、という恐るべき妻たちの行動が話題になる前のことだった。

この噂はぼくに、反射的にかれの最初の家族の非業の死のことを思い出させた。かれの家族というのは、あそこで終わってしまっていたのかもしれない。

北村太郎が亡くなったのは一九九二年だが、その後刊行されたかれの自伝『センチメンタルジャーニー』によると、そのときの事情は少しちがっていた。かれが家庭を捨てて、あてもなくどこかへ行ってしまった、というぼくのイメージには修正しなければならない部分があった。というのは、北村にはすでに恋人ができていて、そのために奥さんとのあいだがおかしくなっていた、という事情が介在していたからだ。

たしかに男というものは、行く先なしに家庭を捨てる、なんてことはまずしないものである。客観的に見て〈具合が悪い〉、といわざるを得ない事情なしに、事態を破綻させることはむずかしいものだ。あとで知ればそう思うのだが、そのときはそこはぬきにした結果だけ聞かされたので、ぼくはひたすら驚くことになったのである。

しかし、だからといってぼくの最初の思いにまちがいがあったとは思われない。というと、ロマンチックに聞こえるかもしれないがそうではなく、その瞬間にかれの人生が壊れてしまったのではないか、ということである。人生なんて、どう考えるかどう行動するかは当人次第なのだから、もともと「墓地の人」でスタートしたようなペシミズムの詩人が、あのような突発的で悲惨な事故に出会ったら、積み木細工のような人生の建設にますます意欲がなくなったって不思議ではない。

北村の父親は女遊びで中学二年で退学処分になる、という早熟な不良少年で、晩年になって「その血がこちらに繋がっていた」といっているが、それはどうなのかぼくにはわからない。しかしとにかく、それからその恋人と恋人のもと夫とのあいだの三角関係で、北村はたいへんな思いをした。いや、三人ともたいへんな思いをしたのだが、そのくだりを読むと、ぼくもおそろしい。とくに恋人が鉄道自殺を決行するという電話をよこしたので、それを阻止しようとして必死で心当たりの場所に手配する箇所など、他人事とは思われない。

かみさんに「あなたなんか結婚する値打ちない」といわれたけれど、ひとり暮らしをして、本当にそうだなと思った。ぼくは家庭人というのは全然似合わない。こういう男が結婚するっていうのがおかしい。気がつくのが遅いと思った。ひとり暮しというのはじつに快適で、ひとりでいるありがたさっていうのを身に染みて感じた。けれどもどん底生活そのもので、窓をあけると墓場という環境だった。

（『センチメンタルジャーニー』）

かれはそのような気持で晩年をすごし、そして亡くなっていった。人生をどういう軌跡で描こうとそれは自由だが、かれは定年後になって人生を自らの手で危機に追い込んだ。それはだれもがやることではない。北村太郎の軌跡は人生の残り時間のなかで、急速に自己を生きようとせざるを得なかった、という者のそれだ。最後にかれは自らを露わにして生きたのだと思う。

不良の魅力、田村隆一

田村隆一についても、個人的な接触の思い出といえるほどのものはない。『荒地詩集1951』で、かれの「腐刻画」という散文詩を読んだ高校生のとき、すっかり感心してしまって、大学の一年のときに書いた習作小説（たしか「時を越えた夜の岸辺に」とかいう、たいそうな題ではなかったろうか）百枚に、エピグラフとしてこの詩の前半〈ドイツの腐刻画でみた或る風景が　今彼の眼前にある　それは黄昏から夜に入ってゆく古代都市の俯瞰図のようでもあり　あるいは深夜から未明に導かれてゆく近代の懸崖を模した写実画のごとくにも想われた〉をかってにつけさせてもらったことがあった。まことに恥ずかしいかぎりだ。

　ちなみにこの小説は、批評家志望の二年先輩の青年から〈メロ・リアリズム〉という評言をいただくはめになり、幸運なことにすでに消えてなくなっているので、ぼくは安心していられる。

「腐刻画」という詩は、田村自身にいわせると、かれが自分の〈詩〉を発見した〈最初の詩集の原形〉だということだが、ぼくにはそんなことはまるでわからず、ただもうカッコいい、という軽薄な動機からの引用だった。しかし、その後祐天寺の古本屋でかれの第一詩集『四千の日と夜』（創元社、一九五六）を買い求め、それを読んだときには戦慄が走った。

　そのときぼくがショックを受けたのは、むしろ「腐刻画」のような散文詩形のものではなく、たとえば「幻を見る人」のような、言葉の鏡像的反転ともいうべき論理をつかって、現実にはいっていく詩法だった。典型的な例をあげれば〈窓のない部屋があるように　心の世界には部屋のない窓がある〉（「Nu」）というような。

　メカニカルなこの詩法が、心の領域に踏み込んでいくとき、メカニカルであるがゆえに、ぼくを戦慄させた。たとえば、「三つの声」の終りの六行などは、それがきわまったものといわなければならない。

その声をきいて
ついにわたしは母を産むであろう
その声をきいて
われわれの屍体は禿鷹を襲うであろう
その声をきいて
　母は死を産むであろう

　そのときのぼくが、ふるえたのは、それは口にしてはならないことだ、と思ったからである。口にしてはならないことにまで、詩人は踏み込んでいった。詩とはそういうものだ。ぼくなどにとうていできることではない。

　そして戦後詩において、田村隆一の名声は高くなる一方で、だれしもがかれを大詩人と認めるようになった。みんなが田村、田村というのはぼくもわかったが、「昨夜、田村と飲んでね」というような話が、周辺でしきりにするような気がしてきたとき、ぼくはいつもの癖がでて、用事もないのに田村に近づくということはやめよう、と思った。こういうすごい詩を書く人は危険である。なるべくその重力圏の外にいて、自分らしさを守ってボソボソと詩を書いていくのがいい。

　しかし、田村は酒場での雄であったし、大詩人らしくゴシップの種を次々と提供してみなを楽しませたから、もちろんぼくにもそのうちの幾つかは届いてきた。いちばん多いのは、編集者がかれに原稿を書かせようとして酒を飲ませても空しかった、というものだった。

「いくら飲ませたって、けっきょく逃げられちゃうよ。あいつもきっとそういうはめに陥るぞ」

そしてやはりそうなった、という話が聞こえてくるのだった。

そしてそういう編集者の嘆きを聞くたびに、ぼくは羨望を覚えざるを得なかった。ぼくも（自分も編集者だったけれど）詩人として、少し編集者と付き合いがあったけれども、そこはこっちのほうがありがたいばかりで、仕事をさせてもらえるということをただよろこんでいた。駆け引きも何もありはしない。

しかし田村隆一ほどのものになると、編集者はぼくなどを相手にするときとは、まったく違った心構えで接しているらしいのである。田村隆一のまわりは、いわばオーラにとりまかれていたのだった。

ぼくが田村をはじめて望見したのは、新宿の〈風紋〉という酒場だったと思う。〈風紋〉は有名画家のお嬢さんが開いていた店で、彼女が美しく、また洗練された女性だったから、芸術家たちがよく出没していた。ぼくもそういうひとたちのなかにまぎれて、行ったのだったと思う。

そのときの田村は人がいうように、Ｗ・Ｈ・オーデンを思わせる、眼光けいけいたる人物だったが、その人物は一枚の高額小切手をママに渡して、「これをここで現金化してくれないか。そうしたらここのたまっているツケをぜんぶきれいにするから」

といっていた。

どうなるかと思ってみていると、ママは必死になってあちこちから現金を掻き集めて、とうとう差額分を田村に支払ってしまった。それは田村から勘定をとりたてる、千載一遇の機会だったとしか思われない。

してみると、いままでかれは、そうとう長いあいだずっと、ツケで飲みつづけていたのだ。なるほどと思った。

それからぼくはやがて鎌倉へ引っ越した。気がついてみると田村も鎌倉に住んでいた。しかしぼくは仕事場を三浦半島に置いていたし、本宅は鎌倉市といっても旧市街ではなかったから、鎌倉市内で偶然人に会うという機会はずっととても少なかった。かれに二、三度会ったのは、ぼくが心臓を悪くして、鎌倉旧市内に仕事場を移してからだから、それはかれの最晩年のころである。

そのころ、つまり一九九〇年代になってからのことだが、そのころの田村は、アルコールで決定的に体を壊すことになるのを恐れていて、ある限界まできた、と判断すると自分から希望して病院へ入院してしまう、といわれていた。なかなかその辺の自己操作が巧みだ、とも批評されていた。「荒地」の詩人たちの自己〈破壊的要素〉を、田村もたっぷりすぎるほど持っていたが、それでもなかでは長生きした方だったのは、本来の体力のせいだろうか。どこか、生きるのに都合のいいように生きて、しかもなんとなくその生きっぷりに魅力（不良の魅力だ！）を感じさせた田村らしい。

ぼくが最後に会ったのは、鎌倉の清川病院の前でのことだった。それは一九九八年の五月ごろだったと思う。かれはあの長身をパジャマにつつんで、入口の前にかすかに揺れながら立っていた。すでに重い病にかかっていて、あまり生きられないということを当人も自覚している、という時期だったから、ぼくははっとした。

すると、田村はぼくを覚えていてくれたらしく目で小さくうなずいてみせた。ああ、田村隆一はぼくを覚えていてくれたのだ。ぼくはそう思って、思わずそばによっていった。

「田村さん。こちらに入院していらしたんですか。ちっとも知らなかった」

「いや、そうじゃないんだ」

田村は自分のパジャマ姿をちら、と見ながらいった。

「ちょっと、点滴をしてもらいにきていたんだよ。それで帰りの車を待っているところなんだ」

そういわれてみると、そばに付き添ってきたらしい女性が立っていた。パジャマのまま病院にくるなんて、いかにも田村らしいと思った。

「いやいいところで、きみと会った。いまやっている詩のコンテストの審査員のことだがぼくはもう辞めることにしたよ。このごろは若い人とも意見が合わなくなってしまったし、けっこう面倒になった。だから、きみを後任に推薦しておくよ」

ぼくは礼をいった。若い詩人と意見が合わなくなったなんて、わざわざ口実をいってポジションをそっとまわしてくれようとしている。その審査員にはなりにくい事情がぼくにあったが、とてもうれしかった。

ぼくの瞼(まぶた)には、その日の清川病院（かつて島木健作や中原中也が亡くなった病院だ）の玄関前にかすかに揺れながらパジャマ姿で立っていた田村隆一の病んだ痩身がのこっている。かれは、それからまもなく亡くなった。

田村隆一の仕事は、初期から中期にかけてが比類なく充実している。そもそも非常にいい詩が幾十年もずっと書けるわけがないのだし、田村は詩人を生きることを貫くために晩年もがんばって詩を書いた。そうしてかれは自分の詩を守ったのである。

細い線　　田村隆一

きみはいつもひとりだ
涙をみせたことのないきみの瞳には
にがい光りのようなものがあって
ぼくはすきだ

きみの盲目のイメジには
この世は荒涼とした猟場であり
きみはひとつの心をたえず追いつめる
　冬のハンターだ

きみは言葉を信じない
あらゆる心を殺戮してきたきみの足跡には
恐怖への深いあこがれがあって
ぼくはたまらなくなる

　きみが歩く細い線には
　雪の上にも血の匂いがついていて
　どんなに遠くへはなれてしまっても
　ぼくにはわかる

きみは撃鉄を引く!
ぼくは言葉のなかで死ぬ

（『四千の日と夜』）

一九九八年一月三日の新聞の全面広告に、田村隆一の背の高い姿が大きく出たときの驚きを忘れることができない。そこには確か〈おじいちゃんにも、セックスを。〉というコピーが添えられていたが、ぼくはそれが何の広告だったのか、スポンサーには申し訳ないけれども思い出せない。ぼくはその広告を見たとき、複雑な気分だった。見てはならないものを見てしまった、という気がしたが、それでいいのだ、という気もした。そして田村隆一は、なんだか何もかもわかっていて、こうして全面広告に出ているのだ、という気もした。

中桐雅夫の苦さ

「荒地」の詩人で、もうひとり書き留めておきたいと思うのは中桐雅夫である。とくに親密だったわけではないし、北村太郎にイカレたようにとくに中桐の詩が好きだった少年ということもなかった。今はけっしてそうは思わないのだが、少年のころかれの詩は「荒地」のなかでも散文的な要素が強く、ごつごつしていると感じられた。

実際の中桐雅夫も、なかよくなれるという印象はなかった。例の神田神保町一の三などで出会うこともあったが、中桐のいうことはいつもシニカルで、相手の耳に快く響くようなことはいわない。いうところはそのとおりだ、と感じるようなことなのだが、そういう言葉を聞くためにまた会いたい、という気持にはならなかった。

つまり中桐には、若いやつの人気をとりたいとか、自分を詩人として魅力あるものとしてみせたいというところがなかった。そもそもかれはモダニズムの花咲いた神戸の高商の学生であり、その洗礼は受けていたのだが、ぼくが出会うようになったころには、おしゃれというより野暮という印象だった。かれが「読売新聞」の政治部の記者を職業にしている、と聞いたときには、なるほど！　と思ったものだ。今は洗練された都会っこの記者さんも多いと思うけれど、新聞記者といえば、ダミ声であらあらしく、少年社員にむかって、

「おい、こども！」

なんて呼んでいる風潮の余韻があった時代である。もっとも、中桐がそんなおおざっぱな記者だったとはまったく思わなかったけれども。

その中桐が「読売新聞」をやめた、という噂が聞こえてきたのは、一九六八年の夏のことである。思えばそのときぼくもまた、「日本読書新聞」の次に勤めた河出書房の第二次倒産に遭い、ルンペンになった直後のころだった。三十三歳のぼくは、これからの人生の組み立て直しがたいへんだったが中桐は四十九歳、「独立してやるなら、定年までしがみついているより、一年でも早くやめて足場を築いた方がいい」ということで、読売をやめたのだという。中桐は英語がよくできたから、翻訳をやって食うという手もあった。しかし、大新聞をやめてしまうなんて、なんと勇気のあることだろう。

ちょうどそのころ田中小実昌の小説『上野娼妓隊』（まことにコミさんらしいタイトルだ）が本になり、その出版記念会が浅草の〈カジノ座〉で行われたことがあった。

当時の田中は、ハードボイルドの推理小説の翻訳者として、その訳文のカッコよさで群を抜いて若者たちに人気のあったスター翻訳家だったが、小説を書いていきたいという志向をはっきりさせはじめたころでもあった。

すでにコミさん人気には絶大なものがあり、出版社もそれで、ハネたあとの〈カジノ座〉で会をやる企画を考えたのだろう。

その晩、ぼくは岩田宏に誘われて、くっついていったはずである。真夏八月十五日の夜の〈カジノ座〉は満員で、ムンムン熱気がこもっていた。もっとも印象に残っているのは、舞台で踊り子のひとりが入浴ショウをやったことで、和風のたらいかなんかでシャボンの泡を例によってワンワンともりあげ、肝心の踊り子のからだはよくは見えないようになっているという、あれである。

ぼくが背伸びして、口をあけていっしょうけんめい見ようとしていると、おじいさんが一人舞台にあがってきた。そして踊り子の背中を巧みな手つきで流しはじめた。満員の観客のいる前でそういうことをするのは、なかなかたいへんである。これは受けて声がかかったりした。

「だれだい、あのじいさんは」

「知らないのか。田辺茂一だよ」

「ああそうなのか」

紀伊國屋書店の文人・粋人社長の田辺茂一は、その晩洗練された動作とも踊りともつかない身のこなしで、踊り子を立てる好色じいさんの役回りを演じ続けた。戦前の遊び慣れた人というものは、こういうことができる。それはぼくなど身につけようもなかった文化である。そう思いながら、ぼくはひたすら口をあけて見ていた。

そのときもうひとり、とてもそんなことができそうもない人が、劇場の闇のなかに立っていた。中桐雅夫である。かれは劇場のいちばんうしろの壁に、もたれるようにして、しんしん、と立っていた。それはここの騒ぎから自分をひそかに引き離している姿であるかに見えた。

「中桐さん」

ぼくはいった。

「読売、やめちゃったんですって?」

「うん」

かれは素直にいった。

「まあ、やれるだけやろうと思って」

「ああ」

四十九歳のかれが、ふたたび出発し直そうとしている。詩人としての評価も高く足場もある人だから、スカンピンのぼくとはまるでちがうが、ぼくもせっかくルンペンになったのだから、ここはひとつ悔いを残さないように、したいことはどれも試みてみなければならないと思った。

その晩、ぼくらは一合マスをもらって帰った。今でもさがすとあるかもしれない。上野娼妓隊、という焼印が押されていたような気がする。ぼくは亀戸に住んでいたから、歩いて帰ったのではなかったか。

それから、ぼくはだんだん中桐の詩が好きになっていった。かれの苦さがわかってくるようになったのだろう。かれはあいかわらずシニカルで「死ねばあっというまに忘れられるさ」なんていって、ヒヒヒと笑った。そして伝え聞いたところによるとかれは詩人では唯一、W・H・オーデンだけを尊敬しているということだった。事実、かれはオーデンの仕事を一貫して翻訳紹介しつづけている。

やがてぼくは小説を書くようになって、新宿の文壇バーなどに出入りするようになった。西口の、さる女性歌人が経営していた〈茉莉花(まつりか)〉などに顔を出すと、中桐がよく来ていて顔を合わせた。ぼくがテレて、

「やあどうも、またもや」

なんていうと、かれは笑っていった。

「きみはがんばって小説をつづけなければだめだ」

それは、小説という新たな世界に船出したぼくにとってうれしいはげましだった。中桐に温かい言葉をかけてもらったことを、昨日のことのように覚えている。

〈茉莉花〉はフロアも広くて、各社の編集者や作家、詩人などでいつもにぎやかな店だった。すでに鎌倉に住むようになっていたぼくは、藤沢在住だった阿部昭といっしょに帰ったことがある。阿部はここで飲み出したら、東海道線の始発が出る時刻までがんばっていると聞いていたが、その日もそうなった。

中桐は酒が好きで、いつもしたたか飲んでいたという印象が残っている。かれは酒場にいてもどこかちぐはぐで不器用で、仲間とともにいる晩でも、いつもひとりだけ別の種類の人間に見えた。

しかしかれは、知りあいのタクシーの運転手たちに大いに人気があるのだ、という話を聞いたことがある。かれは深夜帰宅するときにタクシーを使う。そのときのチップの弾み方がいいからだ、というのである。中桐はかれらから大事にされ、尊敬されていた。

ぼくは根っからの貧乏人で、タクシーを値切りたい気分こそあれ、チップなど考えもしない人間だから、中桐がそういう金の使い方をしているのに落ち着かないものを感じた。

黒田三郎は酔うとすごかったが、中桐の酔い方はまたちがった。かれは酒のなかに自らを沈澱させていくようなようすで、アルコールの麻酔がかれを見えない糸でからめとっているような気がした。ぼくはそこに凄愴(せいそう)なものを感じた。この人は酒を飲まなければならない人だった。

年譜を見ると一九七七年八月、五十八歳のかれは「歴程」の夏のセミナーにおいて急性アルコール中毒になり、危篤状態になっている。

　このときの事件のことは、遠い位置にいたぼくのところまでとどいてきた。とてもショッキングな事件だったからにちがいない。聞いたところによると、かれの心臓は完全に止まった、という。過度の飲酒のために中桐はいったん死んで、それから生き返ってきた。

　それを聞いて仰天したが、しかし中桐ならそういうことがあっても不思議ではない、とも思った。酔っぱらいの状態が日常化していてあのまま続いていたのだとすると、体力が低下してきたとき、きびしい状態に耐えられないことがあるかもしれない。過度にアルコールに依存するひとは、ほかのものを食べなくなって、栄養失調に陥ることもある。

　しかしその後も、中桐は生活態度を変えなかったのではないか。それから六年後の一九八三年の夏、かれは部屋で一人で死を迎えた。奥さんの文子さんの文章によると、「彼は床にちらばった本の上に倒れ伏して死んでいた」（年譜）ということである。怒りのなかにいた中桐は、死んでしまいたかったのだ。この世はかれの自尊心と誇りを残酷に傷つける場以外のどこでもなかった。

誘拐　　中桐雅夫

心の子供がかどわかされて、
おれにはつらく激しい日が続いている、
二月の夜の二時、ひとり壁に向かって飲む
ウイスキーはよもぎのように苦い。

ふと気がつくと、
右手の甲にかすり傷ができて、
薄い血がにじんでいた、
いつ怪我したのか、わからない寂しさ。

五年たったら英雄の死も忘れられる、
十年たったら戦争もなかったのとおなじだ、
おれももっと早く記憶を棄てるかもしれん。

人さらいよ、骨の細い哀れな子供を、
どこかで大事に育ててくれ、

おれも生きてゆくだけは生きてゆくから。

（『夢に夢見て』葡萄社、一九七二）

中桐が亡くなってから、奥さんの文子さんは、かれの家庭人としての姿を世に知らせた。ぼくは彼女が書いた『美酒すこし』（筑摩書房、一九八五）という追想の本を読んでいないが、『中桐雅夫全詩』（思潮社、一九九〇）のなかに彼女が「歴程」に書いた文章が再録されていた。それによると、中桐は月給を母親に渡しけっして妻に渡さず、娘さんには学費も小遣いもやらずただ本だけを与えたという。では、家族はどうして食べていたのかといえば、どうやら奥さんが働いていたらしい。奥さんは「やらずぶったくりよ」と中桐のことを書いている。

その中桐は、さらに奥さんの稼ぎから、飲み代まで持ち出していた。こういうことは、それまでの誇りたかい男、というぼくの概念とはいささか反するものだったから当惑せざるを得なかった。

しかし、人間がぶつかる裂け目なんて、外側にばかりあるわけではない。内側にだってあるのだ。人が生きて感じて考えることがいかに痛烈で純度の高いものであったにせよ、人の運命は人の数だけあり、ひとつの時代のなかにも夥しい異なった運命があるのは、それぞれの内側に裂け目があるからにほかならない。

中桐もまた、その内側の裂け目というやつの、それもそうとう手強いやつを抱えていた。だからあんなに酒を飲んで、自らを死に追い込むよりなかったのだ。

それがどういうものであったかは、ぼくにはわからない。しかし家庭人としての破綻ということもまた、それと深く結びついているはずだ。

ぼくらが詩を書きはじめた一九五〇年代、年長の詩人たちの幾人かから「これからは戦前のような、破滅型の詩人はいなくなるだろう。ああいう愚かな衝動的な生き方ではもうとてももつとまらないのが、戦後という時代なのだ。近代精神の光のもとでよく感じ、よく考えることができなくては、詩を成立させることなどできはしない」というような言葉を聞いていた。「荒地」の詩人などは、いわばその自我の確固さによって、また知性の明澄さにおいて、戦前の詩人とはあきらかにちがう、エポックメイキングな人々なのだと思ってきた。

しかしこうして幾人かの「荒地」の詩人たちをみてくると、木原孝一も、北村太郎も、田村隆一も、中桐雅夫も、二、三十代で死ぬことこそなかったが、結果としてはやはり収支決算のつかない破滅型の詩人たちだった、としか思われない。

ただ鮎川信夫は、物事を考察する能力において非凡な力をもっていたし、もっとも理性的に生きることができた詩人だった。そして大胆なところがある反面、きわめて慎重なところもあって、不用意に自分の姿をさらさなかったから、かれを破滅型というのはちがっているだろう。

しかし、かれの項で述べたように、鮎川はこの世をどのような社会であれ、危険極まりないところだと思っていたし、そういうなかで自分を守りながら生きるためには、野獣的な嗅覚が働かないと破滅すると思っていた。かれが自分を貫徹しながら生きることができたのは、かれのなかの自我の確固さでも知性の明澄さでもなく、野獣の嗅覚のせいではなかったか。

そしてぼくが驚いたのは、鮎川に奥さんがいた、ということである。かれが亡くなるまで、人はかれが独身であるとばかり思いこんできた。ぼくも鮎川のお母さんには会ったことがあるが、奥さんなど気配も感じなかった。鮎川には秘密めいた部分があり、まだほかにもそういうことがあるかもしれない。

だから鮎川もふくめて、才能がある詩人はみなとても危ないのである。そうでなければ、文学などできるわけがない。鮎川のように逃げ切る場合もあるが、しかしだからといってかれが人の世の幸福を味わって生きることができた、とは思わない。何が幸福で何が不幸かは自分がきめることだから、「荒地」の詩人たちが不幸だったなどと、ぼくがいうことはできない。だが、だれもがそうとうに苛烈な生を生きたことは確かである。

そういう体験をするために生まれてきたのが詩人であり、文学者ということなのだろう。そういうふうに内側に裂け目ができている運命だった、ということになろうか。

博覧強記の人、篠田一士

さて、ぼくは一九五九年晩秋から五年八ヵ月、「日本読書新聞」に勤めたのだったが、その間、今まで登場してもらった詩人以外にも、もちろんさまざまな詩人の世話になった。

急死した先任の編集者東野光太郎のコネクションを、そのまま活用して紙面を作ることはできなかった。原稿料も安く、社会的反響も大きいとはいえない新聞である。あのかれが頼んで来たのだから、かれとは以前からの付き合いでもあることだし、ということで引き受けてくれていた文壇関係の人たちのところに、こどものようなぼくがノコノコ出かけていっても到底無理というものである。

編集者の替わり目が縁の切れ目、ということは、逆のがわからもいえる。たとえば雑誌の方で、もうこの作家はうちの雑誌には要らないと判断した場合、その縁を切るきっかけはしばしば編集者の異動になる。

若いぼくはまず、書き手の方がメディアとの縁を切る、という方から体験したわけだ。もちろん前と変わらず書いてくださったかたもたくさんいるし、今思うとみなさんがよく付き合ってくださったという思いの方が強い。

そういうこともあり、またぼく自身当時の文壇についての知識が足りなかったこともあって、人の力を借りた。たとえば、一九八九年に六十二歳で急死してしまった文芸評論家の篠田一士(はじめ)など、ぼくにとっては打出の小槌(恐れ多いいい方で恐縮だが)のような存在で、書評をだれに頼んでいいかわからないときに、よく電話をかけて教えを乞うた。篠田はけっして面倒くさいという態度は見せず、ほとんど即座に「それはだれそれさんがよくやっている分野だから、だれそれさんに頼みなさい」と親切に教えてくれた。その教えは、今振り返ってみてもなるほどそのとおりだ、と思うようなもので、ぼくは最良の文学的感性をもった新しい書き手を幾人も知ることができ、自分の文学観を深めるとともに、紙面にそれを反映させることができた。

篠田は、旧制高校で柔道をやっていた巨体の人であったが、同時に恐るべき博覧強記の人で、世界中の文学に関してはひとつでも知らないことがあったら我慢できないというようなところがあり、専門の英文学はもちろん、わが日本の今月号の文芸雑誌に発表されたばかりの新人作家の短篇に至るまで知らないことはなかった。学び知った膨大な知識と見識（もちろん詩への愛も深かった）が、あの巨体のなかにこめられていると思うと、恐ろしいものを感じた。コンピューター時代に入る以前の個人の能力の極限をきわめた批評家・学者、といっていいだろう。

しかしそれですむわけもない。で、ぼくはぼくなりに自分の粗末な脳髄を鞭打って行使せざるをえないことになった。目下大活躍の作家たちは忙しくて、当人が電話口に出るまえに奥さんに断られてしまう、というようなことになるので、大特集の目玉にでもするときしか（そのときは編集長が頼む）書いてもらえない。

勝手知ったる、といっては申しわけないが、ぼくはそれで詩人のみなさんに書評欄を助けてもらった。詩人は詩だけでは生活できないから、いろいろなことをしている。書評の仕事など、きめのこまかい質のいいものを書いてくれる人が多かった。だからぼくはそれでいい、と思っていたが、世の中には「このごろおまえのせいで、書評欄にずいぶん詩人が進出しているな」といわれたこともあった。しかしぼくは平気だったし、編集部のだれかから偏向を指摘されるということもなかった。

木島始と漢方薬

そういうなかで、出会った先輩詩人の一人に木島始がいる。かれは「列島」の創刊時からの同人だったが、「現代詩の会」の方で知り合った記憶はない。だが、かれの第一詩集『木島始詩集』（未来社、一九五三）は高校生のとき実物を見ていて、帯に野間宏の推薦の辞が寄せられていたのを、まぶしく眺めていた。

編集者として出会ったころのかれは、すでに詩のみならず多方面にその才能を発揮していた。小説集も出していたし、専門のアメリカ文学では、黒人文学を中心とした、優れた翻訳・研究の業績も積みつつあった。ラングストン・ヒューズ編『ことごとくの声あげて歌え』（未来社、一九五二）や、評論集『詩　黒人　ジャズ』（晶文社、一九六五）などをはじめとした木島の仕事は、時代の息吹を若い読者たちに直接吹き込んでくるもので、ぼくはしばしば興奮したものだった。

また、とくにかれを特徴づけるものとして、児童文学への関心があった。『考えろ、丹太！』（理論社、一九六〇）のようなこどもたちのための作品をかれはつぎつぎに書いた。戦後の詩人で、児童文学に関心をもったものは他にもいるけれども、それは戦後ていた。

児童文学が降盛期をむかえてからのことだ。木島はその先頭を切ってまともにむきあっていたし、初期の関根弘は意識をすくいあげる自分の詩の方法論として、童謡を意識的につかっていた。

もっとも「列島」の連中は、童謡、たとえば「マザー・グース」などに関心をもっていた。

しかし、木島の童話を書くということに関する意識（適した資質をもっていることは明らかだが）は、むしろ、たとえばC・D・ルイスが『オタバリの少年探偵たち』という童話を書いたこととか、E・ケストナーが『点子ちゃんとアントン』など多くの優れた童話を書いたことのように、詩人がこどもたちのために自分の才能をささげた贈物、という素朴な愛情から発しているような気がした。うたということでも、自身の作詩による相当な数の合唱曲をもっている（ぼくなどゼロにひとしい）。

そこには当時福音館書店の編集長として月刊絵本「こどものとも」を創刊して、日本の児童文学の戦後の発展に大きく寄与した松居直（ただし）が、京都の中学で木島と同窓で、二人のあいだに長い交友があることなども関係していたかもしれない。

ぼくは父親が若いころ児童文学にかかわっていたこともあり、家に「赤い鳥」のバックナンバーなどがあった子で、そもそも児童文学が好きな人間だったから、そういう詩人がいることは、すばらしいことだと思った。

その「こどものとも」の一冊として、かれがした仕事で、「鳥獣戯画」の絵を巧妙にトリミングして、オリジナルなものがたりをつけたものがあった。ぼくはそれを見て、なるほどと感心した。絵はまるで古くなく、現代の絵本として成立していた。ぼくは木島の才能にびっくりしたが、やがてどのジャンルに限らず、かれの仕事にはそういうモダンな感覚が通底しているのだということがわかった。

しかし雑誌などを見ると、木島はけっこう怒りっぽい人のようなのだった。美術評論家の江原順とやりあったりしている気配のある短篇小説を読んだり、また噂を聞いたりすると、かれは狷介ともいうべき人物らしかった。でもこの人の仕事の幅と厚みを思い、いろいろ助けてもらえるとありがたいと思った。

それでお目にかかるというようなことになったのだ、と思うが、木島は細く鋭いながら優しい目をしていて、人のよさそうなものを感じ、安心した。そしてかれは、ボソボソとした、やや聞き取りにくい声で、なかなかわかりにくいことをいう人だった。だから帰ってきてからあれはどういうことだったんだろう、と幾度も考えたりして、それもまたなかなかいいことだった。

たとえば、クラシック音楽の話をする人間はぼくのまわりにいても、マックス・ローチやジョン・コルトレーンのことを話してくれた人はいなかった。アメリカ黒人文学についても、教えを受けることになった。ぼくはやがてジェームズ・ボールドウィンの『山にのぼりて告げよ』や『次は火だ』などに震撼させられることになった。

しかし当時の木島は、健康にいささかナーバスになっていた。かれは肝臓の具合がよくないようなことをいい、目下漢方に関心をもっている、といったこともあった。

「列島」の連中とまともに付き合っていたら、肝臓も悪くなろうというもので、それは仕方がない。そしてぼくは、同時に漢方の話も聞くことになった。当時築地のがんセンターに、旧制六高山岳部の後輩で漢方の権威がいて、かれはその博士からいろいろと知識を得ていた。

それは一九六四年のことだった。たまたまぼくの妻は妊娠していた。妻は病弱な女である。はたしてこどもを無事に生むことができるだろうか。ぼくはそのことをひそかに心配していたので、木島に相談した。するとかれは、ああそれはなんでもない、という調子で、サラサラと処方を紙に書いてわたしてくれた。

当帰芍薬散（とうきしゃくやくさん）。

それがこの薬の名前である。

「本郷に〈高島堂薬局〉という店がある。そこへいって買うのがいい」

それからつけくわえた。

「こどもも、ひとりならばどうということはないが、増えてくると、親の重みが肩にくるようだよ」

ひとりでもえらいことだと、思っていた借家ずまいのぼくは、東京でこどもを複数も育てるなんて、言語に絶することだった。都市の借家人こそが、少子化のはしりである。

「日本読書新聞」は小日向水道町にあったから、本郷は遠くはない。原稿をもらいに東大へ行く用もある。それでぼくは二週間に一回、薬を買いにいった。一日分ずつ袋に入っていてそれが四十円だったと記憶している。薬は土鍋で煎じて、それを飲むのである。

東京オリンピックで、世間はわいていた。妻は、木島処方の薬を律義に飲み、おかげですこぶる好調のうちに出産にこぎつけたが、ひとつ問題があったとすれば、赤ん坊がおなかのなかで育ちすぎて、生まれたときは三千六百グラムもあった。母親は三十五キロを切っていたから、

「こんな小さなお母さんに、こんなに大きな赤ちゃん!」

といってみな驚嘆した。女性にとって聖なる薬といわれる当帰芍薬散が霊験あらたかだったのか、それとも生来怠け者の妊婦が、やはり怠けて寝てばかりいたので育ちすぎになったのか(あるいは後者かもしれない。おばあちゃんなんかが、よくいうところだ)、いずれにしてもおめでたいことではあった。が、やがて母子はともに元気すぎるほどになり、その後のぼくをキリキリ舞いさせるに至った。当帰芍薬散の母子に対する働きは『くまのプーさん』でカンガがルーに飲ませたがった〈麦芽エキス〉の働きのごときものであったらしい。

このへんで英語遣いの木島ならではの、か音の反復をうまくつかった戯詩をひとつ。なお〈がんかい〉は眼科医の謂か。

勘（かん）だけで感じあえた仲なのに

木島　始

漢字ぎらいな女が好きですきで
官能的（かんのうてき）に観賞（かんしょう）ばかりしている男がいた
そのおんなあこがれのローマへ
いってかんじなしでローマじと
かたかなひらかなでおとこに
ながいながいてがみをかいた

男はかんしゃかんげきしたが
かんじんのローマのかんじが
かんじぬきでかんじとれず
かんじぎらいな女のてがみに
かんぜんにかんしんしながら
なんかいもなんかいもかんように
よみかえしかんちがいくりかえし
かんしょうてきなかんるいのあまり
めがかすみなにもかもかなかなでがんじ

がらみがんかいでかんじゃあつかい
漢字ぎらいな女が好きでも
ローマへいかすなかんしゃくたてるな
かんじをかんじでかかすがいい

(『ふしぎなともだち』理論社、一九七五)

やがてぼくは「日本読書新聞」をやめ、河出書房に職をかえたが、木島にはその後もいろいろと助けてもらった。『ホイットマン詩集』(河出書房、一九六八)も、ぼくのセクションから出た仕事である。『ラングストン・ヒューズ自伝』(全三巻、河出書房)も同僚の手で出た。また企画のまま経営の挫折で日の目を見なかったものもあったと思う。

木島は生来怒りっぽいのではないか、と最初に思ったわけだが、それは必ずしも見当はずれでもなかったらしい。これは最近のことだが、木島始は『列島詩人集』(土曜美術社出版販売、一九九七)を出した。五百ページになんなんとする大冊で、「列島」にゆかりのある詩人たちの成果をまとめて、戦後の詩・文学の歴史のなかで「列島」がいかなる役割を果たしてきたか、ということを示そうとしたものである。仄聞(そくぶん)したところによると、これはだれか「列島」なんて……といった人がいて、それに反応した結果だという。

木島には、そういうときに大いに発奮してしまうところがあるらしい。しかし、こういう仕事のくくり方は、できるときにやっておくことはまことにいいことで、木島はほかの「列島」の関係者・読者にはできなかったことを、創刊同人の責任意識をもってやってのけたのである。ついでにいえば同じ版元から「列島」の全冊も復刻されている。

最近の木島の活動でいっておきたいと思うことは、『列島詩人集』のみならず、かれがさまざまなアンソロジーの編纂に携わっているということである。アイオワ大学から出た英訳詩集"The Poetry of Postwar Japan"(University of Iowa Press, 1975)や日英対訳現代詩集『楽しい稲妻』"A Zigzag Joy, The Bilingual Anthology of Contemporary Japanese Poetry"(土曜美術社出版販売、一九九八)のように、日本の詩を海外に紹介する仕事を、中心になってつづけている。また幾冊もの訳詩のアンソロジーもある。これは、見識と無私の精神と労力のいる仕事である。

木島はときに怒る人かもしれないが、それはかれの公正という感覚にひっかかったときに起こる状態であり、けっして私憤ではない。この人柄だから、こういう仕事をコツコツとつづけていくことができるのだろう。かれのような詩人・知識人がいてくれることは、ぼくのような者にとって、また日本の詩にとっても、心あたたまる、ありがたいことなのである。

清岡卓行の美学

清岡卓行も、ぼくの新聞の仕事を助けてくれた先輩詩人だった。清岡にはかねて会ってみたいという気持があった。なにしろかれは大連一中の出身なのだ。この満洲の名門校は、幼いぼくが通っていた伏見台小学校と隣接していた。ぼくの兄貴やぼくは、できればあの中学に入りたい、とあこがれていた。

清岡はぼくより十歳以上も年長だったから、ぼくが伏見台小に入学した一九四二年には、すでに一高に入っていて大連にはいなかったことになる。

ぼくが清岡の存在を知ったのは、もちろん戦後のことである。それは多くの当時の若い人と同様、原口統三を媒介にしてのことだった。この天才青年詩人の一高生は、終戦直後の一九四六年秋、逗子海岸で入水して若い命をたち、その才能を十分開花させなかった。

戦後版の藤村操(みさお)というわけだが、この哲学的な自殺事件が、当時の若者にあたえたショックはそうとうなものだった。その遺著『二十歳のエチュード』(やがて書肆ユリイカ社主になる伊達得夫が、当時やはり一高生で原口の友人だった中村稔を学寮に訪ねていって世に出した)のなかで、原口は、文学的兄貴分として大いに尊敬している清岡卓行のことを語っていた。原口は大連一中の後輩だったから、いわばあとを追うようにしてかれは一高へきたのである。ふたりは親密な交遊関係にあったが、終戦前後清岡は大連にいたので、原口の自殺をとめることはできなかった。

ぼくが大学に行くようになったころから、雑誌などで、清岡卓行の詩や映画評論を見掛けるようになった。

「この清岡は、あの清岡か？」

「そうじゃないか？」

ぼくたちのあいだでは、そういう会話が交わされたりした。どうやら、〈あの〉清岡卓行がその姿を現しはじめたらしいのだった。

やがてそれに間違いがないことがわかったが、同時にかれが、プロ野球のセントラルリーグに勤めているということも知った。詩人はとんでもない仕事につくことを平気でするが、清岡もなかなかユニークな生活をしている。しかしやがてぼくの記憶袋には、かれが一高野球部に在籍したという履歴がつけくわわった。この職業はそういうことと関係があったのだろうか？

ぼくがはじめて清岡卓行と出会ったのも野球の試合だった。それは初めのほうで書いた、東京・板橋の小学校で挙行された「ユリイカ」対「氾」の詩人野球のときのことで、かれはユリイカ軍の先発捕手をした、と記憶する。

すでに三十もなかばを過ぎていた清岡は、ややふとりぎみで、ぼくには親しみやすい人柄の人と見えた。かれはこわい人ではない。ぼくはそう思った。

ぼくが編集者として会ったのは、それからじきのことだった。かれが第一詩集『氷った焔』（ユリイカ、一九五九）や最初の評論集『廃墟で拾った鏡──詩と映画』（弘文堂、一九六〇）が出たあとである。かれの書く書評は、いつも緻密で的確だった。そして読むと楽しいリズムをもった文体だった。ぼくはセ・リーグ事務局へ原稿をもらいにいったことはなかったが、銀座の喫茶店や池上のお宅へいただきにあがったものだった。

清岡に会ったら、ぼくも大好きだった大連の町の話をしたい。そう思って自分が一中の隣の小学校の出身であることを告げたが、かれは「ああそう」というだけで、あまりその話には乗ってくれなかった。かれは大連の話をしたくないらしい、と思ったので、しつっこくつづけることはやめた。

清岡卓行は親切で、優しい人だった。しかし、上機嫌でおもしろい話をしてくれているると思って耳をかたむけていると、とつぜん口を噤(つぐ)むこともあった。かれが何を考えてそうしたのか、僕が何か失礼なことでもしたのか、別れてから一生懸命考えたが、よくわからなかった。ただ、かれは最初にぼくが受けとめた以外のものももっている複雑な人だ、ということが、だんだんわかってきた。

この人はこの世を生きるために、ぼくのようなものと付き合ってくれているが、そんな単純な人ではない。清岡卓行なんだからそれは当然なのだが、ぼくは幾度か会ううちに、だんだんそれを実感するようになった。

やがてかれは、セ・リーグを辞めて、法政大学の先生になった。かれの書く詩もエッセイも高い評価を受けていた。黒田三郎のところでふれた新雑誌「詩と批評」の編集メンバーにぼくを呼んでくれたのも、そのころのことである。そしてぼくは「読書新聞」を辞めて河出書房に移った。

あれは一九六八年のことだと思う。ぼくのセクションは、木島始に『ホイットマン詩集』を頼んだように、清岡卓行に『ランボー詩集』を依頼していた。訳稿ができあがったころだったと思う。ぼくは、清岡卓行の真知夫人が病気になっている、という噂を聞いた。

それはどういう病気なのだろう。ぼくは心配になって、いろいろな人に病状を聞いた。しかしだれも病気だということ以外、詳しいことは知らない。

やがてぼくにはわかってきた。かれは奥さんの病気について、だれにも話していないのだ。それは、他人の耳にさらすようなことではない。かれはひとりで胸に秘めている決意をしたのだ。

しかし、ということは、病気が容易ならないものであることを意味する。

『ランボー詩集』は三月に出ることになっていた。ところがその前年暮れあたりから河出書房の経営が大きく傾いてきていて、もう長くはもたない、ということが、内部の人間にはわかってきていた。

当時の河出の印税は、三面に分割して刊行一ヵ月後より三ヵ月にわたって支払うことになっていた。今のままでいくと、『ランボー詩集』は店頭に出た瞬間に倒産ということになりかねない。

倒産のときにまだ製品になっていないときには（これを仕掛り品という）、また印税をもらうチャンスが残る。しかし本になって出てしまうと、もう一回本にすることはできなくなるから、絶望的である。

奥さんはおそらく重い病気で、いろいろと費用がかかるはずだ。あてにしていた本の印税が一銭も入ってこないとなったら、困惑するだろう。ぼくは、やりきれないものを覚えた。

そのとき、ぼくは同僚の一人にこういわれたのである。

「清岡さんのこと、おまえほうっておいていいと思っているのか。今ならまだ会社の金庫に現金があるだろう。お貸しするというかたちで、先に手を打ったらどうだ」

「ああ、なるほど」

ぼくは、いわれて気づいた。そういう手がある。ぼくは息を一つ吸い込んで、電話をした。

「清岡さん、お願いがあるんです。『ランボー詩集』の印税の件ですが、これ、前借りしてくれませんか」

妙な申し入れである。かれはだまっていた。その短い時間のあいだに、かれはかれなりの解釈をしたらしかった。かれはいつものやや早口で、いった。

「いや。それはうれしい申し入れですけれどね、ぼくは、そういうことはしないという考えをもっている人間ですから、けっこうです」

ぼくはいきなりそういわれて、とてもあわてた。

「いや、清岡さん、それはですね。それはそうでも、この際だけは主義をまげていただけませんか。ぼくはぜひ、借りていただきたいんです。清岡さんですから、ご事情もわかっていることですし、実現できると思います」

「いや、けっこうです」

清岡は落ち着いた声で、問題にならないというふうにいった。

ぼくらはこのような押し問答をしばらく繰り返した。しかしかれは頑固だった。正直いってぼくはいらいらした。よっぽどこっちの経済状況を話してしまおうか、とも思った。この会社が危ない、ということは風評でかれだって聞いていたはずである。こんなにしつっこくいうのは、どういうことなのか、不審に思ってくれればいいのに、とも思った。

しかし、倒産しかかっている会社の社員は、〈うちは景気がわるくて〉とか〈このへんでベストセラーでも当てたいというのがわが社首脳の気分です〉というようなことはいえても、〈わが社は今月つぶれます〉なんてまで、外部に向かっていうことは、なかなかできることではない。ニュースソースはだれだ、ということになって、たちまち社内に話はもどってくる。

やがてぼくはあきらめて、力なく電話を置いた。かれはぼくの提案をあっさり一蹴して、とうとうまともにとりあってくれなかった。清岡卓行は自分の美学に反するようなことはぜったいにしたくない人なのだ、とぼくは思った。このことはつよくぼくの心に残った。

結果は予想通りになり、『ランボー詩集』は店頭にでて印税が発生したが、まだ一度も支払っていないという時点で、会社は倒産した。最悪である。

しかし、今そのときのことを考えてみると、冷汗がでる。だって、もしかれがOKしてぼくが駆け出し、部長のハンコをもらったり、経理部長のところへ掛合いにいった結果、うまくいかないで終わる、ということだってかなりの確率であったと思うからだ。そのときただひたすらうまくいく、と信じていたのは、ぼくが若かったからだろう。そんな結果に終われば、清岡に対して非礼きわまりないことになったのだ。

その年の七月、真知夫人が亡くなった。ぼくはもう河出書房の社員ではなくなっていたと思うが、自宅での葬儀には参列した。暑い日で、ぼくらは外で列をつくって見送った。そのときかれは、かっとひらいた大きな目からぼたぼたと大粒の涙をこぼしながら、それをぬぐおうともせずに歩いていった。

真知夫人は二十一年前、敗戦直後の大連でかれが知り合った少女だった。ぼくには池上のお宅で一度お目にかかった、かすかな記憶がある。からだはほそく、おだやかな物腰の美しい女性で、畳にすわっていた。いかにも日本女性という、今はもうあまり出会えなくなってしまった雰囲気の人だった。

思い出してはいけない

清岡卓行

ぼくはどうにも　自分の
名前が思い出せないのだった。
そんなに遠い夢の中の廃墟。
そのほとりには
傷ついた動物の形をした森があり
ぼくは日かげを求めて坐り
きみは日なたを好んで坐った。
きみを見たときから始まった
ぼくの孤独に
世界は　はげしく
破片ばかりを投げ込もうとしていた。
そのとき　ふと吹き抜けて行った
競馬場の砂のように埃っぽく
見知らぬ犯罪のように生臭い
季節はずれの春。
それともそれは　秋であったか？

風に運ばれながらぼくの心は歌っていた。
——もう愛してしまった　と。

それは今日までつづいている
きみもどうやら　自分の
名前が思い出せないのだ。

（『日常』思潮社、一九六二）

やがてかれは小説を書き始めた。それらの小説は亡き妻と大連が核になっていた。そのことによってぼくはかれの青春のありかを具体的に知ることになった。『アカシヤの大連』という作品集が最初に出て、ぼくは大連へのかれの態度を知った。清岡はぼくが大連のことを話しても、それに乗ってくれなかったが、それにはやはりかれの大切なものを秘匿するという態度がかかわっていた。好きになった女のことを、まず人前でいいふらして陽動作戦にでる人間もいるが、一言もいわない人間もいる。清岡は後者の人間だった。

もっとも大切なことはみだりに人前にさらしてしまいたくない。ぼくは、真知夫人の病のときのかれの囲いこみようを思い出し、そしてかれの生まれ育った大連に対する愛着の深さを思った。

その後『大連港で』（福武書店、一九八八）を読んで、ぼくは溜息をついた。幼年期に五年ほど住んだ大連は、ぼくにとってもとても愛着の強い都市であるが、大連とのかかわりにおいてぼくなど比ではない。『大連港で』には、この都市の〈あのころ〉の時空を、はるかに広く深く認識していた少年がいたのだった。

かれは、ぼくよりひとまわり年長の人間である。大連に存在した時間の量の差からいえばそういう人間が幾人もいたって当然だ。だが、それをかくもみずみずしく精緻に記憶して書き留めることができた者は、実際には清岡卓行一人だけだった。

たしかにすべての都市が、そのような人間に恵まれるわけではない。大連は、これだけ自分を深く愛し認識してくれている詩人・作家をもった、ということに感謝してしかるべきだ、とも思ったのだった。

「安西冬衛に、「春」という詩があるだろう？」

「ええ」

「あれ、どこで書いたか、わかったよ」

かれが五十を過ぎたころだったと思う。ふいにぼくにそういった。それは大連在住だった安西の有名な一行詩である。

春　　安西冬衛

てふてふが一匹韃靼海峡を渡つて行つた

「君の小学校とぼくの中学校のあいだに下り坂があったろう。あの坂を蝶が飛んでわたったのを、かれは見ていたんだな」

「えーっ。ほんとうですか?」

「そうなんだ。ぼくには確信がある」

かれは微笑した。清岡のことだ。そういうからにはまちがいない。そうか!

ぼくはとてもうれしかった。それはひとつの文学的発見を知ったよろこびだったが、同時にそれを具体的にわかつことができるのは、とりあえずかれとぼくしかいない。そういう秘密をわかつことをかれが許してくれた。そういうよろこびでもあったのだった。

岩田宏と小笠原豊樹

さて、岩田宏だが、岩田宏には出会うまでけっこう時間がかかった。

「東京外語の学生が、マヤコフスキーの訳詩集を出した。世の中には秀才がいるもんだ」

そう教えてくれたのは、当時法政の学生だった兄貴だ。兄貴は、なぜかいつも猛烈な情報通だった。かれが独学で、八杉貞利の戦前版『岩波露和辞典』一冊（当時はそれしか辞典はなかった）をたよりに、ロシア語の初歩に挑戦していたころである。

やがてぼくは高校の図書館で、その詩集を見た。赤旗をかかげた青年が立っているのがカバーで、それをとると真赤な本だった。装丁は内田巌だった。急進的な若い人たちに人気のある画家で、著書に『ミレーとコロー』（岩波新書、一九五〇）などがある。そして序文は除村（よけむら）吉太郎だった。彰考書院版『マヤコフスキー詩集』（一九五二）である。訳者は小笠原豊樹といった。

ロシア語が独・仏語に比べると日本人にはなかなかてごわい相手であること、そしてマヤコフスキーという現代ソビエトのヒーロー詩人の作品は、さらに難解なロシア語であることは噂に聞いていた。習いはじめていくらもならないはずなのに、この学生はもうマヤコフスキーの翻訳詩集まで世に問うてしまう。ぼくは、肌の白い眉目秀麗な青年の姿を思い浮かべた。笑うと健康な白い歯がかがやくのだ。きっといい家の出身なのだ、と思った。

それからまもなくしてぼくも大学でロシア文学を学ぶことになった。

ロシア文学科は一クラス、総勢で四十人だった。この学科に集まってくる連中は、現役から五年遅れぐらいまで、バラバラだった。職業生活を体験している者もいたが、結核の療養をしていた者もいた。

ロシア文学出身といえば、それだけで危険思想の持主とされ、就職なんかふっとんでしまう時代である。そんなところにわざわざ来るのだから、一筋縄ではいかない個性派が多かった。

幾つかの分類ができたが、そのなかには知識人家庭の出身という枠もあった。とくに女子学生にしばしば見られた。ぼくのクラスには、戦前の唯物論研究会のメンバーの娘さんが二人もいた。

少し年上で、内田路子という学生が同級にいた。父親が亡くなったので進学が遅れ、今もアルバイトがいそがしい。欠席も少なくなかった。しかし色白でシャキッとした美女だったので、ファンは内外に多かった。やがて彼女が内田魯庵(ろあん)の孫だという噂が聞こえてきた。そういう人間でも苦学するときはするのだ。

そのころ、小笠原豊樹についての新しい情報を兄貴がまた発見していた。

「おい。小笠原豊樹が、なんと詩を書いていたということがわかった。「詩学」の投稿欄で常連の高点入選者だった岩田宏が、実は小笠原だったんだ。かれは、そんなペンネームで正体を隠して投稿していたんだな。このあいだ編集部の告知が出ていて、〈岩田宏さん住所をお教え下さい〉とあったが、今月号には〈小笠原豊樹さんだったと判明しました〉とある」

「詩学」の投稿欄。当時の新進詩人の登竜門である。かれも投稿していたのだ。そして編集部は、住所のない原稿を受け取りつづけていたことになる。ここへきて正体を調べる気になったのは、毎年二月の特集号で送りだす新人のメンバーに、かれを推薦するためではないか。

　ある日、学校へ行くと教室に内田路子がいた。とても可愛らしかったが、ぼくに笑ってくれるなんて珍しいことだ。彼女はぼくにむかって、ニコ、と笑ってみせた。そしてぼくにむかって、ニコ、と笑っ

いった。

「詩集買わない？　知り合いの人のなんだけれど」

「だれの？」

「岩田宏」

「ああ」

　ぼくはどきっとしながらいった。

「知っている。小笠原豊樹だろ」

「うん」

「いいよ」

　そしてぼくは、ぬかりなくいった。

「かれのサイン、もらえる？」

「そういうご趣味がおありになるの？」

　彼女はおもしろそうにいったが、ぼくは平気な顔をしていった。

「うん」

　次に会ったとき、彼女はサイン入りの岩田宏詩集『独裁』（ユリイカ、一九五六）を

わたしてくれた。そしてまた、ニコ、と笑っていった。

「装丁、ちょっとどうかと思っちゃった」

それは、裸の女性をうしろから写したもので、片手を指先までまっすぐ横に伸ばしていた。裏表紙には背中だけがあって、重みでつつましくつぶれているお尻の線が見えた。

こうして大学二年の新学期、軟らかなペン字で、岩田宏とサインのある『独裁』をぼくは二割引で手に入れた。

『独裁』とは、才気ある詩集のタイトルである。フランス語もできる岩田らしく、洗練された言葉と手法で、このみじめな時代の青春をうたっていた。ぼくは一度読んで好きになり、こんな詩が書けたらと思った。

そしてまた内田路子は、なんで岩田宏と〈知り合い〉で、かれの詩集を売りさばくなんてことをしているのだろう、と思った。しかも簡単に会えるみたいじゃないか。どういう具合になっているのだろう。まさか恋人じゃないだろうな。

この謎は数年後になって解けた。内田魯庵は日本に『罪と罰』を紹介した人である。その息子の内田巖は左翼系の画家だった。ここに内田莉莎子と路子の姉妹が、ロシア文学を学ぶに至る家系的な道筋はついていた。そして若き学生である小笠原豊樹は、『マヤコフスキー詩集』の装丁という縁で内田家に行き、やがてその姉妹に出会うことになった。

左翼知識人には蔵原惟人の蔵原家、古在由重の古在家というように、名家出身者が少なくない。これは歴史的必然ともいうべきことだろうが、内田家もその一つだった。岩田宏は、北海道の国鉄の駅長のこどもである。戦争直後は老いたお母さんといっしょに暮らしていた。旧制都立高校在学中、方向変更をはかり東京芸大の音楽を受験しようか、外語にしようかと迷ったのち、外語へいった。そしてロシア語に挑戦し、最初の訳稿を出版するにあたって出会った東京の都会的な家庭を、どんな思いで受け止めたか。自分のことを思うと、つい、そういう想像をしてしまう。そして、のちに聞いた岩田の懐かしげな回想から推察すると、内田姉妹はそういう青年に気を遣い、とても優しくふるまったのである。

岩田宏と初めて出会ったのは「現代詩の会」が結成されたときのことだから、一九五八年八月である。

すでに岩田宏は、若い世代に抜群の人気のある注目詩人だった。この日も出席しているはずなのだが、ぼくにはどの人がかれなのかわからない。やがて会もなかば過ぎて「岩田君なんか、どうですか」と声がかかり、みんなの視線が動いた。その集中するところに岩田宏がいた。

かれは背の高い人だった。白い開襟シャツを着ていて机の上で両手を組んでいたが、まったく無表情だった。そして問い掛けにも、一言の返事もしなかった。一点のよどみもなく言葉が流れ出るような秀才、というぼくのイメージではなかった。

やがて雑誌「現代詩」の編集委員として編集委員会でかれと顔をあわせるようになっ

た。

そしてかれは最初の印象とちがって、寡黙の人というわけではなかった。敏感で鋭く、才走った言動がいきいきとしていて、かれの詩のとおりだった。痛烈で愉快な人間である。ぼくはやはり岩田宏は岩田宏なんだと、最初の印象を訂正した。

ぼくは頭の回転が遅い人間だから、かれが何かおもしろいようなことをいっても、そのことに気づくころにはもう話はずっと先へ行っている。山をふたつ越したところでぼくが感想をもらして、

「何だ、いままでずっとさっきのあれを考えていたのか」

と笑われてしまったこともある。そういうまく周期が同調しないぼくだから、かれは若い友人として付き合ってくれたのかもしれない。

かれがどのように痛烈だったか。それは詩を読んでもらうほうが早いだろう。

感情的な唄　　岩田　宏

学生がきらいだ
糊やポリエチレンや酒やバックル
かれらの為替や現金封筒がきらいだ
備えつけのペンや

大理石に埋ったインクは好きだ
ポスターが好きだ好きだ
鳩
極端な曲線
三輪車にまたがった頬の赤い子供はきらいだ
痔の特効薬が
こたつやぐらが
井戸が旗が会議がきらいだ
邦文タイプとワニスと鉄筆
ホチキスとホステスとホールダー
楷書と会社と掃除と草書みんなきらいだ
脱糞と脱税と駝鳥と駄菓子と打楽器
背の低い煙草屋の主人とその妻みんな好きだ
バス停留所が好きだ好きだ好きだ
元特高の
古本屋が好きだ着流しの批評家はきらいだ
かれらの鼻
あるいはホクロ

あるいは赤い疣（いぼ）あるいは白い瘤（こぶ）
または絆創膏や人面疽がきらいだ
今にも泣き出しそうな教授先生が好きだ
今にも笑い出しそうな将軍閣下がきらいだ
適当な鼓笛隊
正真正銘の提灯行列がきらいだきらいだ
午前十一時にぼくの詩集をぱらぱらめくり
買わずに本屋を出て
与太を書きとばす新聞社の主筆がきらいだ
やきめしは好きだ泣き虫も好きだ建増しはきらいだ
猿や豚は好きだ
指も。

（『頭脳の戦争』思潮社、一九六二）

かれの詩は怒りに満ちていた。それはかくも貧困な精神・物質生活を強いてくる戦後日本の現実にむかったものである。それはこれから伸びようとしている若者たちにとって堪え難いことだ。しかしとにかく、かれらはこの現実でしか青春を迎えることはできなかったのである。

岩田宏は、外語ロシア語三羽烏の一人、といわれたほどの青年だった。しかし物質的な条件のきびしさは、かれが望むような生き方を許さなかった。

かれもまた社会主義革命を願った青年だったが、それは自分が貧しい者のひとりだったからである。多くの学生運動の指導者がしばしば良家の子弟で、学生大衆を指導する立場で革命を口にしていたのとはちがっていた。かれの詩の、ユーモアにまぶされた鋭い攻撃性は、かれ自身がじかにこうむっていた抑圧への反抗のあらわれである。

それは同じように貧困から逃れようとして、都市へ都市へと集まってきた、資産をもたない地方の若者たちの孤独な心情と呼応しあう構造をもっていた。ぼくは「日本読書新聞」で、一度現代詩の特集ページをつくったと谷川雁の項で書いた。そのときカコミで三つの詩を、記事のなかに浮かせたが、そのひとつは岩田宏の詩だった。ぼくもまたそういう都市の孤独な若者のひとりだったのだ。

そして編集者としても、それから岩田宏に助けてもらったことはいうまでもない。

人にはそれぞれのかたちの器がある。岩田宏は大学を中退して働かなければならなかった。同じ状況でも人によっては自分をその先発展させることができない場合もあるし、つぶれてしまうこともある。だが、さまざまな才能や回転の速い頭脳をもつかれは、それらを武器にして自分の現実に分けいって、みずからを育てながら生きていくことができた。

ぼくが会ったころの岩田宏は、貧しさにもううんざりしていた。かれは一生懸命働いていた。推理小説やサイエンスフィクションの翻訳がその仕事である。それがかれの生活の大半の時間を奪っていて、ごくわずかな合間を盗んで詩を書いていた、というのが、当時の時間配分の実情だったのではないかと推察する。自由業はいくら働いても不安なのである。ぼくはかれのペンを握る指の皮がむけて、血を流している（そうとう鍛えてあるはずなのに）のを見たことがある。

当時の東京で自活している若者たちに最も苛酷だったのは部屋代である。ただでも足りない月給から、三分の一は必ずもっていかれた。何はさておいても家賃だけは払わなければならない。ぼくは二十五歳で結婚したが、そのとき給料は一万四千五百円で、家賃は六千五百円だった。自宅から学校へ通うものと地方からでてきてアパートから学校へ通うものとのあいだにあるこの部屋代差は、その後の人生の質をきめる。

かれが比較的早い時期に、代々木にコンドミニアムを買ったのは、六〇年代のはじめのころだったか。かれが苦労をして、とにかく自分の住む場所を確保したのを見たとき、感じていることは同じだと思った。だれだって家主の脅威を感じながら生きるのはいやなのだ。

二人のあいだで、働くことのつらさがよく話題になった。ぼくは生活苦であえいでいたが、かれのように能力の高い人間は、もっと楽にお金を手に入れているはずだ。だからコンドミニアムも買える、と思ったのだが、苦労とは、そんな単純な比較論では片づかないもののようだった。詩では華麗な攻撃力を誇る岩田宏なのに、労働のつらさの話題になると、きわめてまじめにその苦痛について話した。そのいいかたを聞いていると、この人はほんとうにそう感じながら生きてきたのだ、ということがわかった。

「若いころは全くたいへんだった。女の子一人つかまえるのも必死だった」

かなりあとになってから、かれがそういったとき、岩田宏にそんなことがあろうか、と思った。しかし、実際はともあれ自分自身ではそう感じていた、ということは、その表情にあらわれていた。

ぼくの二十代後半から三十代前半にかけて、文学的にも生活的にもいちばん世話になったのは岩田宏だった。ぼくが編集者をしているときには、かれは優れた執筆者であったし、失業者をしているときには、仕事をまわしてくれる兄貴分だった。

そして、ときどき電話をかけてきて「出てこないか」と呼び出してくれる。ぼくはいそいそと出かけていった。そして、お宅へお邪魔して、奥さんの幸子さんの手料理でお酒をごちそうになったり、外の酒亭で会って（たとえば駿河台下の〈弓月(ゆづき)〉なんか懐かしい）ありとあらゆることを話題にして晩を過ごした。

岩田宏は、だれとでも気さくに付き合うというタイプの人間ではなかった。そして主張するべきことはあくまでも主張したし、他人がどういおうと、世の通説がどうであろうと、自分が感じ確信をもったことに関しては、断固として自分の足場を優越させて行動した。

それはぼくが自分に望んでいたものとはちがっていた。ぼくは、少年のころから他者という現実を理解する、ということにこだわっていた。多分それはぼくが足の悪いこどもで、幼いころから他者を恐れなければならなかったからだ。攻撃してくる他者をどう心のうちで処理するか。かれらを理解することで、ぼくは憎悪と恐怖を消し去ろうとしていた気配がある。あるいは他者であるかれ自身の、意識的自己理解よりも深い理解を得ることで、かれに優越しようとしていたのかもしれない。

そしてそれは公正という外なる概念とつながる。ぼくは自分を一方的被害者として認めたくなかったので、自分の主観的印象から離れた地点で相手を見ようとした。よくもわるくも、ぼくはそういうトレーニングにはげんでいた。

しかし、岩田宏は自分の内的な確信を足場にして世界を裁断し、自己主張をした。かれの詩の新鮮さ、おもしろさは、その足場から切り開かれていったものだ。

そして多くの優れた文学的才能は、右顧左眄しない精神で、おのれの個性的なものの見方を生かして、新しい表現の領土をわがものにしていくのだった。ぼくは堀川正美に会い、岩田宏に身近にふれるようになって、だんだんそのことがわかった。文学者は、円満な人格者などめざす人々ではない。その人でなければならない作品を成立させることこそが存在の意味である。

やがてぼくは、自分がいかにあるべきかを対比的に思うようになったが、だからといってどうにかできることでもなかった。それにぼくだって〈公正〉にあこがれているだけで、それにも徹底できない自分を露出しているのにすぎない、というのが、偽りのない姿ということになる。

そういう岩田宏だったが、にもかかわらず、かれはぼくにはいつも優しくふるまってくれた。ぼくの人生はそうとうなピンチにあったし、前途の光明もなかなか見えなかったから、あぶなっかしいやつだと思っていたにちがいない。

もっとも共通するものもないではなかった。ロシア語を専攻した人間はそう多くはないし、かれもぼくも音楽が好きだった。ぼくはかれとともによく上野の文化会館へ行った。シェーンベルク「モーゼとアロン」、プッチーニ「トゥーランドット」などがすぐ思いだされるが、そういうときかれは、

「行く予定だったやつが行かれなくなって切符があまってしまっているから」

と繊細なことをいって、電話を掛けてきてくれたりしたのだった。

ぼくはもちろんすぐに、おおよろこびで出かけていった。そして、

「こんど、あなたが文化会館の小ホールでピアノのリサイタルをするときには、がんばってたくさん切符を売るからね」

というと、かれは笑っていった。

「それはありがとう。しかし、小ホールじゃないよ。大ホールなんだ」

それはかれが、大森のより広いコンドミニアムに引っ越して、生活に余裕が感じられるようになったころだったと思う。かれは貧しくて成し得なかったことを取り返そうとしていた。音楽もそのひとつで、かれは自分のピアノで、バッハやバルトークを弾いて

楽しむようになっていた。それでそういう会話が成立したのである。

やがてかれはピアノだけではなく、天体望遠鏡も買いこんだ。最初は経緯台つきの小型のやつ（屈折だったかな?）だったが、次に買ったのは本格派で、赤道儀つきの口径三十センチぐらいの反射望遠鏡だった。かれはコンドミニアムの屋上へそれを持ち出して、空を見るのである。

星への関心も少年時代からだった。

「都立高校（旧制）へいったのは、観測ドームがあったからなんだ」

かれがそういったことがあった。ぼくは学生時代に目黒の柿の木坂に下宿していたから知っている。そのときはもう新制東京都立大学になっていたが、たしかに校舎の中央屋上にポコンとしたドームがあり、天体望遠鏡の存在を示していた。

かれは東亜天文学会という天文ファンの会にも入会していた。ぼくも山本一清の『天体と宇宙』なんて本に夢中になっていた少年だったから、このかれの趣味にもすぐ同調した。ぼくは生まれてはじめて天体望遠鏡をのぞくことができた。なまなましい月面や輪のある土星や星団を見た。天体がひどく速く動いているので、地球の自転も見えた。

ある晩かれはいった。

「こうして暗い視界を見ていると、ときどきへんなものが見えることがあるよ」

「どういうものです」

「それがわからない。説明のつかないような現象で、そういうものがこの世界にはある、と思うよりない気になることがある」

岩田宏は神を信じる人間ではないと思うし、ぼくもまた信心のあるような人間ではない。だが、視野のなかにひろがっているのは、とほうもなく深い空間である。かれがときに出会ったものはわからずじまいだったが、その声には自分の外側にひろがっているものに対する畏怖の感情が現れているように感じ、ぼくもだまって頭上で輝いているベガを見上げたりしていたのだった。五官による認識力には限界があり、われわれはその限界のままにこの時空に投げ出されている。そのときそのことをぼくたちは思い返していたのかもしれない。

いずれにしてもあのころ、ぼくはきわめて不安定な人生を送っていたけれど、岩田宏が付き合ってくれていたことを、幸福感なしに思い出すことはできない。

岩田宏が、内田魯庵の孫で内田巌の娘である内田莉莎子・路子姉妹と付き合いがあったということは前に書いた。この姉妹のその後を書き留めておけば、姉の莉莎子はやはりワセダのロシア文学科を卒業して、ロシアとポーランドの児童文学の研究と翻訳で活躍した。夫君は露文一年先輩で東大教授（やはりロシア・ポーランド文学専攻）になった吉上昭三だったが、莉莎子が重い病気で入院しているとき、吉上がアパートで不審な漏電的な事故（なにしろテレビ内部の配線がやけただれていたというのだ）で突然亡くなるということが起こり、やがて莉莎子も病で亡くなった。ふたりとも人柄のいい人だったのに、なんという亡くなりかたをしなければならないのか、とぼくは愕然としたのだった。

路子は大学四年のとき、画家の堀内誠一と結婚した。堀内誠一はエスプリあふれる画家で、児童文学の世界でも抜群の力を発揮した。谷川俊太郎の名訳『マザーグースのうた』（草思社、一九七五）はベストセラーになったが、その挿絵が堀内誠一である。ぼくは路子に、

「一度堀内さんと仕事をさせてよ」

とおねだりしたことがあるが、軽い微笑であっさりかわされてしまった。そして堀内はまだ五十代の若さでからだをこわし、その才能を惜しまれながら亡くなった。路子はお子さんたちとともに元気でいる。

しかしこうしてみると、やはり時が流れたとつくづく感じる。路子がお嫁にいったのは大学四年のときだった。ぼくは喫茶店で「昨日、結婚しちゃった」と聞かされて驚いたのだったが、その路子の幸福の表情がありありと思い出せるというのに。

抒情詩人、菅原克己

こんなことを書きはじめたのは、菅原克己のことを書きたいと思ったからだ。つまり、内田莉莎子が結婚するに至ったとき、そのパートナーである吉上昭三は菅原の近くに住んでいた文学志望の青年で、菅原のもとに媒酌人を依頼した、ということがあった。

そして莉莎子夫妻は菅原克己を仲人にして結婚した。やがて路子も菅原家に出入りするようになり、路子についても、菅原はいつも親しげに「路子がね、路子がね」というような調子で話していた。また内田巌とも同志的交わりがあった。死の病床にいる内田を見舞ったときの詩もある。菅原は、この姉妹をずっと優しい目で見てきたのだろう。

菅原克己は「列島」の詩人だから関根弘などといっしょだが、かれは一九一一年生れ。関根や鮎川より約十年年上、文学的には「列島」「荒地」の活躍世代より一世代離れていた、ということになる。

かれは宮城の出身で、絵の学校を中退していた。そしてコミュニストとして戦前の青春を送った。当時非合法だった共産党機関紙「赤旗」の最後のプリンターとして検挙されたこともある。敗戦を迎えたときのかれは三十四歳だった。

絵も詩も好きな政治活動家、という戦中戦後を過ごしたわけだが、ハッタリも雄弁術も嫌いだったかれには、政治はいちばん得意ではない分野だった。にもかかわらず、終始かれがコミュニズムにコミットしなければならなかった気持は、ぼくにはよくわかる。

絵の心得は、デザイン工房などで生活の道具として役立ったが、詩はもちろん金になんかならない。しかし、かれはすばらしい抒情詩人だった。ぼくの耳のなかにも、今もなお、かれのなつかしいうたが鳴っている。

ブラザー軒

菅原克己

東一番丁、
ブラザー軒。
硝子簾がキラキラ波うち、
あたりいちめん氷を嚙む音。
死んだおやじが入って来る。
死んだ娘をつれて
氷水喰べに、
ぼくのわきへ。
色あせたメリンスの着物。
おできいっぱいつけた妹。
ミルクセーキの音に、
びっくりしながら
細い脛(すね)だして
椅子にずり上る。
外は濃藍色のたなばたの夜。
肥ったおやじは

小さい妹をながめ、
満足げに氷を嚙み、
ひげを拭く。
妹は匙ですくう
白い氷のかけら。
ぼくも嚙む
白い氷のかけら。
ふたりには声がない。
ふたりにはぼくが見えない。
おやじはひげを拭く。
妹は氷をこぼす。
簾はキラキラ、
風鈴の音、
あたりいちめん氷を嚙む音。
死者ふたり、
つれだって帰る、
ぼくの前を。
小さい妹がさきに立ち、

おやじはゆったりと。
東一番丁、
ブラザー軒。
たなばたの夜。
キラキラ波うつ
硝子簾の向うの闇に。

（『日の底』飯塚書店、一九五八）

〈ブラザー軒〉は、かれが育ったというそのかみの仙台にあった店なのだろうか。だが、ぼくの知っている菅原克己は、すでにひょうひょうたる年配詩人（といっても今数えてみると五十かそこらだったのだが）だった。かれは詩人たちと、新宿西口の沖縄料理の店〈花風（はなふう）〉などによく現れ、泡盛などきこしめしてご機嫌になり、顔をくしゃくしゃにして笑っていた。笑うと目皺のなかに目が隠れてしまいそうになった。

菅原克己は、若い人が好きだった。新日本文学会を母胎として生まれた日本文学学校の講師をしたり、若い連中をあつめて同人雑誌をいくつも作った。やさしかったから、かれを慕う若い人も多かった。かれはそういうひとたちの面倒をよく見た。詩集を出すと、出版記念会を必ずといっていいほどやってやった（自分の詩集が出たときももちろんやった）。

文学上の問題だけでなく人生上の問題でも同じだった。なぜか菅原克己・ミツ夫妻のもとへは仲人になってくれという者がつぎつぎと現れた。かれらが仲人になっている夫婦は五十組を超えるのではないか、といわれている。菅原克己の府中の家は小さな家だったが、そこは多くの人々の流れのただなかにあった。

菅原克己の人気は、亡くなってからも衰えない。かれのための〈げんげ忌〉も、もう十年以上、毎年営まれている。それはもちろんかれの詩が純度の高いもので、多くの人たちから親しまれ、深く愛されているからだが、そのよき人柄もまた見逃せないところである。かれのようなやさしい魂をもったひとが、戦前戦後の苛酷な時代を生き抜いて、日を浴びた葉先の雫のように輝いている作品を書き続けた、ということは、ぼくたちにとってなんという救いだろう。菅原克己の詩を読むよろこびは、僕の人生にとっても貴重なものだ。

しかしそういうかれは、残念なことにぼくを苦手としているようだった。顔を合わせることがあると、かれの表情はこわばり、目をパチパチさせていうべき言葉を失った。そうなるとこちらも思考停止状態になってしまい、そのまま別れた。そして菅原克己からじかに発せられた言葉は、ぼくのありかたへの批判的なものばかりが思い出される。もちろんそうではない言葉も、たくさんあったはずだし、最初に出した詩集を活字で大いに激励してくれたことも忘れてはいない。

だがおそらく菅原は、ぼくのことを〈今時の戦後詩にかぶれている生意気な学生あがり〉と、ある期間は感じていた。当時のぼくにはそういうところが確かにあったから。しかしぼくは、菅原克己の詩も好きな青年だったから、ほんとうはもっと仲よくしたかったのだった。

川崎洋の上質なユーモア

川崎洋については、板橋でのオール・ユリイカ軍と氾プラス第三書房編集部の対戦でのユリイカ軍のキャッチャーとして絶賛をすでに書いたけれど、それでいい気持になってかれのことは書いてしまったようになり、書きおとしてしまっていた。

かれは「詩学」研究会に詩を早くから投稿していたので、ぼくは高校生のころから存在を知っていたと思う。かれの名を高からしめた「はくちょう」などという作品もそこで読んだ。

そのとき、なんて澄みわたった美しい抒情詩を書く人だろうと思って驚いた。だが時代は戦後で、世の中は難解で観念的で大げさな詩が時代にふさわしいものとして書かれていたので、若いぼくは、川崎の詩を「はたして今、こういう詩を書いていいのだろうか」と思って、とまどった。しかし、かれの作品は、いつも心に残り、うたれるものをもっていて、それを忘れることはできなかった。

ぼくは、川崎洋は、ほっそりした色白の病身の、いわば薄幸の人のように思いこんでいたが、出会えてみると、まったくくちがって快活でしっかりした体重をもっている人で、しかもユリイカ軍の名捕手だった。詩と人は同じだが、ちがうあらわれをする。そのことを知ってぼくはまた驚いた。

あとでふりかえると、かれと茨木のり子が「櫂」を創刊したのが一九五三年である。それに谷川俊太郎や大岡信(まこと)らがくわわって、グループは大いに発展したが、それは、小説でいうといわゆる第一次戦後派のあと出てきた第三の新人群に見合うものだった、といってもいいかもしれない。深刻で観念過剰な詩より、心の流れに沿ったことばから、生を示す気持を掘りさげていく方向に、より若い世代の心はうごいていった。そういうことではあるまいか。

川崎洋はたしか東京の馬込で育ったが九州で大学教育をうけている。ぼくらが知ったころは、横須賀の米軍キャンプで働いていた。

ぼくが会ったころも、かれは横須賀にやっぱり住んでいた。それはぼくがやはり横須賀市の三浦半島相模湾沿いの芦名というところに仕事場をもっていた時期で、東京のどこそこの飲み会でかれと偶然出会うようなことがあると、おたがい顔を見合わせてニコニコした。そして握手をして「やあよかった」といいあった。それはそのとき、われわれが飲みすぎて終電に乗りおくれるのは必至だったからである。その場合二人はワリ勘でタクシーで帰ることができるからだ。それを幾度やったか、と思う。

もちろんそのころには、ぼくはすっかり川崎洋のファンになっていた。かれの詩は若々しく澄みわたっていて、しかも品のいいユーモアもすばらしく、生きているということが、こういう詩で味わえるような世界だったら、なんといいことだろうと思わせた。

現実のぼくらの生は、いやなこと、気分のよくないことで満ちている。が、川崎洋は、生のすばらしさを、そのなかから抽出して、みせてくれるのだ。しかも上質なユーモアをまぶして。ぼくはいつも川崎洋の詩を読んですばらしい贈りものをもらった幸福感にみたされるのだった。

あなたに　　川崎　洋

あなたの
そんなにやわらかい　おなか
そのおなかを包んでいる可愛いい腰骨(こしぼね)
ぼくたちの子供を産むために
指で押(お)すと
しんなりとくぼむほどに
そんなにやわらかいおなか

のぼっていくと
やがて

僕のばらばらの指をしびれさせる
ぷくりとふくれてやわらかく尖った乳房

ね　僕たちの子供は　きっと
ぬれたような新芽のすかしが入っていて
髪(かみ)の毛はいい匂(にお)い
或(あ)る午前
青い植物達の翳(かげ)がみだれるなかで
僕たちの子供は
茎から指の腹で折るように剝(は)がした刺(とげ)を
唾(つば)で鼻柱にくっつけて
きっと
両手を挙(あ)げて僕たちを威嚇(いかく)する
小さい犀(さい)！

ね　その唾も鼻柱も眼も足も　みんな
そのしんなりやわらかいおなかからだね

目をつぶったりして　あなたは
笑って黙っているあなたの頭は
頸のところでぽっきり折れ曲り
その重みは
すくい上げる僕の両掌に協力する

かれは快活でやさしい人間で、体格的にいっても女性からしたら頼り甲斐のあるいい男だった。きっとオンブしていいところへ連れていってくれるような気持になるだろう、と思った。

しかし、かれは晩年病になった。おそらく腎臓の結石である。そのころ、外から超音波のようなもので加撃をあたえて、破砕するという療法があり、かれはそれを受けていた。

そのときかれは、金属のオフロのようなものに入って加撃を受けた、というように記憶している。

「いや、治療はうまくいかなかったんだよ。高いお金を払ったんだがなあ」

かれがある日そうつぶやいていたのを、おぼえている。

しかし、どのくらいわるいかはしらないが結石はぼくも体験したことがある。ぼくの場合には、結石はこわれてオシッコといっしょにでてきた。オチンチンの尿道の途中にカケラがひっかかって、オシッコがそこで止まってしまって、とてもまいったことがあるけれど。

しかし川崎洋の場合、事態はそんなものではなく、深刻だった。ある日、ぼくはかれの訃報を聞き、愕然とした。あの活気にあふれた頑丈な男の肉体をもった川崎洋がなくなるなんてなんということだ。あんな不平もいわないやさしくて強い男が、ぼくのようによわよわしい人間よりも先になくなってしまうのか。かれは七十五歳だった。

山形が生んだ詩人、吉野弘

吉野弘は、かれの存在を知ったころ、山形の酒田市に住んでいた。そこからかれは、「櫂」に参加し、一九五七年に第一詩集『消息』（谺(こだま)詩の会）を出した。

この詩集が出たとき、「櫂」のメンバーたちは、どういう形だったかは忘れたがはるかに出版をいわったという。ぼくはそのニュースに接したとき、かれらは詩を書く仲間に対してほんとうにやさしいんだ、と感じた。ぼくらがどこかで同人誌をやると、必ずといっていいほど合評会は荒れて、以後一切作品を書かなくなったりするやつが出てきたりするものだった。相手の作品は批判するためにあり、才能があるのは自分だけだった。

若く幼いぼくは、「櫂」の詩人たちのやさしさにぼうっとしたのである。そして吉野弘が、はるか山形にいて、詩をともに書いている仲間から激励してもらえて、すばらしいことだと大いに羨んだ。

吉野弘にはじめてあったのは、かれがつとめ先の石油会社の異動で東京勤務になったからである。当時「日本読書新聞」につとめていたぼくは、かれに原稿をたのんだ。原稿をうけとるために、新橋かその辺のビルの入口に立っていると、サラリーマン風の男が、眼鏡をひからせながらやって来た。

とくに詩人くさい雰囲気はなかった。しかし、「これが吉野弘さんだ」という気がした。口を利くことはなかった。「やあおねがいします」「ありがとう」ほとんど

吉野弘は、商業高校の出身だから、いわゆる労働者文化のなかで生きている人である。実際かれは労働者としてはたらき、組合活動にもそれなりに付き合っていたと思う。

しかし、労働者文化というと、組合主導の文化運動が主流の時代で、そのなかで小説や詩が量産されていたことを思いださざるを得ないが、吉野弘の営為は、そういうものとは、はっきり一線を画していた。かれにも、もちろん労働の現場から生まれたと思われる作品があるが、垂線はずっと深くて、政治的なものはまるでない。人の心の問題、魂の問題へと言葉はおりている。

ぼくはやはり、かれの代表作ともいうべき名作「I was born」をここで引用しよう。

I was born　　　　吉野　弘

確か　英語を習い始めて間もない頃だ。

或る夏の宵。父と一緒に寺の境内を歩いてゆくと　青い夕靄の奥から浮き出るように　白い女がこちらへやってくる。物憂げに　ゆっくりと。

女は身重らしかった。父に気兼ねをしながらも僕は女の腹から眼を離さなかった。頭を下にした胎児の　柔軟なうごめきを　腹のあたりに連想し　それがやがて　世に生まれ出ることの不思議に打たれていた。

女はゆき過ぎた。

少年の思いは飛躍しやすい。その時　僕は〈生まれる〉ということが　まさしく〈受身〉である訳を　ふと諒解した。僕は興奮して父に話しかけた。

――やっぱりI was born なんだね――

父は怪訝そうに僕の顔をのぞきこんだ。僕は繰り返した。

――I was born さ。受身形だよ。正しく言うと人間は生まれさせられるんだ。自分の意志ではないんだね――

その時　どんな驚きで　父は息子の言葉を聞いたか。僕の表情が単に無邪気として父の眼にうつり得たか。それを察するには　僕はまだ余りに幼なかった。僕にとってこの事は文法上の単純な発見に過ぎなかったのだから。

父は無言で暫く歩いた後　思いがけない話をした。

——蜉蝣という虫はね。生まれてから二、三日で死ぬんだそうだが　それなら一体何の為に世の中へ出てくるのかと　そんなことがひどく気になった頃があってね——

僕は父を見た。父は続けた。

——友人にその話をしたら　或日　これが蜉蝣の雌だといって拡大鏡で見せてくれた。説明によると　口は全く退化して食物を摂るに適しない。胃の腑を開いても入っているのは空気ばかり。見ると　その通りなんだ。ところが　卵だけは腹の中にぎっしり充満していて　ほっそりとした胸の方にまで及んでいる。それはまるで目まぐるしく繰り返される生き死にの悲しみが　咽喉もとまで　こみあげているように見えるのだ。淋しい　光りの粒々だったね。私が友人の方を振り向いて〈卵〉というと　彼も肯いて答えた。〈せつなげだね〉。そんなことがあってから間もなくのことだったんだよ、お母さんがお前を生み落としてすぐに死なれたのは——。

父の話のそれからあとは　もう覚えていない。ただひとつ痛みのように切なく

　　僕の脳裡に灼きついたものがあった。
　　――ほっそりした母の　胸の方まで　息苦しくふさいでいた白い僕の肉体――。

　詩人はどこでどう生まれるのか。吉野弘はどういう生き方をしてきたのか。ぼくはそれについて何も知らない。ふつうに育ち、ふつうに生きていけば、ふつうの人間になるのが自然である。しかし、吉野弘は、生の深みを注視し、この世界の条件に過敏に反応する詩人にならざるを得なかった。

　詩人は個人的な運命のほかに、気候・風土・土地の文化的伝統も関係する。ぼくはいつだったか山形の秋に出会い、その色・味わいの深さに驚いたものだった。芋煮会などというものもあり、河原で鍋をかこんで一杯やるのが、秋の楽しみであり、実際河原へいってみると焦げた石があちこちにあり、これは宴のあとを示しているのだった。

　山形における斎藤茂吉は、絶大な影響力をもっている。これは伝聞だが、黒田喜夫も吉野弘も、斎藤茂吉をよく読んでいたらしい。

　黒田に関しては、外界に対する感じ方に、茂吉を感じさせるものがたしかにあるように思う。吉野については、よくわからないけれど、やはり茂吉を読まないですんでいたとも思われない。伝統の力というものは、意識するとしないとにかかわらず、内に潜んでいて力を発揮したりしているものだ。

　最後に吉野弘に会ったのは、北上市にある日本現代詩歌文学館でのことだった。吉野はそこの賞をうけたので、やってきたのである。

「やあ、今日はここまで来ることになったので、その前にいい機会だと思って遠野までいってきました」

そこにも、ぼくが感じていなかったかれの視野があった。

V　ばらあら　ばらあ

ここで方向をかえて、ぼくの父親の世代の詩人たちのことを書きたい。父親は大正後半に静岡県の中学を卒業し、昭和初年には東京にいて詩人の卵をやっていた。アナーキスト系詩人のかれ（森竹夫というのがその名前だ）は、じきに挫折して中国東北で新聞記者になり、戦後の混乱期に無責任にも家族を残して死ぬ。だが、若いころ付き合っていた仲間の詩人たちは、それぞれいい仕事を残した。

戦後引き揚げてきてから、ぼくの母親は夫の昔の仲間に手紙を出し、〈亡夫にたむける詩をください〉と頼んだ。今思うと忙しいみなさんに対して厚かましいお願いをしたもので、冷汗がでる。

それでも多くの詩人が詩を送ってきてくれた。ぼくはその反応を見て、父親はこんな人たちと知り合いだったのか、とひそかに驚いた。

もちろん詩を書いてくれなかった詩人もいて、『学校詩集一九二九年版』（学校詩集発行所）でいっしょだった草野心平もその一人だった。しかしかれは、きちんと死を悼む葉書を書いてきてくれ、母親はそれを読んでよろこんだが、返事が詩ではなかったことを残念に思っている気配もあった。

「心平さんが返事くれるなんて、ほんとうにすごいじゃないか」

ぼくがいうと、母親は落ちついた声でいった。

「なにしろあの人には、まだ返してもらっていないお金があるだからね」

昭和のひとけたの終りごろ新宿で、隣りあわせて住んでいたこともあった。お互いひどい貧乏をしていて融通のしあいはしょっちゅうだった。いわば青春の貧乏時代をわかちあっていたというところだ。

さて戦後は、ぼくより兄貴が先に東京に出た。それは一九五一年のことである。したがって東京の情報はそこから流れてくる。たとえば、新宿の武蔵野館裏は酒場であふれかえっていて、そのなかに草野心平経営するところの〈火の車〉という店もあるんだ、という。

詩人が酒場を経営する。詩人は飲むほうなのに、そんなことをしてだいじょうぶなのか。やがてぼくも東京へ出たが、もちろん武蔵野館裏へもいってみた。なるほど、情報通り飲み屋さんばかりである。〈道草〉という文壇連中が出入りしているという店もあったし、ぼくの中学の恩師でのちに文学座の演出家となり、三島由紀夫の戯曲を手掛けることになる松浦竹夫が、よく顔をだすという〈二十五時〉（当時のベストセラー小説からつけた）という店もあった。おばさんが経営していて、かれは甥ということになっていた。

昭和二十年代の夜の新宿は、東口もすごくて、酒と人で沸き返っていた。町の外に出れば暗かったが、なかは明るかった。戦災で首都の住宅事情がとくにわるかったから、家にいてもおもしろくない大人は、日曜日でも町へ出て遊ぶほうを好んだのだ。

ぼくは〈火の車〉の前までいったが、なかには入らなかった。ぼくがなんで入るのか、という気がまずしたし、何だか恐ろしくもあった。なかで経営の行き詰った赤銅（しゃくどう）色の腕の詩人が、赤々と燃えさかる火の車を回しているような気がしたのである。

浴衣を着流す草野心平

現実の草野心平を初めて見たのは、後楽園球場（今の東京ドームのあたりにあった）の場外でのことだった。デーゲームが終わって外野の観覧席から観衆がでてくるところだったが、そのなかに白い絣（かすり）の浴衣を着、手に団扇（うちわ）をもってパタパタあおぎながら歩いていく男の後姿があった。かれはまた後姿のすらっとした美女をしたがえていた。

「ああ草野心平だ」

とぼくはその人のことを認識したのだったが、それがどうしてできたのか。兄貴でもそばにいたのか、今やはっきりしない。そのゆったりとした歩き方を見ていると、この人は確信をもって人生を味わって生きている、という気がした。

ぼくなど、いまだに浴衣の着流しで町を歩くなんて気分になったことはない。若くして亡くなった才能の人、国文学者の前田愛は藤沢の出身で、ぼくが古本屋の棚など見上げていると、うしろからポンと肩をたたいてくれたが、そういうときのかれは下駄履きで着流しだった。東京の会議で会うときとはちがって、百年ぐらい藤沢に住んでいるような気楽さで夕涼みしている、というふうだった。そういうことを草野心平は水道橋なんかでやっていた。

そののち草野心平にはずっと会わなかった。その後かれが新宿三丁目でひらいた酒場〈学校〉には何かの都合で幾度か顔は出したが、心平がいることはなかった。ぼくは壁に掛けてある巨大な丸い時計（どこかの廃校の講堂用のものか）を眺めながら、いあわせたお坊さんとギロンしたりしていた。

次に会ったのは詩を朗読しているレコードの声である。一九六九年のことだった。『自作朗読による日本現代詩大系』（粟津則雄・宗左近監修、フィリップス）という四枚組のＬＰが出た。これは堀口大學・西脇順三郎から、三十代前半の吉増剛造・天沢退二郎に至る当時の現代詩人揃い踏み、ともいうべき豪華版である。おかげでぼくたちは、もう物故した詩人やまだ若かったころの詩人の、一九六〇年代後半の声を今聞くことができる。

草野心平の録音はデータによると一九六九年一月十三日であるから、一九〇三年生れのかれは六十六歳だった。

そこでかれは、出身の福島を感じさせるようなアクセントで数篇の詩を読んでいる。ぼくには、その飾らない読み方が心に残った。

そのなかに「ごびらっふの独白」という、有名な作品がはいっていた。ごびらっふは、心平の詩に登場する蛙たちのうちの一匹の名前である。この詩は、ごびらっふが自らの世界観を語るという内容だが、じつはそれは蛙語で語られている。蛙語では人間にはわからないから、心平はそれに日本語訳をつけた。

たとえば、その書き出し二行は、

るてえる　びる　もれとりり　がいく。
ぐう　であとびん　むはありんく　るてえる。

となっていて、これは「幸福といふものはたわいなくつていいものだ。おれはいま土のなかの靄のやうな幸福に包まれてゐる。」という意味である（打ちみるところ〈るてえる〉が幸福という意味かな?）。

蛙語をつくる、という、このアイディアは大いに愉快だが、心平がこの蛙語の詩をまじめくさって全部読むのを聞いているといっそうおかしい。

ところでこの詩の日本語訳の最後の六行はこうなっている。

ああ虹が。
おれの孤独に虹がみえる。

おれの単簡な脳の組織は。
言はば即ち天である。
美しい虹だ。
ばらあら　ばらあ。

蛙の脳が天である、というのは、東洋的な感慨だな、と思ったが、最後の一行がわからない。蛙語の方を見るとやはり〈ばらあら　ばらあ〉のままである。「われわれはただたわいない幸福をこそうれしいとする。」という、ごびらっふの感想が述べられているこの詩の最後の一行が、蛙語のままに置かれているのは、すなわちこれが草野心平自身の生の体験の奥から押し出された呼吸のような詠嘆の音響だからなのだ、とぼくは思った。

草野心平とサシで会うことになったのは、四十をすぎてからのことである。新潮社には、著者カンヅメによく使われる新潮クラブという邸が、やはり矢来町にある。この建物は二階建てで、一階と二階に一人ずつ、計二人までカンヅメにすることができる。ぼくが二階でちっとももの にならない小説で苦労していたら、そのうちに階下にも新たな住人が来た。どうやら、草野心平らしい。これはヤバイことになった、と思った。

幾日か階段の上下で呻吟していると、やがて管理人のおばさんがやってきて、
「先生がお呼びです」

という。そういわれたのでは仕方がない。観念したぼくは、トントンと階段を下りていって、草野心平の前でピョコンと頭を下げた。

「どうも」

「うむ」

心平もなんだか困ったようで、話はあまりはずまなかった。ぼくの亡父のその後の運命を聞く、というわけでもなく、ぼくがどういうふうな生活をしているかを聞くというふうでもなかった。かれは、昔の仲間のこどもに知らん顔をしているわけにもいかず、一声声を掛けておかなければならない、と考えたから呼んだのだった。

一般的にいって年下の人間と付き合うのは、難しいものだ。年上の人間のしていることは年下からは見えるけれど、年上から年下のことは、特別な関心がないかぎりわからない。

心平は、いましている自分の仕事のことを何かいっていたような記憶があるが、忘れてしまった。顎のひげをぬくような格好をして、間をつぶすようなことをぶつぶつといっていた。

ただ一言、覚えていることがある。それは「きみはおれを頼ってこなかったな。それはよかった」という言葉だった。

「ええ、それは……」

ぼくはそんな返事の仕方をしたが、そういわれて内心とてもうれしかった。心平はいたずら小僧のような目をして微笑していた。ぼくは四十二歳で亡くなった父親が生きているると、今のこの人ぐらいの感じになっているのだ、と思った。

それから会合のようなところで顔を合わせると、挨拶をするようにした。あるとき、それは多分、最後に会ったときだったと思うが、かれが、

「どうだ。このごろは」

といった。ぼくはなんと返事したものだろう、と思ったが、次の瞬間口を突いて出た言葉はこうだった。

「まあ、〈ばらあら　ばらあ〉というところです」

するとかれの顔が一瞬ほどけ、目まで笑顔になった。

「そうか。そうか。〈ばらあら　ばらあ〉か」

頑固な文士、木山捷平

やはり『学校詩集』時代の父親の仲間だった一人に木山捷平がいた。一九四五年にかれは中国東北の長春にいたので、同じ都市で新聞記者になっていたぼくの父親は旧交を温めていた。敗戦になると日本人はみな職を失い途方に暮れたが、木山も食うに困って、青空マーケットでサツマ揚げを売って食いつないだ。そして引き揚げてきてから小説を書いた。

ぼくが大学生になったころ、父親の昔の友人たちが、未亡人であるぼくの母親のため

に、神田の〈はちまき〉で追悼の会をしてくれたことがある。詩人として挫折して死んだ男を、昔の東京での仕事仲間のみなさんが偲んでくれたのだが、そのとき詩人としては、木山捷平、小森盛（若い女性を同伴した、すごみのある男だった）、山本和夫、野長瀬正夫が来てくれた。ぼくはそれで木山捷平に会うことができた。人柄のいいタヌキのような感じのする人だ、とぼくは失礼なことを思った。

新宿あたりで酒を飲むのは、それからずっとあと、編集者になってからのことである。駅の東口を出たところに〈五十鈴〉という酒場があって、ここはお握りと野菜炒めがとてもおいしかった。そのことを思い出して、あるときノレンをくぐったら、奥のほうに木山捷平がこしかけていて、杯を傾けていた。芸術選奨を受けた『大陸の細道』（新潮社、一九六二）が出たころではなかったろうか。かれの作家としての仕事に、あぶらが乗っていた時期だと思う。

そのときの木山は、黒の二重まわしといういでたちで、いかにも文士という雰囲気だった。ソフトをかぶっていたような気もする。ステッキはどうだったろう。そのときは昔ふうだな、と思ったが今思うとかれはかなりのおしゃれだったのだという気がする。

「木山さん」

アルコールの入っていたぼくは、気楽に声をかけた。

「森竹夫の息子です。いつぞや偲ぶ会のとき来てくださったでしょう。そのときはありがとうございました」

するとかれは顔を上げてぼくをじろっと見、ぶっきらぼうにいった。

「森の息子か。で、今、何をしている」

「書評の新聞で働いています」

「ふん」

かれはくそおもしろくない、というようにいった。

「そんなことをしているひまがあるなら、田舎へ帰れ。学校の先生になれ」

「えーっ」

ぼくは驚いていった。

「そんなこといわれたって、困ります。だってぼくは、教員の免許をもっていないんです」

「なんでもいい」

木山はいった。

「こんなところをうろうろしていないで、さっさと田舎へ帰れ。ろくでもない」

ぼくはその剣幕におそれをなして、そばを離れた。それから〈五十鈴〉へ行ってかれがいると、離れた席にすわった。木山はどうやらなかなか頑固な人なのである。

ぼくは、それでもなお二、三回、つかまって、〈故郷へ帰って教師になれ〉といわれた。当時は就職難だったから、文学部に進学したものは教員免許をとっておけというのが、大人のよく口にするところだった。しかしマンモス大学のロシア文学専攻のぼくの場合、五年いないと英語の免許は取れない。それに、教師に簡単になれる時代ではなくなっていた。

しかし、あのときじつに頑固にかれがそういいはったのは、ぼくのうちに都会で軽薄に生きている若者の一人を見たせいにちがいない。そして晩年にいたってからは、味わいある個性派作家として高い評価を受けるようになりはしたが、それまでの自身の歩いてきた人生の困難を思わずにはいられなかったのかもしれない。

しかしかれは、ぼくが一九六六年に最初の詩集を出したときには、おおいによろこんで激励してくれた。故郷へ帰らせることをあきらめてくれた気配のせいでもあったが、ぼくはうれしかった。

そのころのぼくは河出書房に転職していた。そしてロシア文学を担当していた。あまり売れそうにない文学に専門の担当編集者が必要なのか、という疑問が浮かぶ人もいるかと思うが、当時は出版界全体が文学全集ブームに沸いていて、各社そろって、『戦争と平和』や『罪と罰』や『静かなドン』などをその叢書の一冊として出していたのである。『戦争と平和』なんか、ものすごいお金をかけたスケールの大きいソビエト映画が輸入されて、主演の女優さんのかわいさもあり、たいへんな人気だった。

で、ぼくはもっぱら中村白葉や米川正夫などのお宅へ出入りしていたので、日本文学のセクションのほうの情報はあまり知らなかった。

しかしときどき、関係のある人の噂が流れてくることがあった。ユーモア作家の北町一郎の奥さんが、病に倒れて献血者を探している、ということもあった。北町一郎は昭和初期、会田毅（こっちが本名）というモダニスト系の詩人でぼくの父親と付き合いがあった。戦後も母親のところには随筆集などが送られてきていた。それで、結局役に立たなかったが、ぼくは献血者の一人として待機したことがある。ちなみにかれの娘さんは、詩人の会田千衣子である。

木山捷平が病気入院した、という噂も日本文学セクションからだった。食道に腫瘍ができたらしい。

困った病気だ。入院先は御茶の水の、順天堂だったか医科歯科だった。会社から近いから、お見舞いにいかなければと思っていたが、いきにくかった。元気に叱り飛ばしてくれていた人が、まいっているところへいって、ぼくはどんな言葉を口にできるというのか。

そのうちに新聞に随筆が出た。それは病院の屋上から世間を眺めている、というもので、それは日常のつづきでたまたまこうしているだけだ、という平然たる文章だった。ぼくは、そこに木山の作家としての強さということを思い、さすが木山さんだ、という気がしたのである。

よし、お見舞いにいこうと腰をあげたが、そのときかれはもう転院していた。

調べてみるとそれは一九六八年の四月から五月へかけてのことで、すでに河出書房は倒産していた。ぼくはそのさなかで泡をふいていたから、それっきり手元のことに追われていた。

　ぼくは三十三歳だった。何かする気なら、このへんで編集者稼業から足を洗わなければできないぞ、と思っていたので、それを機会になんの当てもなくやめた。失業は夏にかぎる。パンツ一つでひっくりかえって古雑誌などを読んでいた。

　八月、河出書房の重役だった竹田博から電話が掛かってきた。

「あのな。木山さんが悪い。危篤だそうだ。きみのお父さんは友人だったろう。だからすぐにいけ」

「あ、はい」

　ぼくははじきとばされたように、亀戸のアパートを飛び出して、河田町の東京女子医大消化器センターへ急行した。

　着いてみると、木山の病室は医療関係者が出入りしているだけで、そのほかの者はだれも外にいない。ぼくは廊下の椅子に腰をおろしていた。なかには家族の人たちがいるだろうが、ぼくはいっしょになって看取るほど親密な関係にはない。とすれば、ここでだまってすわっているよりない、と思った。

　白い廊下には、依然としてだれも現れなかった。ぼくはギチギチした椅子にすわっていた。なかでは木山は死闘を演じているがぼくはここで応援しているよりない。みんなの邪魔にならないようにすわっていることがぼくのできることだった。

　ぼくはどれだけそうしていたのだったか、それほどの長い時間ではなかったと思う。

やがて、病室のドアがあけられた。そして幾人かの医療関係者が、どっとでてきた。

「あの、何か……」

　ぼくは婦長と思われる人に尋ねた。

「ただいま、お亡くなりになりました。×時××分でございました」

「ああ、そうですか……」

　ぼくは帰ろうと思った。木山は亡くなってしまった。ぼくはこうしてすっとんできはしたものの、何の役にも立たなかった。ぼくはそっと開いた扉のなかを横目で見ながら、ゆっくり階段を降りていった。その間、思ったほどはやつれていないあの木山捷平が、口をすこしあけて横たわっていたのがちらっと見えたのを、繰り返し思い返していた。食道癌は苦しい病だから、木山は病院の屋上で悠然と風景を見ていたときの態度のままで死ぬ、というわけにはいかなかったかもしれないが、文学者らしく己をよく保持していくことはできたにきまっている、と思った。

　そして当然のことだが、死にゆく者の孤独が身にしみた。ぼくは母親の死に目に会えなかった人間だから、生涯のあいだで、こうして知っている人が息を引き取る瞬間に居合わせたのは（敗戦後の中国の救急病院では他人の場合を幾度も見たが）、父親と祖母と木山捷平だけ、ということになる。享年六十四だった。

金子光晴へ恐怖の告白

河出書房では、ぼくが詩人であることがバレていたから、「世界詩人全集」という企画も手伝え、といわれた。全集のやりかたはいろいろあるかもしれないが、会社側で採算を考えて規模を考え、そのなかみはいろいろな専門家と編集部が相談してつくる、というのがまあふつうである。そして監修者を幾人か上にのせる。監修者はその社と関係の深い大家にお願いすることになるが、この場合その一人が金子光晴だった。

金子光晴。恐ろしい名前である。金子はわが静岡高校文芸部では伊藤聚(あつむ)がもっとも傾倒していて、本名の金子保和で刊行された第一詩集『赤土の家』（私家版、一九一九）を所持していたほどだった。『人間の悲劇』をかれにかりて読んで、強烈な衝撃を受けたこともあった。いやなものでも正面から見る、という強さにはとてもかなわない。含羞の少年詩人伊藤聚は、情を濃厚にのべる詩をとてもいやがったが、そういうかれにとって戦争前からの詩人としては、小野十三郎と金子光晴あるのみだった。

当時の金にして二十万円ほどのお金を、数年で費消してしまった、という若い日の金子の行動をそこに重ねあわせると、かれは凡庸な人間にはとうてい真似できない選ばれた虚無主義の詩人、という気がしていた。

ぼくが世界詩人全集のために吉祥寺の金子宅を訪れたのは、一九六五年から六六年にかけての冬の日だった。悪い日だった。ぼくは火の気のない応接間に通された。やがてガウンを羽織った眼のするどい、やせた老人が姿を現した。金子である。かれはまだ寝ていたのかもしれない。水っ洟をすすりながら、ストーブに火をつけたが、いっこうに暖かくならない。かれはガウンの襟をかきあわせながら、ぼくがもっていった企画書を読んだ。

金子には冠になってもらうのだから、まあこういう線で宜しく頼む、というつもりで来たのだったが、かれは丁寧に企画書を読み、フランスの部で幾人かの仕事をつけ加えるように、といった。そのとき息子さんの森乾もそばにいて、金子が「な、これでいいだろ」というふうに、かれの同意を求めた記憶もある。前もって考えていた案のようでもあった。そしてぼくが「はい」というとかれはいった。

「そうですか、はいはいわかりました、ということで、監修者になるというわけにはいかない。だから、一応いわせてもらう」

この人はそういう折り目をつけるようなところもあるのだ、とぼくはかえって意外に思った。

「じつは」

それからぼくは、今日来るにあたってちょっと悩んでいたことを話しだした。それは金子が出した『IL』（勁草書房、一九六五）という詩集のことである。ぼくは刊行されたときに詩の雑誌に頼まれて批評を書いた。『IL』とはキリストのことだったと記憶するが、これは『人間の悲劇』以来の世界をさらに発展させていて、ますますおそろしいものになっていた。ぼくはその壮大な展開に感銘を覚えながら、そして金子のしたたかな精神のすごさを畏怖の気持で感じたのだったが、しかしぼくは、全面的な絶賛というふうには書評を書かなかった。

それはどうにも読むのがつらい、ということがあって、そのつらさにまいったということである。金子は強いからこういうことを書いても平気だが、ぼくはうれしくなったり、元気がでたり、というわけにはいかない。こういう負の認識の堆積をせおわされるのは、重くて困る。ぼくはそういう思いが沸いてくるのを隠して、この詩集のいいところばかりを書くというわけにはいかないと思った。

今のぼくなら、『IL』をきっともっと金子にそって共感をもって読めると思う。だがなにしろぼくはまだ、三十歳の貧乏青年である。当時七十歳の金子の視界をリアリティをもって受け止めるなんてできるわけがなかった。

ぼくはその日、一編集者として金子のところへいったのだから、知らん顔をしてすませることもできる。しかしそうはいかない。書いたことは書いたことで、ガンクビをつきだした以上、ありていに申し上げなければ卑怯である。それでぼくは、自分が雑誌に批判をもこめた書評を書いた人間でもある、ということを、仕事がおわってから告白したのだ。

「え。何。え」

「もうしわけありません」

ぼくが頭を下げて、あげると、事情がわかった金子がぼくを見つめていた。その眼は〈えい、いまいましい〉とそうとう怒っていて、正直いうとぼくは、やや、と思った。あるいは怒鳴られるかもしれない、という覚悟はしていたのだが、たかがチンピラのぼくが素直な賞賛だけを書かなかったからといって、大詩人はそんなことは歯牙にもかけないだろう、と予測していたのだった。もちろん金子はそれから笑って、ああ、そうかそうか、といった。

しかし、だれだって新しい作品を出したときは、だれがどう読んでくれるかは気になる。書評の場は限られているから、そこをくそおもしろくない批評で埋められるのは、それだけでやりきれない。今のぼくだって、同じように不愉快な気持を露わにしてしまうだろう。

河出書房をやめてから、ぼくは出版界の（今でいう）フリーターになって生きた。そのとき、西荻窪に仕事部屋をもった。一九七一年ごろのことで平光荘という学生下宿の一室である。西荻窪にでることも吉祥寺にでることもあった。吉祥寺にはときどき金子が現れる古書店があったし、ぼくは一、二度金子と出会ったが、かれのやった化粧品会社モンココの話など聞いた記憶がある。この虚無主義者は生命力が強くて、そう簡単には死んでしまわない、滅びもしない人間なのだ、ということはわかった。そして金子のまわりは、詩人を中心にしたグループが取り囲んでいた。

また金子は、依然として女性にもてるらしく、いろいろな噂も聞いていた。人気は色気がなくては出てはこない。金子のまわりはにぎやかだった。

あるとき、ぼくは電車に乗って吉祥寺から新宿方面に向かっていた。そのときぼくは太り気味の、色の白い女性となぜかいっしょだった。彼女はいった。

「わたし、金子さんのお友だちなの」

「はあ」

なんだか妙だな、と思いながら、化粧の濃い彼女をぼくは見ていた。何をして生きてきたのか、よくわからない雰囲気を彼女はたたえていた。

ぼくはそれから吉祥寺の古書店の近くで、金子が歩いているのを見た。驚いたことに、金子光晴はぐっと老けていた。俳画で描かれた老人のようにさらっとしていて、夢のなかを泳いでいるように見えた。

ぼくは金子光晴が年齢的には老人だと思っていたが、同時に超人と思っていたから、老人くさい老人にはならず、最後まで油断しない、させない男であるだろうと、なんとなく思っていた。もちろんそのときは一瞬みかけただけだったから、ほんとうのことはわからない。しかし老いが深まっていたことだけは確かだった。人間はだれしも老ける。金子光晴だって例外ではない。そうか。わかりきったことだ。

それからどのくらいたってからだったか、それほど時間はたっていなかったような気がする。西荻窪の仕事場に連絡がきた。金子さんが亡くなった、というのだ。ぼくは西荻窪からその晩、金子宅をたずねた。一九七五年六月三十日の晩ということになる。金子は、ほの暗い座敷に敷かれた布団の上にあお向けに横たわっていて、顔には白い布が掛けられていた。亡くなった身体は、やはり亡くなったかたちをしていた。そしてしん、としていた。

ぼくは合掌したが、お顔を見ようとは思わなかった。今、多事多難だった生涯をおわった詩人が残していった肉体が、そこにある。ぼくが強烈な毒として感じていた詩人が、とうとう休息に入った。ぼくは息詰まるようなものを感じ、しばらくそこにいさせてもらった。

翌日がお葬式だった。ぼくは時間に間に合うようにいって、お焼香をすませて外にでた。もう、金子光晴に会うことはできない。そう思いながら大通りのほうへ向かって歩いていくと、

「三木さん」

と呼びかける女性の声がした。ふりむくと喪服を着た知り合いの若い編集者だった。

「金子さんが亡くなっちゃった」

彼女はそういうと、声をあげて泣きだした。びっくりしていると、いきなり彼女はぼくの肩に手を掛けてしがみつき、慟哭(どうこく)をつづけた。

まわりの人たちが目を丸くして見ているが、ぼくはもう石のようになって彼女に肩を貸しているよりない。彼女はべつに金子とどうこうということではなく、激しやすい性質の人だったのだろうが、いずれにしても、ぼくなどが女性に肩を貸す、なんていう恵

みをうけることは今後は万一にもない。金子だからこそ、こういう涙を流してくれる人がいる。そう思うと、ぼくは石化しながら羨ましくてならなかった。

男について　　金子光晴

女たちが、日に、日にきれいになるのをみて、僕は、

『どつこい。まだ、死ぬにははやい』とおもつたが。——どんなに女が淫猥を装つても、

女を物色する男の針の眼の、ものほしさには、遠く及ばぬ。

その眼がおづおづとさぐるきもののしたの塩気のない膚。風にふくれた天幕のやうなその女は、

種痘（うゑはうさう）のあとの目に立つふとい腕をだして、麻雀を並べてはくづす。あゝ、僕らの愛情とはかゝはりなく、よそにはこばれてゆく果物籠のみごとさ、ゆたかさ、芳ばしさ。盛りあげられた女の人生から、おもはず、その一つをとつて歯型をあてれば、耳もとで青天霹靂（へきれき）、『たうとう罠にかゝつたわ。そいつよ。その助平おやぢよ。』

（『非情』新潮社、一九五五）

金子光晴にいえなかった、お礼をひとついってこの項を終わりたい。それはぼくの父親森竹夫の遺稿詩集『保護職工』（風媒社、一九六四）に、雑誌「文学」のエッセイのなかでふれてくれたことだ。それは、若くして挫折した詩の仲間のひとりの遺稿への感想として、愛情に満ちたものだった。ありがたいことだった。

颯爽とした紳士、岡本潤

懐かしく思い出される戦前世代の詩人の一人に岡本潤がいた。

「岡本さんは若いなあ。いかにも永遠の青年詩人という感じがして」

岡本潤に会ってきた者は、異口同音にそういった。

詩人だからいい、というわけではもちろんない。岡本潤がよかったのだ。ぼくみたいに、面とむかって、

「ああ、会わなけりゃあよかった。詩人のイメージが崩れた」

といわれた人間もいる。

ぼくがはじめて見た岡本潤は当時六十すこし前というところで、ふつうだったらそれなりにくたびれているはずである。だが、にもかかわらず本人は颯爽としていた。痩身で髪はあくまでも黒く、細面で頰がこけていて、眼鏡が知的に光っていた。

言動は格調が高かった。ぼくは、これが〈ゴロツキ〉などと自分のことをいい、戦前のアナ・ボル時代のアナ側のスターとして大いに暴れ、世間を騒がせた詩人なのだろうか、と当惑した。

「岡本さん、すてーき。いいわねえ」

そんな黄色い声がしたりすると、われら若き詩人の卵たちは、うなだれながらも悔しがっていた。しかし「カッコいいなあ」と思うことは同じなのだからしょうがないのだった。

それは、前に書いたように一九五八年の「現代詩の会」の発足の会のときだった。かれは色浅黒い細めの腕を、半袖の粋な柄シャツの袖から見せながらすわっていた。そしてよく発言した。こまかな規約の審議にはいると、かれは神経を細かく使って欠陥を指摘した。そしてそのたびにいいわけのようにいった。

「いやあ、ぼくらは、いろいろな目にあっていますからね。そういうことがあったからいうんだけど」

それは五〇年代はじめの日本共産党が、一般団体である新日本文学会に自分たちの文化政策を押しつけ、共産党批判をした若き井上光晴（「書かれざる一章」）や浮気の顚末を描いた島尾敏雄（「ちっぽけなアヴァンチュール」）を叩く、というところからはじまっている対立的な事態を指していっているのか、それともそこまでに至る、かれが関係したさまざまな文化芸術団体での体験をいっていたのか、ぼくにはわからなかった。あるいは両方なんだろう。ぼくは秋山清の『文学の自己批判——民主主義文学への証言』（新興出版社、一九五六）などで、五〇年代の日本共産党の分裂による文化の混乱については読んでもいたから、こっちの方が気になったのだったが。

そういう発言をするときの岡本潤は、独特の劇的ともいうべき口調で語り、そのパセティックな色調をもつ口跡もまた聞くものに快かった。やはり大正昭和の疾風怒濤の時代を反逆的姿勢を保ちながら生きつづけてきた詩人なのだ。

そしてぼくは、「赤と黒」で知られる戦前派アナーキスト詩人が、とくに長老というようなわざとらしい態度をとるでもなく、若者といっしょに討議に参加していることをさわやかに感じたものだった。

岡本潤にも、「日本読書新聞」への執筆を幾度かお願いした。今でも太字の万年筆で、

板橋区弥生町四五　岡本潤

という肩のややいかった、しっかりとした葉書の文字が浮かんでくる。やがて岡本はぼくが、やはりアナーキスト詩人だった昔の詩人仲間のこどもであることに気づき、それから親しみのある態度をとってくれるようになった。

「少年写真新聞」社社長の松本利昭から、「日本読書新聞」編集部のぼくが電話をもらったのは一九六四年ごろだったと思う。いまこどもに詩を書かせる運動をしているが、これがなかなかおもしろい。ついては岡本潤が『こどもの詩が世界を変える』という本を当社からだすので、新聞で紹介してくれないか、というものだった。

松本利昭は詩人、たしか「列島」か「山河」の周辺にいた人だったと思う。このときは飯田橋に事務所を開いていて、ダブルの背広が似合うようなエネルギッシュな社長になっていた。

ところで「少年写真新聞」とはそも何であるか。知らぬ者のためにいうと、小学校や中学校の掲示板などに貼ってあって、連絡通知など読みにきたこどもたちに見てもらう、一枚ものの写真ニュースである。いわれてみてぼくにも見た記憶があったが、定期で予約を取り配布する会社の存在まで思い至ったことはなかった。しかしもちろんあってしかるべきだ。

松本は、こどもたちに詩を書かせていたが、松本はそもそも教育者ではなく詩人である。詩としておもしろいかどうかが先行する。また主たる選者は岡本潤である。だから、道徳的でお行儀のいい詩なんかが評価されるなんていうことはなかった。それぞれの現実を生きているこどもたちの下意識が浮かび上がってきているような、なまなましい詩や反逆的な詩がつぎつぎに採られるという、ユニークなものだった。

岡本にもおもしろい仕事だったろうし、その方法論からいって「列島」の仕事の分枝のひとつ、と見ることもできよう。その仕事のまとめとして岡本潤の『こどもの詩が世界を変える』（少年写真新聞社）という本ができたのだった。

そして要するにぼくは、報道筋として呼ばれたのだった。ぼくはかならずしも全面的に賛同したわけではなかったが、しかしぼくは記者である。ユニークなものであることは確かだから、ぼくはこどもの文学やこどもの文化に関心を抱いている人間として、協力しようと思った。

きれいな新しい本ができてきたときの、岡本の少年のはじらいをも感じさせるよろこびの表情を忘れることができない。新しい本ができたとき、だれしもがいちばん幸福なときの顔になる。岡本だっていままで幾度もそういう思いをしてきただろうが、はじめてだした本のようによろこびをあらわしていた。

この本の出版記念会は、たしか神楽坂の出版クラブで行われた。ぼくはお手伝いにいくことになっていたがいけなかった。「日本読書新聞」に天皇制問題で右翼団体が押しかけてくる、という事態が起こったからである。ぼくは会社で待機していたから、その会の報告はできない。しかし事件の方では、おかげでぼくは大分大人にならざるを得なかった。

岡本と本とのかかわりでいえば、それから三、四年してからどこかで、かれが、

「こんなものがあったんだよ」

といって見せてくれた詩集があった。それは『夜から朝へ』（素人社、一九二八）というかれの第一詩集である。人間は永遠の青年でピンピンしているのに、詩集は年月に晒され、くたびれて汚れていた。かれはこの世に幾冊残っているかわからない青春の象徴を、思い入れ深く眺めていた。

ぼくは、だしてから幾らもたっていない、いわば新品同様のわが第一詩集のことを思

い出し、あれがこんなふうになるころは、自分はどうなっているだろう、と思ったものだった。そして今は、かなりよくそのときの岡本の気分がわかる。

弥生町のお宅へうかがったのは、奥さんの治子さんが亡くなったときのことだった。くわしい日時が今はっきりとしないが、一九七〇年の初夏だった。奥さんの死後訪問した寺島珠雄の文章によると、

板橋区弥生町の岡本家は戦時中に住みついた借家で、蔦のある家として作品にも書かれている。そして、私が岡本家に頻繁に泊めてもらっていた太平洋戦争後すぐの頃は、いちばん蔦の目だつ玄関わきの部屋が岡本さんの書斎に当てられていた。しかしいつの間にかそこは奥さんの部屋に替えられたらしく、書棚のあった場所には古びた箪笥が置かれ、もうこの世にいない奥さんの写真が箪笥の上に立てかけてあった。

（「岡本潤私記」岡本潤『詩人の運命』立風書房、一九七四）

まさにそのとおりの、日当たりがあまりよさそうではない古い家だった。その湿った畳の上に、七十にならんとしている岡本潤は憮然としてすわっていた。奥さんが亡くなって力がぬけてしまったようだった。

「ずいぶん苦労かけた奥さんだったからなあ」

だれかがそういうと、岡本は照れたように小さい笑いを口元に浮かべた。

その晩だれが来ていたのか、ぼくはもうよく覚えていない。はっきりと記憶しているのは、佐多稲子と壺井繁治である。壺井はかつて「赤と黒」をいっしょに出した相手であり、もっとも古い詩友のひとりである。だがこのころ、壺井は日本共産党寄りの「詩人会議」の中枢にいたし、岡本は党員になったものの除名された文学者の側だった。

表立って付き合うようなことはしにくかったはずである。しかし、壺井はやってきた。ぼくは畳一畳も距離のないところから壺井を初めて見た。飾るところのない朴訥な姿には、昔の仲間の不幸に対する気持がにじみ出ていて、ぼくは感動した。ほとんどが日本共産党の文化政策に違和感をおぼえている人たちばかりのなかだったが、もちろんかれの存在を咎める者はいなかった。

華やかだったのは佐多稲子だった。ねぎらうような雰囲気すら感じられた。彼女はまだ元気で美しかったし、生気にあふれていた。ぼくは何かのついでに彼女に質問した。

「あの、平林たい子さんなんかとお会いになる機会、ありますか」

すると佐多は、きっぱりといった。

「いいえ。ありません。あの方は同志じゃありませんから」

ぼくは、そのいいかたにちょっとひるむものを覚え、口を噤んだ。中野重治や窪川鶴次郎など「驢馬」の仲間とともに文学生活をはじめ、いくつもの政治的な試練も体験してきた佐多には、いまだにそういうカテゴリーが機能している。その分類でいえば平林たい子は民社党系だった。

「ずいぶん苦労かけた奥さん」という言葉が耳に残っていたので、のちに岡本潤の自伝『詩人の運命』がでたとき、ぼくは読んだ。奥さんとは一生夫婦だったが、岡本潤は恋人を幾人も作っていた。若き日のポートレイトを見ると、のちの永遠の青年はさらに甘美な美青年だった。かれが京都にいると、女から汽車賃が入った手紙がきて東京へもどってこい、といわれたりしている。岡本はそういうもてようだったのだ。

しかし岡本の生い立ちは不幸だった。岡本は祖父母に育てられた。父親には責任能力がなく、母親は水商売に去り、実業家の愛人になったりしている。青年になって東京の私立大学へ通うころから、父親の本家から、金を引き出しては暮らす生活になるが、これはあきらかに幼い自分をいいかげんにあつかった連中に対する復讐である。そうだったか。岡本はこうして反逆の詩人にならざるをえなかったのだ、としみじみと思った。

夜の機関車　　　岡本　潤

建てこんだ倉庫
鉄塔
シグナル
給水タンク
がらんとした貨物置場

置き忘れたやうに動かない
貨車のつらなり
それらがひつそりと鳴りをしづめてゐる
真夜中の構内で
機関車の巨きな図体がひとり
冷たく光るレールのうへを往つたり戻つたりしてゐる
突如　荒々しく
ばツばツと火焰色の煙を噴きあげ
けだものの身もだへでレールを引きずり
やけに汽笛を鳴らしたり
ガターンと貨車に体当りを食はしたり
なかなか腹の虫がをさまらんとみえる

（『夜の機関車』文化再出発の会、一九四一）

アナーキスト詩人、秋山清

晩年の岡本に会うと、よくいっしょにいたのは秋山清だった。秋山もアナーキスト系の詩人で、昔は局清（つぼね）という名前だった。ぼくは、秋山の詩はたくさん読んでいないが、先にあげたかれの著書『文学の自己批判』は、ぼくにはとても印象深い本だった。それは日本共産党の文化支配の乱暴さが、新日本文学会をはじめとする、党とは関係のない文化団体の活動をいかに阻害したかということの報告だったが、そこで秋山はきちんと問題をふわけして、すっきりとした線を示していた。それはかれが共産党員ではなく、あくまでも党外の人間であったこと、かれに即していえば一人のアナーキストとして一貫して事態を見ていたから可能だった、とも思われた。

しかしぼくを感銘させたのはそれだけではなかった。それは思想とそれを担う肉体の現実というものが、つねに油断のならない関係にあり、どうかするとその矛盾が噴き出してきかねない、というかれの認識である。

さまざまな局面でかれは唖然とするような事態に出会うのだが、そのなかで、かれは、自分自身もまた、それから免れているとは思ってはならない、と考えている。この思考の柔軟さにぼくは感心していた。

ぼくが秋山清に会うのは、神保町の〈ラドリオ〉とか新宿の〈ナルシス〉でだった。岡本潤といっしょで、ときには映画カメラマンの宮島義勇もいっしょだった。秋山は色白で仏像のようなきりっとした顔をしていて、それがどうした、というまなざしで人を見ていた。ややふとりぎみだった。

「若いころは酒が飲めなかったんだが、年をとったら飲めるようになった。酒はいいもんだ」

かれはそういって笑った。そんなことってあるのだろうか。ぼくはふうん、と思うばかりだった。

秋山は、油断のならない人間だった。ぼくはひそかにかれを恐れた。あいまいなもの、適当なものを、かれははじき飛ばしてしまう。そしてかれは自分の考えに確信をもっている。

それは『文学の自己批判』を読んだときの柔軟な心性の印象とはちがっていた。しかし表と中身が同じなんてことはないものだ。この本の執筆時のかれは五十を過ぎたぐらいの年齢であり、あれから今のかれまで十年以上たっている。そのあいだに『日本の反逆思想　アナキズムとテロルの系譜』（現代思潮社、一九六〇）など、精力的に仕事をつづけてきている。そのときおそらくぼくは、アナーキスト詩人の面目を感じていたのだった。

豪放磊落の人、山本和夫

国立のあばらやにいた学生時代、つまり一九五〇年代の後半の時期、ぼくはたまたま詩の世界に顔を突っ込むことになった。そのことは最初にふれているが、まだ書いていないこともあって、そのなかにはたとえば隣町の国分寺の本多新田に住んでいた山本和夫のこともあった。

山本和夫も、やはり戦前白山あたりで小野十三郎や岡本潤らとともにとぐろをまいていた東洋大学出身の詩人であり、ぼくの父親とほぼ同年だった。

戦後母子家庭になったぼくらにはいろいろ目を掛けてくれて、こどもながらその心遣いを感じていた。一九五七年にぼくら兄弟が近くの国立に引っ越してきたときに、「遊びにこないか」と呼んでくれたのも、そのひとつだった。

まだ国分寺が土の匂いのただよう郊外だったころである。ぼくたちが一枚の地図を頼りにして訪ねていくと、詩人にしてはなかなかどうどうとした家で、おずおずと来訪の意を告げると、当家の主人はニコニコしながら出てきた。

山本は五十ちょっと、というところだったろう。すでに酒仙ともいうべき飲み手であったから、かれはすっかり東洋の豪快な男というふうになっていて、おもしろいことをいっては酔いにそまった顔で呵々大笑(かかたいしょう)した。その温顔は若いぼくにはきわめて魅力的で、年上の男はみんな気難しいと思って恐れていたぼくには、救いのようなものだった。

かれの家は明るかった。早稲田の高等学院にいっている息子さんと二人の娘さんがいて、もちろん奥さんがいた。息子さんはフランス文学に関心をもっていて、そっちへいきたいという雰囲気だった。家中が明るくて自由な気分があふれていた。ぼくは東京山の手の知識人家庭の雰囲気は知っていたが、そういうのとはちがう、からだのあちこちに土がついているようなかまわなさともいうべきものがあった。ぼくは、その家の雰囲気を、主(あるじ)の個性や趣味が素直に発揮されたものと感じ、家族みんながそれを楽しんでいると思った。

ぼくと兄貴に何の話をしてくれたのだったか、かれは、息子や娘のこのごろの関心をからかって「うちはフランス坊やとロシア娘だ」といって大口をあけて笑っていた。すると娘さんは、ぼくの後輩にあたるかもしれない。しかし顔に見覚えはなかった。

ぼくらは奥さんの藤枝さんの出してくれたご馳走を、野良犬のようにパクついた。客には食べものをだす、というのが心のこもった接待である、という時代だった。

かれはときどき昔の話もした。そのなかにはアナ・ボル時代の思い出もあった。

「まあ、いろいろなやつがいて、おもしろかったけれどな」

かれはいった。

「一番名前が通っていたのは、きみたちのお父さんだった」

「うちのおやじでしたか」

ぼくがよろこんでいうと、かれは力強くうなずいてくりかえした。

「そうだ。きみたちのお父さんだったな」

数多くのモサがいたのである。山本和夫も酒豪だし、腕っ節も強そうだったから、詩はもちろん、きっと乱闘にも強かっただろう。しかしぼくの父親と来たらカトンボのような体をしていたし、相手を畏怖させるような詩なんか書けなかった。あの人が一番名が通っていたなんて、そんなことがあるわけがない。

山本は、父親のいない、青の時代のピカソが描いた栄養不良の兄弟のようなふたりをはげますために、気を遣ってそういうことをいってくれた。そのくらいはぼくも感知することができた。

山本の夫人、藤枝さんは東京の女高師出身の才媛で、露木陽子というペンネームもつかって児童文学・文化のための仕事をしていた。日本海の若狭出身の山本も、詩のほかに児童文学の仕事を終生もう一本の柱としてつづけていた。

それからまもなく、学校へいくために高田馬場を通る電車に乗ったら、同じ車両のなかに見覚えがある女の子が乗っていた。恥ずかしいのであまりよく見なかったが、あれは山本家の〈ロシア娘〉である。してみるとどうやら彼女は、ワセダのわが後輩なのであろう。

ぼくは、しかし彼女が上を向いてにこやかに笑いながら話をしているのに気づいた。話し相手は男子学生だった。ああそうか、彼女はあの分ではそうとうもてるぞ。ぼくは声を掛けないで、しらんふりをして降りた、彼女がロシア文学科の後輩だったということはじきにはっきりした。

やがて彼女は卒業し、同級生と結婚してロシアの児童文学の研究・翻訳に携わるようになった。今やロシアの児童文学のためにはなくてはならない人、松谷さやかである。あいかわらず父親ゆずりの活力に満ちていて、会合などで出会うと、すっかり少女時代の〈ロシア娘〉になってニコニコしている。

ぼくがフリーライターになってちょっとしたころ、「週刊読書人」からこどもの本の批評の仕事を頼まれた。山本真帆子という名前の人で、会ってみると山本和夫の下のお嬢さんだった。彼女もやはり児童文学が好きで、「週刊読書人」の児童文学の欄を担当するようになっていた。いずれも御両親の影響を思わずにはいられない。

彼女には好きな人がいたが、その人が司法試験をねらって頑張っていたので、そのあいだ働いていた。やがてめでたく合格したので、彼女は仕事をやめて、いっしょに地方の赴任地へ去った。ぼくはほのぼのとしたものを覚えた。後年彼女はまた上京してきていて、今も児童文学専門の図書館の仕事を手伝っている。

露木陽子について一言つけくわえておけば、彼女の著書『ファーブル伝』を、まだ幼くて可愛らしかったであろう奥本大三郎が読み、感銘を深く受けた結果、あの無類の昆虫専門家になったという輝かしい事実がある。これは奥本自身から聞いたことだったが、児童文学の仕事もし、アンリ・ファーブルのこども向けの評伝の著者でもあるぼくは、粛然としたものだった。こどもがはじめて出会う本は、このようにやりがいがあり、またこわいのである。

山本和夫は豪放磊落（らいらく）を絵に描いたような詩人だったが、その心のなかはさまざまで複雑な思いであふれかえっていたのではないか、ということを、今となってはかえって思う。

「去るものは追わず、来るものはこばまず」とつぶやいた口のかたちも思い浮かぶが、しかし終始かれがぼくにみせてくれた姿はあくまでも年下の者に対するやさしさであり、激励だった。

石塊

山本和夫

私はこのまま石塊(いしくれ)でありたい。
もはや、どこへも行きたくはない。
もはや、何になろうとも思わぬ。
雑草の花むらで、
静かに憩い、息づき、そして永遠を夢みるこの路傍の石塊で私はありたい。
青い空から訪れる微風は、
季節の唄を乗せてくるだろう。
流れる雲は、そっと私に何かを囁こうとするであろう。
しかし、私はそしらぬ顔でそっけなくする。
気に向かぬ事は何も彼も俗事である。
私は私ひとりでいたいのである。
私は数万年を閲した気むずかしやの石塊なのだ。
もっとも、私は地球で生まれたのではない。
けれど、星の世界がふるさととは、今は思わぬ。
落っこちた、この路傍をふるさとだと、今は確信している。
それ故に、

ふるさとならぬふるさとにいる故に、
私の心は、いつもいつも、旅愁の歌を、ひそかに、ひとりで歌っている。
しかし、ひとの足音が近づくと、
私はタニシのように口を結んでしまう。

地球の誰も、私が星から来たことは知るまい。
けれど、たった一人、どうやら、それを感じているものがあるようだ。
おちぶれた初老の男で、
ときたまあらわれ、私の上に腰をかけ、静かに、
尺八を吹いている。
宵の繊月に向って。

（『ゲーテの椅子』観想社、一九六七）

藤原定と白ワイン

藤原定（さだむ）とは、かれが大連の満鉄調査部にいたころも、同時期「協和」という満鉄社員会の雑誌の編集をしていたぼくの父親は、顔をあわせていたはずである。
東京で会ったのか、大連で会ったのか、わが母親は藤原に対してはあまり好感を抱いていなかった。

彼女はそういっていたが、それは単に藤原が彼女をあまりていねいに扱わなかったからかもしれない。だって、そもそも詩人なんてクセがあってしかるべきである。

「なんだかこう、癖（くせ）のある人だよ」

兄貴が法政の文学部にいた一九五〇年代に、藤原は同大学のドイツ語の教師をやっていた。ぼくはたまたまドイツ語の初歩をかじっていたので、テキストを買って夜間部の授業に、モグリ学生になって出席してみたことがある。

ひろい教室の前にパラパラと学生がいるだけの寂しい教室だった。テキストはテオドール・シュトルムの『みずうみ（インメン湖（ゼー））』だった。旧制高校では、初等文法が終わると直ちに読み出す、といわれる小説である。しかし、だからといって、とくにやさしいということはなかった。

藤原は小柄で眉毛あくまで濃く、しっかりとした目をしていて、落ち着いた声でテキストを読み、訳読をつづけていった。教室は静寂そのものだった。ぼくは藤原の速度に置いていかれないように、一生懸命ついていった。

今かれの履歴をみると、かれは敦賀商業ロシア語科にまず学んでいる。敦賀あたりでは貿易関係で当時はそういう必要があったのだろう。ぼくはかれの屈折した学歴のはじめにロシア語がある、なんて毛ほども考えないで『みずうみ』の訳読を聞いていたことになる。

それから数年してから、兄貴が「藤原さんのところへ遊びにいこう」といった。遊びにこいといっている、というのである。

それでぼくと兄貴は、あれは一九五〇年代後半の、とある春休みの日だったような気がするが、かれの自宅のある柿生まで出かけていった。

今の柿生がどうなっているかぼくは知らない。が、当時はのどかなところで、心ゆくまま散策できるような丘や谷がひろがっていた。藤原邸はそのなだらかな丘のひとつにあった。

その日は午後うかがって、日暮れまでいた。藤原定は終始ごきげんで、奥のほうから甲州あたりからとりよせた白ワインの瓶をどんどん出してくれた。兄貴とぼくは、ちっとも遠慮せずにジャンジャン飲んだ。白ワインはどんどん出てきた。

美味しいご馳走で接待してくれたのは、若く美しい奥さんだった。こんな若い奥さんをもつなんて、どうしてそんなすばらしいことが起こったのか。ぼくはひそかに藤原をうらやんだ。

そして藤原は自分の妻に驚いているふたりの青年を見て、大いに満足そうだった。かれは妻に甘えるところを遠慮なく見せ、妻もまた悪びれるところは少しもなかった。

やがて日がかげりはじめ、いい気分になった藤原は、奥さんの膝を枕にしてうたたねをはじめた。ぼくはこういうふたりだけの晩年のよき日というものもあるのだ、という感慨にふけったものだった。

年譜によると、藤原は一九四六年に性格不和のため一男二女をもうけながら離婚、そ気だろうか（お元気の由、知人からの知らせがあった。うれしいことである）。の後加賀崎典子という人と再婚している。ぼくが会ったのはその典子夫人だろう。お元

野長瀬正夫とリヤカー

もうひとり、父親の友人だった詩人のことを書いて、この章をしめくくりたい。それは野長瀬正夫である。

会うことになったのは、かれが児童図書出版の金の星社の嘱託の仕事をしていたからだ。一九七三年ごろ、ぼくの書いた童話を本にするといってきてくれた。ぼくはもう四十近い年齢になっていた。

野長瀬は、ひょうひょうとした細面のおじいさんで、野心とか執念とかそういうものとはおよそ関係がなく、ただ詩を書く人生を楽しんできた、というところがあった。かれは大人の詩のほかに少年詩も書き、その一冊『あの日の空は青かった』（金の星社、一九七〇）でサンケイ児童出版文化賞を受けている。そういう仕事も人柄にふさわしい、と見えた。

「こどもの本て、派手に売れなくても、長いこと読まれてうれしいですよ。ときどき重版でお小遣いも入ってくるし。ぼくもだいぶありがたい思いをしてます」

そういって、邪気のない笑いをうかべていろいろな若いころの話をしてくれた。なかには下宿をともにした若き日の伊藤整のエピソードなどもあったが、ぼくを驚かせたの

は、ぼくの死んだ長兄のことである。

ぼくは三人兄弟だったが、いちばん上の兄貴は七歳で粟粒結核で死んだ。それは一九三六年七月二十八日のことである。

「ぼくはねえ、あんたのお兄ちゃんの鷹介ちゃんのからだをねえ、運んだんだよ」

「え」

「中野に総合病院というのが、今でもあるだろう。あそこから淀橋のお宅まで。あんたのお父さんといっしょに、リヤカーで運んだんだよ。とても暑い日だった」

「………」

ぼくはドギモをぬかれた。いわれるまでは、予想だにできなかったことである。

ぼくはようやくいった。

「そうだったんですか」

「そこはぼくが生まれた古本屋でしょう。おやじは失業して自分の本を売って食っていたはずですから。そうですか、リヤカーでねえ」

奈良の十津川出身のこの詩人は、そんなななまましいことを、父親といっしょにやってくれていた。そしてそのとき、ぼくは生まれてから十四ヵ月しかたっていない赤ん坊だった。この人は、そういうぼくのすぐそばにもいたことがある。

野長瀬は目で小さく笑っていた。

Ⅵ　時は過ぎて

自分と同い年の仲間のしていることは、何であれ気になるものである。年上の連中は、年が多いのだから少しえらそうに見えても当然だが、隣の机にすわっているやつがいつも自分が見たこともない本を読んでいる、なんていうのは心穏やかではない。

学校に行くということのよさの大きなひとつは、同年輩の人間に出会い、強弱さまざまな刺激をうけるということにある。もっといえば、いっしょに喧嘩と遊びの区別のつかない暇な時間（学校へ行っている間は金銭を稼がなくても許される）が与えられる、ということである。

一人で勉強だけしているのでは、青春の時間の使い方としては豊かとはいえない。時間もまた〈質のよい浪費〉をするぜいたくをもつ時期が（一生ぜんぶとはいわないが）、少なくとも詩人が誕生するためには必要である。

学校というのは比喩といってもいい。同じ時代の空間に同時に存在する者同士の感応、という延長線も十分に存在するからである。詩を書くということ、仲間の詩を読むということは、喧嘩と遊びの区別のつかない暇潰し以外のなにものでもない。ぼくは貧乏な学生だったから、そんなことをしないでもっと金になる方策でも考えるべきだったのかもしれないが、そういう気はまったくなかった。そして〈暇潰し〉にいそしんでいた（そして、ぼくより若い世代の詩人たちも、同じようにして新しい地平からやがて姿をあらわす、という構図だったわけである）。

不機嫌さをはらむ富岡多恵子

何事にもスタートが早く、やるとなったらまっしぐら、という特性を感じてきた富岡多恵子が、第一詩集『返礼』（山河出版社）を出したのは一九五七年、彼女が二十二歳（ぼくも二十二歳）のときだった。そのころぼくは、自分の大学へは行かないで、下宿近くの一橋大学の校庭の草むらにころがっている石に腰を掛けて、ヘンな言葉を連ねていた。

この詩集を知ったのは、一九五八年のH氏賞を獲得したからだ。ぼくはこの同い年の大阪の女性詩人にいたく関心をもち、渋谷・宮益坂の詩書専門の古書店中村書店でこれを見つけて買った。ひらくとこれがめっぽうイキがいい詩集である。ページをあけると、

おやじもおふくろも
とりあげばあさんも
予想屋という予想屋は

みんな男の子だと賭けたので
どうしても女の子として胞衣(えな)をやぶった

すると
みんなが残念がったので
男の子になってやった
すると
みんながほめてくれたので
女の子になってやった
すると
みんながいじめるので
男の子になってやった

（「身上話」の冒頭部）

なんていう言葉が、たちまちこっちにむかって立ち上がってきた。こういう自在に読み手をあやつるレトリックは、ぼくをくらくらさせた。ペースは彼女が握っていた。しかも確信をもって自分を語っている。

ぼくは、出る望みはまずない温泉発掘のように自分をほじくり返していると思っていたから、富岡多恵子のどうどうたる態度に、同い年といってもずっとお姉さんを感じていた。

実際ぼくは、詩人としてもはるかに遅れていて、第一詩集『東京午前三時』（思潮社、一九六六）は富岡多恵子の『返礼』の約十年後に出た。そして一橋大学の石ころに腰掛けて書いたころの作品は、二、三点がかろうじて入っているにすぎない。

富岡多恵子は背がすらっと高く細身で、目に緊張感のあるくっきりとした顔をした詩人だった。声もしっかりとしていて、ものおじするところなく、いうべきことをいった。若者の群衆のなかにいても一目でわかっただろう。自分の生のありようをいままで自分で決めてきたし、これからもそうしていく、という意思が現れていた。

中部と関東に育ったぼくには、彼女の、どこか〈不機嫌さをはらんでいるかもしれない〉と感じさせる、それが魅力のキップのいい大阪弁が印象深く、以来ぼくは女性が大阪弁を話しているのを聞くと反射的に富岡多恵子と比べてどうか、と考えるパブロフの犬になった。

そして彼女が、中・高時代にバレーボールの選手だったことを知ったとき、そのすらっとした体形を思い出しなるほどと思った。富岡多恵子は体育会系の詩人でもあったのだ。『返礼』をバレーボールの攻撃のレトリックをもつ青春の詩集と見たら、履歴をはめこみすぎているが、生きのいい青春の詩集であることは確かだった。

ただ彼女に不似合いだ、と思ったのは、この詩集の発行元・山河出版社である。詩誌

「山河」は大阪の左翼系詩人の砦だったからだ。

それは彼女が小野十三郎に詩を見てもらっていたせいだった。彼女は府立女専の後身、大阪女子大の学生だったが、その向かい側が私立の帝塚山学院で、小野はそっちの先生をしていた。富岡の著書『大阪センチメンタルジャーニー』（集英社、一九九七）によると、みがきこまれたような帝塚山の廊下に下駄で入って叱られた、という。もっとも当時の大学生は下駄がふつうだったから、帝塚山の方が立派すぎたのだ。そんなわけで、向かい側の大学の小野のところへ原稿をもって通学する方が大事なことになった。彼女は書いている。

偉大な教師は必ずいいところをさがしてホメルといわれるが、小野十三郎も必ずホメてくれた。しかも、上の者が下の者をホメル態度ではなく、あくまで対等だった。わたしは、小野十三郎にさらにホメてもらいたいので、とにかく詩を書いた。しかし一方で、ホメてもらうだけではなく、小野十三郎が簡単にホメルことができないような詩を書きたい、書いてやるぞと内心思っていたのだから、ハタチか二十一のころのわたしは、なかなかいい「生徒」であり、いい「弟子」であった。

（『大阪センチメンタルジャーニー』）

なかなか油断のならない「弟子」でもあったわけだが、しかし『返礼』を読むと、富岡多惠子のようなキラキラした才能も力もある若い女性詩人と付き合うことができて、小野もまた幸福だったと思う。それはおもしろくて、楽しくてならない時間帯だったにちがいない。

小野十三郎は、かつてのアナ・ボル時代のわが亡父の知り合いだった。だからぼくと同い年の富岡は、ぼくと父親の年齢間隔とほぼ同じ間隔で小野と付き合ったことになる。ぼくは十歳で父親を亡くしたから、そういう付き合いをもてた富岡にも羨望を覚える。そして、富岡は終生小野を師として大切にしてきている。

そして富岡多惠子は、才気あふれる注目の詩人になった。また夫君だった画家池田満寿夫もまた、世界的に評価される現代画家となったので、そのまわりには多くの文化人や商売人や普通の人が集まるようになった。そっちの方では奥さんをやったわけだから、いろいろたいへんだったと思う。ぼくは離れたところにいただけだったが、彼女自身の仕事は、ずっとおもしろく刺激的だった。ぼくはいつも、さっそうと歩き去って行く、彼女のそのかっこうのいい後ろ姿ばかりを思い出すのである。

とはいえ、彼女はいつも元気よく、パリパリしていたというわけではない。何か用があって電話をした記憶があるが、そのときの彼女はいつもとはガラリとちがう、物憂そうな声で「何やねん……」とゆっくりといった。それは彼女の詩には現れているものだが、日常の場では見なかったものだった。

しかしもちろん、彼女は元気で、おもしろい仕事を発表し続けていた。

静物

富岡多恵子

きみの物語はおわった
ところできみはきょう
おやつになにを食べましたか
きみの母親はきのう云った
あたしゃもう死にたいよ
きみはきみの母親の手をとり
おもてへ出てどこともなく歩き
砂の色をした河を眺めたのである
河のある景色を眺めたのである
柳の木を泪の木と仏蘭西では云うのよ
といつかボナールの女はいった
きみはきのう云ったのだ
おっかさんはいつわたしを生んだのだ
きみの母親は云ったのだ
あたしゃ生きものは生まなかったよ

（『女友達』思潮社、一九六四）

ぼくは、彼女が小説を書きはじめたあとから、おっかけるようにして小説を書くようになり、それからもう二十五年の余、書き続けてきた。それぞれ勝手な乗り物に乗ってではあるが、いっしょに旅をしてきたという同い年の親近感が深くなってきているのを感じる。そしてエッセイなど書いていると読んでしまい、今の富岡多恵子の気持をあれこれ想像したりしているのである。

鈴木志郎康から借りた二万円

鈴木志郎康も同い年で、同じ大学の出身だが、学校ではまったく記憶がない。かれと親しくなったのは、ぼくが亀戸の十一階建ての団地にひっこしたからで、その団地にかれも入っていたからである。亀戸はかれの出身地でもあり、今はきれいな公園になっているところや、何事もなかったようになっている場所が、例の東京下町の大空襲でどんな凄惨な事態になっていたか、ということを話してくれたりした。ぼくはそれから問題の場所を通るたびに、そのことを思い出さずにすまないようになった。

それまで上京学生として山の手ばかりで暮らしていたぼくには、亀戸での十年近くの生活はいい勉強になったが、鈴木はよき教え手でもあった。そしてかれが下町を深く愛していることを快く思った。

それは一九七〇年よりちょっと前の時期である。アングラ演劇が若者を集め、全国で学生運動が激化していた。鈴木はNHKのカメラマンをしながら詩を書いていたが、そのユニークな詩が、目下詩壇で大ブレークをしている最中だった。

そのシリーズに登場するヒロインが、プアプアという名前だったので、〈プアプア詩〉という略称で呼ばれるようになった一連の詩だが、そこにはセックスと暴力のイメージが暴発する過激な世界が展開されていて、詩といえばしっとりとした抒情の世界ときめこんでいた人々の眉をひそめさせる、スキャンダラスな連作だった。

その詩はどれも長いので、ごく一部しかここには引用できない。たとえば、こんなふうである。

先ずは妻が歩いている
股さかれて
気がふれているのかバスセンター(註1)よ
髪毛は夏向きにショートカットする
ズボンもショートカットする
男根もショートカットすればいいわ
それでは詩はせめてロングロング
ア

今ここにカットされる妻の首
これがねらいだったのね、結婚のねらいね
廊下は生えてきた無数の乳房のために足音がしない[註2]
ああ、恒常的に衛生的にみがかれた妻の乳房は黙々と生えてくる
ねじれてる
嫉妬してる
妻は素早く手術台の上に売春処女プアプアを固定する
黙々と家内が処女生殖器を大陰唇小陰唇処女膜から左右卵巣と手ぎわよくカットして行きます　アーアー　只今マイクテスト中

……………………

註1　広島市基町にある。各方面行きのバスが入り乱れる。日常、私はここを利用しない。

註2　バスセンターのコンクリートの床はいつもぬれていてつるつるつるする。

……………………

(「売春処女プアプアが家庭的アイウエオを行う」の冒頭部『罐製同棲又は陥穽への逃走』季節社、一九六七)

ぼくはとても驚き、そしてその破壊力のすさまじさに共感した。あれは同時代的な共感だったと思う。戦後の詩の歴史に残るもの、とぼくは思い断固支持という気持でいたが、同時にぼく自身にはとてもできることではない、と思いもした。人にはできることとできないことがある。ぼくもまた、これから何をするかわからない人間であるはずだけれど、これは鈴木志郎康の個性と才能以外にはできないことだ。そしてぼくには、鈴木のような衝撃的な仕事は、逆立ちしたってできないだろう。

鈴木には当然ファンがたくさんできて、そういう人間たちに新宿のバーなどで出会うこともあった。ぼくはかれらからたっぷりと鈴木賛を聞き、ぼくの方がもっとわかっているよ、とひそかに思いながら相槌をうっていると、不意に「三木さんのはまあ、わかりやすい散文的な詩だから」なんていわれて、腐ったものだった。

そんなわけで鈴木は忙しかったが、それでもぼくのところに遊びにきてくれたり、ぼくが遊びにいったりした。かれは人柄のいい人で、当時のぼくは失業中だし詩の仕事も大いに元気とはいえなかったが、かれは売れっ子風など吹かせたことは一度もなく、いつも楽しく座談できた。あれはかれの友情だった、と思っている。

一九七〇年の二月、ぼくの幼い娘に異常が起こった。口が痙攣(けいれん)して舌を噛むのである。近くの病院へつれていってみてもらったが、わからない。

ぼくは破傷風ではないか、と見当をつけて訴えたが、だれも聞いてくれない。順天堂へかつぎこんだら、ようやくわかって緊急入院ということになった。やはり破傷風だった。

入院につれていった日は、休日と建国記念日がつづいていたところだった。家にはタクシー代もあぶないぐらいのお金しかない。銀行には若干の預金があったけれど、休みだから下ろせない。ぼくは困った揚げ句、鈴木のところへいって「金を貸してくれませんか」といった。鈴木以外近くに知り合いがいなかった。

するとすぐにかれは、ぼくに二万円貸してくれた。あんなにありがたかったことはない。ぼくはそれで、こどもをタクシーで運び込むことができた。そしてドタバタをくりかえし、ようやくこどもは助かった。あれは恐ろしい思い出だが、鈴木の親切はそのなかで暖かい光になってともっている。

鈴木の当時の奥さんは悦子といって、画家だった。かれの本の装丁などもやっていたが、その後かれと別れてしまった。そして木葉井(キバイ)悦子という名前になって、画家として本格的に仕事をはじめた。木葉井というのは、アフリカへいったとき、どこかの部族の長に気に入られて授かった苗字と聞いている。彼女はその名を使って仕事をした。数年前に亡くなったが、絵は晩年に近づくにつれてますます自在になり、いい世界だなあ、と思うようになった。そのユニークな人柄もおもしろいと思っていたので、彼女とこどもの本の仕事なんかできるといいな、と思っていたところだった。

いっしょに浅草へいって蛇娘の見せものを見たことがあった。団地の下を歩いていたら誘われたのだが、失業者でひまだったからついていった。愛らしい娘さんが、生きた蛇を鼻から口へ通して出し入れするというもので、ぼくはきもをつぶした。苗字のことにも現れているように、突飛なところのある人だったが、今となっては懐かしい。

運命に耐えつづけた小長谷清実

同い年の詩人といえば、もちろんわが静岡高校文芸部の仲間、伊藤聚（あつむ）と小長谷清実（こながやきよみ）にも触れなければならない。三人が最初に顔をあわせたのは一九四七年、静岡市立安東小学校六年のときだったが、そのころはだれかが詩人になるなんて、考えたこともなかった。

小長谷は、高校時代にすでにしなやかな言葉を獲得していて、そこらの文学少年の域をはるかに越えていた。書肆ユリイカから『戦後詩人全集』（一九五四）が出たときに、それをもってきて見せてくれたのはかれだった。

ぼくなどは、このシリーズによってはじめて約十年間の戦後詩の見取り図を、知ることになったのだが、そういうふうにいつも外部の状況に敏感だったかれが、そのなかでもっとも惹きつけられていたのは、いかにも戦後文学らしい詩よりも、中村稔の古典的とも見えた端整で美しい詩だった。ぼくは意外に思ったことを覚えているが、やがてそういうところに少年小長谷の確かで、また頑固な精神を感じるようになったのだった。

小長谷が、兄弟が多いことは知っていたし、かれが長男でないことぐらいは知っていた。お父さんは官庁に勤めていたと思う。

しかし、かれは自分の内情を具体的な言葉で語ることはきわめて少なかったし、いうときもまったく素直ではなかった。

だから五十年以上の付き合いなのに、ぼくにはかれのことを知っているなんてまったくいえない。かれの少年時代には、もちろんかれの心の問題があったはずだが、ぼくは何も知らないでそのまま通過してきてしまった。それは多分、かれがそうしたかったからである。

だが、かれは高校生にしてすでにペシミスティックなユーモリストであり、人生に多大な期待なんか抱いていない、というふうなところがあった。

またじっさい悪しき運命は、いつも大小不思議な落とし穴をつくって小長谷を待っているのだった。ぼくはほかのところで、かれの不運についてはもう書き過ぎたので、ここでは具体的に書くことを避けたい。ただ、今思うと、運命の方にも好き嫌いがあり、かれには悪戯（いたずら）好きの運命に愛されてしまうようなところがあったかもしれない。小長谷は、一見したところおとなしそうな少年だった。

そのことを小長谷の方ももう知っていてあきらめていたから、自分からあえてそれを避けたりはしなかった。来るべきものは来さしめよ。我れこれを受けて立たん。

つまりかれは、運命の愛にひたすら従順に耐えつづける青年でもあった。たとえば学生時代、金を使い過ぎてなくなってしまった、ということがあった。ふつうそういうときには、だれかのところへ借りに行けばすむことである。だが、かれはその状態を甘受して以後の二日か三日、郵便局員とともに現金封筒が到着するまで、下宿で寝たっきりになって体力の消耗をさけていた。この話を聞いたときには、ぼくはとてもびっくりした。

やがてかれは卒業して広告業界へ入り、有能な職業人として過ごすことになるが、かれはずっとその人生観を変えることなく生きてきている。いろいろな運命との付き合いもあったはずだが、かれの人生への諦念は微動だにしなかった。

そしてかれのほんとうの姿は、職業上の仕事の打ち合わせ程度で付き合いのあった人間や、会社の上司程度の間柄の人間からは見えなかったと思う。かれは、自己に執して主張したりするようなことはなかったろうし、相手が非礼な態度で自分を傷つけるようなことがあっても、それとさとらせなかったはずだ（ぼく自身も幾度もそういう目にあわせているはずだが、それがわからないままに、今まで許されてきている、と思っている）。

小長谷のことを思うと、世の中にはけっして目立つようなことをしないで、世俗から向けられる好奇の目の対象にならず、内にあるものを守って生きている、そういう人たちの存在を感じる。でしゃばりやおしゃべりとはちがって、そういう人たちは、ついに心のうちで大事に思っていることを、一言も世間に向かっては語らずに、やがて路地奥に消えていってしまう。自己主張や自己宣伝が出世のもとになっている世の中には、知らせる必要がないし、知ってほしくもない。

だが小長谷は、少年時代から言葉をもっていた。そしてかれのさまざまな体験は永年担いできていた言葉の袋のなかにたくわえられていった。

今見ると初期に属することになったかれの詩は、まだ若さの揺れを示していたと思う。それはまだ、自分がしっかりと収まるところを探していた段階だったからで、それはだれにでもあることだ。ぼくたちは若いころ、さまざまなことができると思っている。また文学といってもいろいろある。今までの詩人や作家の仕事は見本帳のようなもので、見ると目移りがする。

自分にできることはたったこれだけらしいということに気づくまで、時間がかかる。それは、実はとうに決まっていることの上に居直る、ということである。

小長谷清実が居直ったのは、かれの第二詩集『小航海26』（百鬼界、一九七六）である。独特のメカニズムに乗って、アイロニーが愉快に破裂していた。そしてそれは、かれのうちに張っていた繊細な神経の網を浮かびあがらせている。

小長谷は自分の才能を自覚し、自分を解放した。それからかれの詩集がでるたびに、どこかでかれの言葉を恐れながら、ぼくたちは笑い続けてきている。

ハゲタカとわたし

小長谷清実

わたしは疲れたハゲタカのように
部屋をでて部屋にもどってくる
そういうと悲壮にも聞こえるけれど
どちらかといえば皮相にも聞こえるだろうな
その証拠に窓の外で子供たちが
笑っている
そしてもし　わたしが
ほんとうに疲れたハゲタカとしたら
サルの指を持ち
豚の腹をもつハゲタカだろうな
よたよたっと床をけって

離陸　目をつむって扉口の外へ！

あわやのうちに
ドスンと墜落　尻の方から

そして落ちてくるたび
詩を一行書く　二行書くときもある

そしてもし　わたしがほんとうに
ドスンと落ちて詩を一行書くならば

それは酷刑の一行
というより滑稽な一行だろうな

しかしわたしは疲れたハゲタカでもなければ
尻の方からドスンとも落ちない

ドスンと落ちるたびに

詩を一行書くわけでもない　まして二行
わたしはみたいなもの　ようにふるまうもの
としたらでうっすら輪郭をうつすもの

（『小航海26』）

『小航海26』で、かれは第二十七回H氏賞を受賞した。そして一九九〇年には『脱けがら狩り』（思潮社）で第二十一回高見順賞も受賞した。

悪夢とユーモア、伊藤聚

伊藤聚もまた、頑固だった。小長谷のは外柔内剛だったが、伊藤のはなんといったらいいのかわかりゃしない。兄弟姉妹が多い家庭だったが、かれは長男だった。ぼくは長男ではないから、いうが、長男というものはまこと自分勝手なものである。

伊藤は好き嫌いがはっきりとしていて、きらいなやつは相手にもしなかった。

かれは戦争中の小学生だった。静岡県見付町で集団下校をしているところへ米軍機が飛来して爆弾が投下された。かれは危うく助かったけれど、受持ちの教師や二十八人の学友を瞬時に失うという体験をしていた。静岡高校文芸部誌「塔」第十一号（一九五三、七）に、その体験を素材にした長詩「雨季その8」を書いている。

それは金子光晴の『人間の悲劇』形式を採用した、単独の詩のあいだに、ナレーションのような文章が入るものだったが、十七歳の伊藤聚は、こんなふうに書き出している。被爆直後の情景だろう。

きろきろきろきろきろ。
きろ。　こんな風にして終るのか。
　拡散した石塊に這い出していく血液。
　何が始ったのだったか。
　きろきろきろ。　きろ。

足音はない。
土煙の沈む音ばかりだ。
僕はとうとう眼を覚さない
もう起き上ることのない君達の皮膚に触れていた。
冷えきっているのだ。
遠い闊葉樹林のむこうで
半鐘が鳴り始めたのを聞きながら。

（「《1》弾痕にて」）

こんなところから、かれははじまっていた。そして高校時代のかれは、小野十三郎と金子光晴に興味をもつと同時に、戦前のモダニスト詩人の言語実験というのか、言語遊戯というのか、そういうものにも強い関心をもっていた。戦後詩人では、だれが好きだったのだろう。ぼくがおずおずとだれかの詩を持ち出すと、かれは言下に否定し去った。そんなものに感心しているようではしょうがない、というのである。

かれ自身はドライハードな感覚を好んでいたし、詩はひとつひねったイメージ派の方向をむいていた。ぼくは立原道造みたいな抒情詩人なども好きだったが、そんなことをいったら、たちまちかれに嘲笑されると思い、黙っていた。

大学に入ってからは、かれは堀川正美が好きになった。小長谷もほぼ同時期か、それより先に堀川を好きになった。そのころの最先端の若手のパリパリのなかから、かれらは堀川を選びとったのである。ぼくは伊藤から谷川雁（がん）や高野喜久雄の存在も教えてもらった。硬質な想像力の輝きともいうべきものに通じるものをぼくは感じた。そして伊藤と小長谷のようすを見ていて、二人を行き来する暗号めいた片言隻語を耳に記憶させていくうちに、今の時代の詩の読み方がだんだんぼくにもひらけてきた。

伊藤の書く詩は、少年時代から独特なものだった。その複雑なイメージの構造にはときどき参ることもあったが、イメージでなくては伝わらないものがある、ということを知らしめるものだった。

伊藤は絵を描くことも好んだ。ノートの切れ端とか教科書の余白に奇怪な絵がどんどん描かれていった。国文学の教科書には歎きという木をつみあげている悲しい男がシルエットで描かれていた。ぼくはそれがおもしろくて、「塔」の表紙絵はいつも伊藤に頼んで、中世の砦のようなのや現代建築のようなのを描いてもらった。絵への愛も生涯続いていて、画帳が山ほどある。かれは生涯の職業を松竹の演出部で過ごしたのだが、ぼくは、それは偶然就職試験に合格したからだと思っていた。だがそうではなかった。かれは徹底的にイメージ派であり、詩も絵も映画もそこにおいてつらぬかれていた。

伊藤は自分の美学に絶対の信を置いていて、それをつらぬいた。だからかれの仕事を通観すれば、この詩人がみごとなほど一貫して自分の方法に固執していたことがわかるはずだ。難解な詩だが、言葉に魅力があり、一見して独自な方法意識をもつ才能と感じさせた。だから、かれ自身が今少し自分の詩を正当化する自己主張をすれば、かれの詩はもっとも革新的な詩として、大きな注目を浴びただろう、とぼくは思っている。

実際あるとき、おせっかいにもそのようなことをかれにいったことがあった。だが、言下に一蹴された。伊藤の誇りはそういうことを許さなかった。かれは書いて活字にする。どう受け取るかは、他の連中の考えるべきことだ。まったくその通りだ。

かれの詩集『公会堂の階段に坐って』（書肆山田、一九九七）から、かれの特徴が出ていると思われるところを、少しだけ引用しよう。

家のまわりに地雷を埋めたのだが、その在りかがわからなくなって、攻めこまれもしないが出ていくこともできない。難民旗を窓から突き出すと、無塗装のヘリコプターがやってきて、部屋を覗いていく。まきあげられた庭土の間をニワトリがよれよれになって走り回る。それでも地雷は現れてこなかった。鉤のついた縄梯子を投げると、そういうことではない、と拡声器がわめき、ヘリは高く飛び去って二度ともどってこなかった。ロープを繰り出した時の掌の擦り傷が今回の損害であり、地面に落ちた鉤にも地雷は反応しない。ヘリの報告による家の地図へのプロットが、今回避けたかった失策だ。小康状態の日の照るあの時代に空が似てくれれば、なんとかして天井から屋根に抜け出し、ぜがひでも紫外線浴を擬態した甲羅干しを展開したい。たぶん、その時がくるだろうということにして、裸体を被って天井裏に上がっていく。

（「ちょっとそこまで」の中間部）

悪夢ににじみ出すユーモア。それがぼくがかれの基調と感じているものだ。

そしてぼくら三人は六十歳をすぎても、文学の現場で仕事をしつづけてくることができた。同じ小学校出身の同級の三人が、そういうことになったのは珍しいことではないだろうか。ぼくはこの文章を、それが現在進行形でつづいていることを報告することで、われらが創造の泉いまだ涸れず、と自慢して終わろうと、実は思いながらこの回想を書きはじめたのだったが、そうはならなかった。

伊藤聚が一九九九年一月、死んだからである。かれは松竹映画の演出の仕事を定年まででして、その後女子大学の先生になっていたが、ある日、奥さんの照子さんが帰ってきてみると、テレビがついたままになっていてその前の椅子に腰を掛けたまま、かれはこときれていた。不意の脳出血だった。

だからかれはおそらく自分がどうなったのか、まだわかっていないにちがいない。三人のうち、五十代で心筋梗塞にやられたぼくが、まず最初に死ぬとばかり思っていた。だからぼくからみればぼくが書く以上、三人とも元気で書いている、と書くことができるはずだった。

ぼくたち三人は若いころ、〈全部出し〉というのをやったことがある。それぞれのポケットの所持金を全部出して、まとめてできた金でさあ何をして遊べるか、というものだ。書生的共産主義というわけである。みんな小銭しかもっていなかったから可能だったのだが、これはなかなか愉快なゲームだった。

そして時は過ぎた。ぼくたちはもうそういう遊びはできない。伊藤のことをもって、この青春に出会った詩人たちのことを綴った文章のペンを擱こう。ぼくにはいつも楽しい執筆だった。

あとがき

　本文中にも書いたが、ぼくは一九九四年一月に心筋梗塞の発作を起こして倒れ、バイパス手術をうけた。五十八歳だった。それまでも、もう若いとは思っていなかったが、この体験はぼくに一区切りをつけさせるものだった。書いておいたほうがおもしろい、と思われることは書いておこう、と思うようになったのである。この本もそういう思いのなかで執筆された。

　ここでの〈青春〉とは、ぼくが詩を活字にすることができた一九五八年から、まがりなりにも文筆で生きようと決意した六八年までの十年間が、ほぼその期間になるが、それからも付き合いのあった詩人もいるし、亡くなるまで付き合った人もいる。だから後ろの期間のほうはそれぞれで、ついこのあいだまで、ということになっている人もいる。

　思い出すままに書いたので書くべき人で抜けてしまった、というトンマなことがいくつも起こっている。また、ぼくよりも若い世代の詩人たちのことに触れることもできなかった。さまざまな印象深い詩人の情景もたくさん残っているがただでも長くなっているので、この際そのどれをもあきらめることにした。

ぼくは個人の詩人のことを書いたつもりだが、もしかしたらある時期の詩のありようが浮き出してくるかもしれない。そう思ってもいた。

四十年以上も前のことを思い出して書くのだから、ぜったい間違っていない、なんていう気はない。間違いはいくつもあるだろう。だが、一人の人間の視角から、偏光線で光があたっている人間を描くことが大切だと思った。調べ過ぎるとみんなフラットになってしまう。大きなまちがいをしないように、気をつけて書いたが、ちがうアングルから見ればちがうように見えることもあるだろう。

ぼくの青春期は、ここに書いてきたような、さまざまな同時代の感性に出会うことからはじまった。書かなかった分も含めて、その出会いを身に受けながら自分を育てたわけだが、ぼくは自分がずいぶん恵まれていた、と思う。

またこれは、ぼくといういささか不安定な認識軸から見た、詩人たちの動線のさま、ということにもなる。それがぼくにどんなものをもたらしたにせよ、ぼくにとっては掛け替えのない体験の機会だった。いま、そういう感慨を覚える。

そして今、自分の仕事に満足しようと不満を抱こうと、ほかのだれかと取り替えることなんかできない。せいぜい目下進行中の部分でがんばるよりない。

この企画を雑誌「図書」のレールに乗せてくださった岩波書店編集部の浦部信義氏（当時）、連載中ずっと励まし続けてくださった加賀谷祥子氏、また本にするにあたってお世話になった樋口良澄氏に、御礼申し上げる。また、俎上に載っていただいた詩人のみなさん、どうもありがとう。

二〇〇一年十月十五日

著者

二〇一九年のあとがき

この本を書いてから、ずいぶん時が流れた。ぼくは八十四歳になり、これらの青春の風景は、すっかりうしろに追いやられた。本を書き終わったときはまだ元気だった詩人も、多くはなくなられてしまった。

現在の若い詩人たちの動向は、作品を雑誌で読むぐらいだが、それだけでは、若い詩人たちが発している言葉を十分に理解することはむずかしい。言語表現なんだから、すべて理解できるだろう、というのは、やはり建前といわざるを得なく、具体的に詩人たちが何を話しあっているのか、どういう時代に共通した生活をしていて、言葉を発しているのか、ということを知ることは必要なことである。活字になっている言葉の孕んでいるものは、そのときどきで微妙に相貌を変える。

詩と政治、詩と社会、詩と思想といったものも変わった。詩人が立っている社会の構造、家族の構造も変わった。詩は個人の感性を主としてよりどころにしている。一篇の詩を読んで「これこそわれわれの未来のありかたを示すものだ」という熱い共感を得て、それを社会のエネルギーにしよう、というような、志のある感情との出会いは減った。

人々は、孤立したまま生き、詩は、たがいの孤立のありかたに、それぞれ関心はもつが、それを知り、理解するよろこびはあるとしても、つまるところ砂漠のなかをそれぞれ穴を掘っていることに変わらないような気がする。それは、そういう時代、そういう社会をいま生きているからだろう。

ぼくの青春期の詩人たちは、未完成で未熟だったかもしれないが、詩人はみな、けんめいにあばれていた。詩はこの社会を生きる人々にはなくてはならないものであり、しばしば詩人はそのリーダーたらんとしたりした。

人は自分が生きた時代しか自分のものと思えないし、そこにしか意味や価値を見出せないものである。だから、今の詩人たちのことは、この時代を生きるだれかが書いて示してくれるだろう。

河出文庫版を推進してくださった、太田美穂さんに厚く御礼を申し上げる。また多くの人々の協力があって、文庫版出版は現実化した。とてもうれしい。

今回は、トンマなことで書きおとすことになってしまった人々のことを増補させてもらった。気になっていたことを果すことができてよろこんでいる。

二〇一九年十二月十日

著者

解説――輝く星座

小池昌代

戦後、日本の社会が大きく変動し、急勾配の坂を上り始めた時、日本の現代詩も、批評との両輪で、活発に動き始めた。本書には、そんな時代を生きた若き詩人たちの姿が、生き生きと綴られている。読んでいると、まるで自分が、彼らのテーブルに紛れ込み、ビールの小生（しょうなま）（私はあまり飲めないので）でも飲んでいるかのような錯覚に陥る。飲みながら、いや読みながら、私は興奮した。

最初の方に、三木卓自身の詩が、雑誌「現代詩」に初めて入選する、忘れられない場面がある。そこをスタート地点として、やがて結婚し子供が生まれ（そういう個人的なことは、本書では極力省かれているが）、ついには勤めていた会社（河出書房新社）も退職して、いよいよ旺盛に文筆活動を始めるまでの、およそ十年にわたる歳月が、本書の背景に流れている。年齢で言えば、三木卓、二十代前半から三十代前半。書名にある「若き詩人たち」の中に、三木卓自身も当然含まれていたし、そもそも日本の現代詩全体が、青春期にあったと言える。

「今日」「荒地」「列島」「山河」そして「櫂」に「氾」……。いずれも伝説の同人誌だ。詩を書く瞬間においては、誰もがどこにも所属しない、孤独な個人であるに違いないが、その個人の営為を、詩の同人仲間が支え、社会には詩の言葉を求める読者の存在もあった。それがうねりとなって熱気のある渦を作った。コミュニズムの渦もあった。文学史を繙けば、当時のありようは、知識や情報として知ることはできる。だがその事実を生きることはかなわない。しかし本書は、あの時代の熱気、詩人たちの表情を、作品とともに伝えてくれる。読者はここに飛び込み、経験してみる他はない。

詩人たちは、人間臭さを存分に発揮しながら、詩を求めることにおいては極めて純粋だ。個を超えて、詩の未来を請け負って立とうという意気込みで、全身から湯気を立てている。本書には、当時、詩を書きながら、その後、別の職業へ転向していった者もいるし、伝説の詩人・岩田宏を始めとする著名な詩人も登場する。いずれも著者と深い関わりのあった人々が、フェアに並べられ書かれている。

驚いていいのは、その文章だ。岩波の「図書」で、最初に目にした時から、私はキムタクならぬミキタクのファンになった。やさしく書かれながら、その文章は、陰影深く、読む者の心にすうっと入ってくる。それでいて、人間の手がなした証のように、デコボコした痕跡も残している。これはもう三木卓にしか書けないものだ。

著者は、三十二歳になる年、第一詩集『東京午前三時』を、そしてその三年後には、第二詩集『わがキディ・ランド』を刊行、いずれも高い評価を得たが、そういうことも本書には出てこない。もちろん三木自身の像は、詩人たちとの関わりの中に、いつしか自然に浮き彫りにされる。この作家には、自分自身を、いつも滑稽な道化のようなポジションに置くところがあって、それは謙譲の美徳などというものを超えた、一種、生きる姿勢のようなものだと思う。読者はそこに、強く惹きつけられ、三木卓を思わず応援したくなる。この作家の文章世界が持つ、どこか圧倒的な好感度の高さは、作者が自分自身を見つめる、この眼差しに根ざすものではないだろうか。

三木卓の中には、いつも一人の少年がいる。彼にはとても無邪気なところがあり、その無邪気さで、時には人を怒らせてしまうこともあるようだ。しかし彼が存在することによって、文章には、ユーモアと軽み、透明さと品格がもたらされている。そもそも三木卓という人には、相対する人を油断させ、心を開かせるチャーミングな人格が備わってもいるようだ。その証拠に、詩人たちは、本書の中で、思いがけない姿を晒している。大岡信(まこと)といい、田村隆一といい。本書を読んでもらえばわかると思う。三木卓の筆は、そこまでを見据えると、一気に走り、底から光る。

胸を突かれることだが、ここに描かれた詩人たちの多くは、すでにこの世を去っている。二〇一九年夏には、本書「I」に登場する長谷川龍生も亡くなった。彼を追悼する「現代詩手帖」十一月号には、「戦後詩の最後の一人が亡くなった」という見出しが見える。

私は二十年ほど前、一度だけ、長谷川龍生の目の前に座ったことがあるが、すでに肉体の消耗がひどく、自らの巨体を持ち運ぶのに難儀しているように見えた。私は当時、彼の詩を面白いと思えず、どう読んだらいいのか全くわからなかった。実は今でもそんなところがある。その時も会話は成立しなかった。しかし、目の前にいるその人は、メガネの奥から柔和な目をのぞかせ、私はそれを、こちらを見守る温かさと勝手に感じたが、次の瞬間には、こちらの甘さを見透かし冷笑しているように思え、その不思議な目の光の変化を、今でも、よく覚えているのである。

長谷川龍生に対する印象を、三木卓も次のように書いている。

「眼鏡のなかの目は笑っていたが、けっしてこっちを注視したりはしなかった。／おやっ、と思って見直すと、今度はかれの目は笑っているとは見えなかった。ぼくはふしぎな人だと思った。」

詩人の中に、消えては現れる恐ろしいデーモン。そういうものを、三木は捉える。二十五歳の時、三木卓は長谷川龍生論「母親殺しの詩学」を書いた。そのごく一部分を、本書から引用してみる。

「彼は、既成の詩概念における、静的な詠嘆や没入や余韻を拒絶し、否定することによって、詩の中へ新しい視点を導入しようとした。小野十三郎のドライ・ハードな写生の精神を身につけた彼は、「すえっぱなしのカメラ」を、「移動、転換」しようと試みたのである。」

三木自身、初めて長谷川龍生の詩を読んだ時は、これが詩なのかと戸惑ったらしい。

代表詩「理髪店にて」が紹介され、長詩「虎」についての言及があるが、私はそれらを読み、今頃ようやく長谷川龍生の詩に興味を掻き立てられている。本書には、戦後詩人たちの入門書という側面もある。

それにしても、詩人たちは戦後の混乱期をよくぞ生き抜いたものだ。貧困と食料不足、労働の疲労。多くの詩人たちが、病いに苦しんでいる。長谷川龍生もそうだった。間違った治療方法で死線を彷徨った黒田喜夫もいた。そうした詩人たちの面倒を見ていた、医師で「列島」の詩人御庄博実の存在もあった。三木卓だって、生まれた時から病気の連続だ。幼少時は腸チフス、小児マヒ、敗血症と次々罹患。著者「あとがき」にもある通り、五十八歳の時には心筋梗塞の発作で倒れ、回復期に本書を書き始めたようだ。この本は、貧しさや病いに抵抗して生きのびた、人間たちの物語でもある。

ところで、前述した「長谷川龍生論」を書いた一九六〇年、三木は「詩組織」同人仲間であった福井桂子と結婚する。本書の中で、詩人だった妻のことは一、二行程度しか触れていないけれども、「K」という私小説には、奇妙で深遠で残酷な夫婦関係が、ユーモラスで澄み渡った文章で著された。凄まじい名作で、私は泣きながら読んだ。ここにもまた、若かった詩人夫婦の、哀切な物語が展開している。本書と併せ読むと、三木卓が、詩に別れを告げ、いよいよ小説執筆に没入していく姿が、より鮮明に見えてくるかもしれない。

静岡高校文芸部の仲間、詩人の小長谷清実、伊藤聚との関係も、どこか奇跡を見るようだ。三木卓を交えてのこの三人、個性も、作品も、見事に違う。各自が自分の作品を打ち立てながら、生涯を通じて友としてあり続けた。三木以外の二人は逝った。盟友二人の核心に迫った三木の筆は、深くまで到達して鋭く温かい。本書の大きな読みどころとなっている。

かつてこんな時代があり、詩人たちが生きていた。だが本書は、過去の物語ではない。現在に生きる者に、絶えず働きかける「力」を持っている。注意深く読んでいけば、書き続けていくことのコツや助言も、方々に散らばっている。読み終えて思った。さあ、私たちも生きよう。

†本書は二〇〇二年二月、『わが青春の詩人たち』として岩波書店より刊行されました。文庫化にあたり、あらたに書き下ろし「劇作家になりたかった加瀬昌男」「川崎洋の上質なユーモア」「山形が生んだ詩人、吉野弘」を加えました。

若き詩人たちの青春

二〇二〇年 三 月一〇日 初版印刷
二〇二〇年 三 月二〇日 初版発行

著 者 三木卓

発行者 小野寺優

発行所 株式会社河出書房新社
〒一五一－〇〇五一
東京都渋谷区千駄ヶ谷二－三二－二
電話〇三－三四〇四－八六一一（編集）
〇三－三四〇四－一二〇一（営業）
http://www.kawade.co.jp/

ロゴ・表紙デザイン 粟津潔
本文フォーマット 佐々木暁
本文組版 株式会社キャップス
印刷・製本 凸版印刷株式会社

Printed in Japan ISBN978-4-309-41738-7

私の方丈記

三木卓　41485-0

人生の原点がここにある！　混迷の時代に射す一条の光、現代語訳「方丈記」。満洲からの引揚者として激動の戦中戦後を生きた著者が、自身の体験を「方丈記」に重ね、人間の幸福と老いの境地を見据えた名著。

伝説の編集者　坂本一亀とその時代

田邊園子　41600-7

戦後の新たな才能を次々と世に送り出した編集者・坂本一亀は戦後日本に何を問うたのか？　妥協なき精神で作家と文学に対峙し、〈戦後〉という時代を作った編集者の軌跡に迫る評伝の決定版。

箆棒（べらぼー）な人々　戦後サブカルチャー偉人伝

竹熊健太郎　40880-4

戦後大衆文化が生んだ、ケタ外れの偉人たち——康芳夫（虚業家）、石原豪人（画怪人）、川内康範（月光仮面原作）、糸井貫二（全裸の超前衛芸術家）——を追う伝説のインタビュー集。昭和の裏が甦る。

私戦

本田靖春　41173-6

一九六八年、暴力団員を射殺し、寸又峡温泉の旅館に人質をとり篭城した劇場型犯罪・金嬉老事件。差別に晒され続けた犯人と直に向き合い、事件の背景にある悲哀に寄り添った、戦後ノンフィクションの傑作。

日本語と私

大野晋　41344-0

『広辞苑』基礎語千語の執筆、戦後の国字改革批判、そして孤軍奮闘した日本語タミル語同系論研究……「日本とは何か」その答えを求め、生涯を日本語の究明に賭けた稀代の国語学者の貴重な自伝的エッセイ。

私の戦後追想

澁澤龍彦　41160-6

記憶の底から拾い上げた戦中戦後のエピソードをはじめ、最後の病床期まで、好奇心に満ち、乾いた筆致でユーモラスに書かれた体験談の数々。『私の少年時代』に続くオリジナル編集の自伝的エッセイ集。

対談集 源泉の感情

三島由紀夫　40781-4

自決の直前に刊行された画期的な対談集。小林秀雄、安部公房、野坂昭如、福田恆存、石原慎太郎、武田泰淳、武原はん……文学、伝統芸術、エロチシズムと死、憲法と戦後思想等々、広く深く語り合った対話。

さよならを言うまえに　人生のことば292章

太宰治　40956-6

生れて、すみません——三十九歳で、みずから世を去った太宰治が、悔恨と希望、恍惚と不安の淵から、人生の断面を切りとった、きらめく言葉の数々をテーマ別に編成。太宰文学のエッセンス！

太宰よ！　45人の追悼文集

河出書房新社編集部〔編〕　41614-4

井伏鱒二の弔辞をはじめ、坂口安吾、檀一雄、石川淳、田中英光ら同時代の作家や評論家、編集者、友人、家族など四十五人の追悼文を厳選収録。太宰の死を悼み、人となりに想いを馳せる一冊。

太宰治の手紙

太宰治　小山清〔編〕　41616-8

太宰治が、戦前に師、友人、縁者などに送った百通の手紙。井伏鱒二、亀井勝一郎、木山捷平らへの書簡を収録。赤裸々な、本音と優しさとダメさかげんが如実に伝わる、心温まる一級資料。

愛と苦悩の手紙

太宰治　亀井勝一郎〔編〕　41691-5

太宰治の戦中、戦後、自死に至るまでの手紙を収録。先輩、友人、後輩に。含羞と直情と親愛。既刊の小山清編の戦中篇と併せて味読ください。

東京プリズン

赤坂真理　41299-3

16歳のマリが挑む現代の「東京裁判」とは？　少女の目から今もなおこの国に続く『戦後』の正体に迫り、毎日出版文化賞、司馬遼太郎賞受賞。読書界の話題を独占し“文学史的事件”とまで呼ばれた名作！

邪宗門 上・下

高橋和巳

41309-9
41310-5

戦時下の弾圧で壊滅し、戦後復活し急進化した“教団”。その興亡を壮大なスケールで描く、39歳で早逝した天才作家による伝説の巨篇。今もあまたの読書人が絶賛する永遠の“必読書”！　解説：佐藤優。

憂鬱なる党派 上・下

高橋和巳

41466-9
41467-6

内田樹氏、小池真理子氏推薦。三十九歳で早逝した天才作家のあの名作がついに甦る……大学を出て七年、西村は、かつて革命の理念のもと激動の日々をともにした旧友たちを訪ねる。全読書人に贈る必読書！

悲の器

高橋和巳

41480-5

39歳で早逝した天才作家のデビュー作。妻が神経を病む中、家政婦と関係を持った法学部教授・正木。妻の死後知人の娘と婚約し、家政婦から婚約不履行で告訴された彼の孤立と破滅に迫る。亀山郁夫氏絶賛！

わが解体

高橋和巳

41526-0

早逝した天才作家が、全共闘運動と自己の在り方を“わが内なる告発”として追求した最後の長編エッセイ、母の祈りにみちた死にいたる闘病の記など、“思想的遺書”とも言うべき一冊。赤坂真理氏推薦。

日本の悪霊

高橋和巳

41538-3

特攻隊の生き残りの刑事・落合は、強盗容疑者・村瀬を調べ始める。八年前の火炎瓶闘争にもかかわった村瀬の過去を探る刑事の胸に、いつしか奇妙な共感が……“罪と罰”の根源を問う、天才作家の代表長篇！

我が心は石にあらず

高橋和巳

41556-7

会社のエリートで組合のリーダーだが、一方で妻子ある身で不毛な愛を続ける信藤。運動が緊迫するなか、女が妊娠し……五十年前の高度経済成長と政治の時代のなか、志の可能性を問う高橋文学の金字塔！

私の少年時代

澁澤龍彥 41149-1

黄金時代――著者自身がそう呼ぶ「光りかがやく子ども時代」を飾らない筆致で回想する作品群。オリジナル編集のエッセイ集。飛行船、夢遊病、昆虫採集、替え歌遊びなど、エピソード満載の思い出箱。

澁澤龍彥 日本作家論集成 上

澁澤龍彥 40990-0

南方熊楠、泉鏡花から、稲垣足穂、小栗虫太郎、埴谷雄高など、一九一一年生まれまでの二十五人の日本作家についての批評をすべて収録した〈上巻〉。批評家としての澁澤を読む文庫オリジナル集成。

澁澤龍彥 日本作家論集成 下

澁澤龍彥 40991-7

吉行淳之介、三島由紀夫、さらには野坂昭如、大江健三郎など、現代作家に至るまでの十七人の日本作家についての批評集。澁澤の文芸批評を網羅する文庫オリジナル集成。

血と薔薇コレクション 1

澁澤龍彥〔責任編集〕 40763-0

一九六八年に創刊された、澁澤龍彥責任編集「血と薔薇」は、三島由紀夫や稲垣足穂、植草甚一らを迎え、当時の最先端かつ過激な作品発表の場となった。伝説の雑誌、初の文庫化！

血と薔薇コレクション 2

澁澤龍彥〔責任編集〕 40769-2

エロティシズムと残酷の綜合研究誌「血と薔薇」文庫化第二弾は、「フェティシズム」に焦点を当てる。生田耕作、種村季弘、松山俊太郎のエッセイのほか、司修、谷川晃一らの幻想的な絵画作品を多数収録。

血と薔薇コレクション 3

澁澤龍彥〔責任編集〕 40773-9

エロティシズムと残酷の飽くなき追求の果て、浮かび上がる「愛の思想」。愛の本質とは何か。篠山紀信、田村隆一、巖谷國士、中田耕治、野坂昭如など、豪華布陣による幻の雑誌の文庫化最終巻。

久生十蘭ジュラネスク　珠玉傑作集

久生十蘭　41025-8

「小説というものが、無から有を生ぜしめる一種の手品だとすれば、まさに久生十蘭の短篇こそ、それだという気がする」と澁澤龍彥が評した文体の魔術師の、絢爛耽美なめくるめく綺想の世界。

十蘭万華鏡

久生十蘭　41063-0

フランス滞在物、戦後世相物、戦記物、漂流記、古代史物……。華麗なる文体を駆使して展開されるめくるめく小説世界。「ヒコスケと艦長」「三笠の月」「贖罪」「川波」など、入手困難傑作選。

パノラマニア十蘭

久生十蘭　41103-3

文庫で読む十蘭傑作選、好評第三弾。ジャンルは、パリ物、都会物、戦地物、風俗小説、時代小説、漂流記の十篇。全篇、お見事。

十蘭レトリカ

久生十蘭　41126-2

文体の魔術師・久生十蘭の中でも、異色の短篇集。収録作品「胃下垂症と鯨」「モンテカルロの下着」「フランス感れたり」「ブゥレ＝シャノアル事件」「心理の谷」「三界万霊塔」「花賊魚」「亜墨利加討」。

十蘭錬金術

久生十蘭　41156-9

東西、古今の「事件」に材を採った、十蘭の透徹した「常識人」の眼力が光る傑作群。「犂氏の友情」「勝負」「悪の花束」「南極記」「爆風」「不滅の花」など。

十蘭ビブリオマーヌ

久生十蘭　41193-4

生誕一一〇年、澁澤龍彥が絶賛した鬼才が描く、おとこ前な男女たち内外の数奇譚。幕末物、西洋実話物語、戦後風俗小説、女の意気地……。瞠目また瞠目。

著訳者名の後の数字はISBNコードです。頭に「978-4-309」を付け、お近くの書店にてご注文下さい。